阅读之前 没有真相

午夜文库

神探车丙三

姜小坏 著

新 星 出 版 社　NEW STAR PRESS

不少案子在抓捕时凶手被击毙了，然后就结案了，这可不是破案，只是合法使用了一颗子弹。不是解决了问题，是解决了搞出问题的人。这样做离破案还很远，离真相还很远。破案是追查唯一真相，至于结案嘛，有时候很扯淡。

——候补侦探车丙三

目录

1	1. 名　单
7	2. 病　房
18	3. 凯字营
39	4. 凶手画像
57	5. 百万庄
67	6. 报告
75	7. 胭脂巷
94	8. 一个器官
101	9. 再探凯字营
125	10. 珞珈山
154	11. 喜欢花的男人
171	12. 艄　公
176	13. 一个重要器官
192	14. 禁　闭
202	15. 我们不是朋友
235	16. 巷战
251	17. 我没杀过人
263	18. 一根手指头和一架望远镜
271	19. 一个好消息和一个坏消息
274	后　记

1. 名　单

三死一重伤。火灾事故。

雷霖用两根手指拈着这张伤亡名单，他腰杆挺得像一杆枪，如刀的目光，停留在名单的第三行。

雷霖已经习惯了站着翻阅棘手的卷宗。

坐着太舒服，人在太舒服的情况下，做不成什么正经事，更别谈进入破案的状态了。他紧锁着眉头，眼睛直勾勾地盯着名单的第三行。第三行是死亡名单的最后一个人的名字——亨利·狄佳巴。

亨利·狄佳巴，男，法国籍。生物医学博士。凯字营监狱临时访客，八月初三，死于凯字营监狱火灾。

名单能承载的信息就这么多，一个人的过往是什么，出生在哪里，经历过怎样的生活，爱过或者恨过的人是什么样子……这些已经不重要了，上了这个名单，就意味着生命戛然而止。作为总探长，要做的无非是沿着这条长线溯源，找到线头从哪里来，看看有什么线头和它有过交集，和案件相关的交集，给活着的人们一个交代，他们管这叫正义，并且认为很重要，至于死者怎么想，人们不可能知道。死了的人，会想问题吗？真是笑话。

亨利，是个生物学家，还是个博士。对于法租界巡捕房的总探长来说，死者叫什么，做过什么，其实一点儿都不重要，何况是这样兵荒马乱的年月，每天死几个人算个毬？雷霖想管也管不过来，多一事不如少一事，少一事不如没有事，至于正义，人们似乎在读故事书给娃娃们的时候才会偶尔想起——这是个古老话题。

可这次不同，这次要命的在于亨利是法国人。如果不是法国人，这案子压根儿也不会到自己手上，因为案发地点是武昌的凯字营监狱，那里可不是法租界，也不在自己的职权范围内。

亨利，亨利·狄佳巴，你没事跑人家监狱里面去做什么？雷霖把名单拈得太用力了，拇指和食指摩擦出细微声音。

雷霖捡起另一个名单，是巡捕房的花名册，自己麾下十三名探长在列——需要点将。

法租界巡捕房的序列很微妙，总探长雷霖是中国人，在法国巴黎一所军校留学过，高才生，手下有十三名法国籍探长。雷霖从法国军事高校留学，回国后没有进入军队，而是进了法租界巡捕房做了总探长，有传闻说他娶了一个有来头的法国女人，也有人说他一直单身，有真本事才胜任这样的重要职务。

不管怎么说，法租界毕竟还是在汉口，在中国，有中国人在租界巡捕房任职，中法两国的人办事方便。

这个案子交给谁来办呢？雷霖看着探长名单，有一些迟疑。

看名单上的信息，医院和汉口警察局没有对这起事故定性，而是直接转给了法租界巡捕房。这不是一份伤亡名单，而是个烫手的山芋啊。他不禁心头一紧。

隐隐听到走廊里有轻微的响动，雷霖没有回头，最近总是这样，有人在走廊张望。他不想知道是谁，无外乎几个候补探员，他们其实是巡捕房的临时工，是法租界的信息员，也是游手好闲之辈，看头头儿在忙，就找个角落赌钱，看头头儿不在，就找个借口出去开小差。做人怎么就这么不争气？雷霖有时候在想，他们不做候补探员，会不会成为探员抓捕的对象呢？肯定会的，这一点似乎不用怀疑。

雷霖下意识地再次拿起那份伤亡名单，除了亨利，那几个人呢——

范鸿儒，男，看体貌特征，五十岁左右，武昌高等美术学校教授。凯字营监狱临时访客，八月初三，死于凯字营监狱火灾。

"看体貌特征"，这种描述太业余了，雷霖心中冷笑。接着往下看——

韩冰，男，二十四岁。凯字营监狱一级犯人。八月初三，死于凯字营监狱火灾。

袁新华，男，三十五岁。凯字营监狱狱警。八月初三，重伤于凯字营监狱火灾现场，目前就诊于汉口同济医院。

烧死了一个重犯——估计也是罪恶滔天的坏人，为国家省了一颗子弹、半袋粮食，留给战场上拼杀的士兵；烧死一个教授——如果没这次意外，他也许能培养出一两个画家，唉，但国难当头，能活命已经不容易，谁还会追求艺术追求臭美？烧伤一个狱警——运气好还能抢救过来，保一条命，可指不定这条烂命哪天又横死街头……中国人的命就是这么不值钱。

这个案子还有很多疑点。

雷霖耳朵一凛，走廊里的轻微动静全都没错过。他还是没有回头——让一个人警醒，光凭目光是没有用的。只是现在还不是敲打这些宵小的时候。

雷霖再次把花名册攥在手中，这次却翻到了第二页，这一页上的人名，其实都是候补探员。在一堆人名中，一个奇怪的名字格外扎眼，他用钢笔在名字下面画了三个三角号——

车丙三。

总探长雷霖做了个任性的决定，随即抄起了办公桌上的电话，此时，他心中想的却是，当初刚刚回国的时候，能这么任性地做个决定该有多好，自己的人生会不会就此不一样？

六七个探长聚拢在办公室里，他们肆无忌惮地大声说笑，其中的两个人，靴子翘得老高，靴子下面的竹椅子眼看就要翻了，一个探长用脚后跟把竹椅的靠背往自己这边拉——它再倾斜就彻底趴地上了，那还要花工夫扶起来。在他看来，扶起椅子那可是太麻烦的事儿了。

天气还是很热，但是他们不会去脱掉靴子，因为那是他们身份的象征，那些中国候补探员是没机会穿靴子的。中国的候补探员也没有办公室——这是另一个身份差别的标志。平时他们就在窗外墙根下赌钱，或者出去跑风信。

探长们是不会参与赌钱的，不是不想，是不屑于和中国候补探员一起赌钱，那样有失身份。他们有自己的赌法。最近，十几个探长学会了上班时间吃臭豆腐，甚至学会了嗑瓜子。他们的赌博方法有新花样，谁把瓜子皮吐出去射到墙上谁算赢，输了的吃臭豆腐，吃蘸着辣椒油的臭豆腐。

有时候，中国的候补探员隔着窗户，可以看到探长们忽然哈哈怪笑，这时候就会有一个人苦着脸，手上拿着竹签，竹签上串着几个臭豆腐，嘴里嘬着蘸着辣椒油的臭豆腐在怪叫。这样的玩儿法，挺新奇。

吃臭豆腐、嗑瓜子，如果不看面孔，谁也不会想到他们其实是地道的法国人。

  电话铃声响起的时候,大家都没挪屁股,有人稍微瞥了一眼坐得离电话最近的那位探长,那意思不言自明。
  接电话的探长一脸狐疑,以为自己听错了,用蹩脚的汉语确认:"候补探员?啊?应该有这个人吧……"
  放下电话,这名探长冲出门去。门框似乎抖了又抖,已经感受到他不可遏制的怒火了。
  这名法国探长扯着嗓子,冲着赌钱的一群便衣吼道:"谁叫车丙三?"
  那群便衣原本赌得兴致高昂,这样的吼叫声音分贝原本不足以盖过所有嘈杂,但可能是这个充满异域风情的汉语发音拥有独特的识别度——空气一下子凝固了!
  "谁?"他又问,只一个字,多一个字都懒得问。
  人们纷纷后退。
  潮水退下去的时候,沙滩上会留下什么?
  是来不及逃走的海龟,是片刻的宁静,还是等待下一次潮汐的临时备战?
  此时的车丙三,就像等待迎接一次大潮的沙滩,只是他还没准备好,也来不及准备了!
  一个青年矮个子,身穿一件奇怪的马甲——与其说是马甲不如说是很多个拼接起来的口袋,因为这马甲的兜实在太多了一些。他在收拾他的赌资,往马甲兜里狂塞,可是每个兜都不大。看来他小赢了一笔,身上鼓鼓囊囊的,甚是滑稽。所有人的目光都已经表明,这个小矮个子青年就是车丙三。

探长提了一口气,准备再大喊一声"谁"。

车丙三把手上最后一把纸币往身后一扬,右臂高高举起——"我!"

探长张得大大的嘴巴,能飞进去一只老鹰,最终没有喊出声音来,他只用手托了一下下巴,咯的一声,合上了嘴。

候补探员是没有接手命案的先例的。当车丙三从总探长办公室出来的时候,十几个候补探员挤了过来,都想问几句。可是大家毕竟在巡捕房当差,口风的规矩还是懂的,所以一个个对着车丙三挤眉弄眼,脑袋扭来扭去,等着车丙三主动说。

车丙三个子小,被大家围着,就更显得小了。他也不就范,只是瞪大眼睛回怼着大家。最后,一个候补探员等不及了,问出了一句——

"吓老子,你,你,你,哪个晓得你把钱撒一地,为么事嘛?"

所有人哄堂大笑。

问话的人叫小襄阳。车丙三左手揣进马甲口袋,右手食指轻伸一点:"就你啦,我需要一个帮手。"

"那你能不能先借我点儿钱,周转周转。"小襄阳说。

车丙三把兜里的钱都掏了出来,自己留下二十块钱,然后把一沓钱塞了过去——

"以后别赌了,如果实在手痒痒,先把老子的钱还了再出手。"

2．病　房

白色，就是没有颜色。

李士北眼睛在病房里瞟来瞟去，心中暗想：洋人很有意思，把医院的墙壁都涂成白色，床单、椅子都是白色。在这样纯粹的空间里，能想的就是最本质的事情了——生老病死。进了医院只想一件事，怎么不生病，怎么活着。

李士北腿上伤得不算重，被猪撞个趔趄能怎样，估计也就是筋骨受点儿小伤。常言道：伤筋动骨一百五，对懒人来说，这也算需要休息半年的伤。原本想找个大夫拿点止疼药就行了，可到了医院才发现，战争时期，医院主要接待战场上下来的伤员，小病小灾的门儿都进不去。有人和他说，同济医院有洋人资助，住院看病基本不花钱。还有这好事儿？

一个女医生给他看了腿，然后说了句"等着取药"就走了。转身来了个护士，让他到病房稍等一下。

李士北第一次进洋人的医院，第一次见到女医生，心里没底——被这女医生看完病的腿，会不会好了以后变成小细腿？那可就耽误干活了。

病房里四个人，好像都在等医生。其中有一位病人看起来伤得挺重，白色的纱布已经把这位裹成了粽子，肉馅儿的粽子。

"烧的，人烧成这样……得多疼啊，想想都觉得……自己身上摊的点子都不叫病。"看李士北困惑地看着人肉粽子，旁边的病友解说道。

汉川人喜欢把毛病叫点子，李士北心中暗想，这位是汉川人。

"粽子"翻了一下眼皮，白了他的病友一眼。看来是伤得太重了，他身体的其他部位基本看不到动弹。不动也对，粽子原本也不会动。

看不出那位多嘴的汉川病友哪儿不舒服，只是佝偻着腰，双臂在肚子前面环抱着。他好像在自言自语，又好像在和李士北攀谈，说："水火无情，这监狱走水，多半……凯字营，说远不远，只隔一条长江而已。"

李士北心里清楚这"多半"后面的话，无外乎伤亡的不是啥好人，只是当着人家面不好讲，再说人家伤得这么重。

可是让他心中一颤的是"凯字营"三个字。心中暗自纳闷——怎么又是这个地方？自己就不能和这个地方撇清关系了吗？

另一个病友一直没吭声，也不理会别人，手在掰一块麻糖吃。可能是等得烦了，吃完麻糖拍了拍手上的芝麻，扭身挪屁股就往门口走，口中嘀咕"免费的东西，等起来还挺费劲"。他刚要探手去拉门，一个白大褂医生推门进来，两个人差点儿撞个满怀。

"回去坐好！别乱动！"进来的医生矮墩墩，身材臃肿，穿着白大褂，戴着口罩，嗓子高声——个儿不高，可口气还挺冲。

他身后跟着一个二十岁上下的年轻医生，进来后就将门一掩，后背往门上一靠，用鼻孔看人，那架势分明就是说，今天谁也别想出这个门了。

身材臃肿的矮个子医生手上擎着文件夹，他一边环视病房，一边扫了一眼手上文件夹上登记的患者信息。

他手上的就是病历吧？听说同济医院都是按照洋人办医院的路数分科室的，也不知是不是这一屋子都是跌打烧伤的。一屋子人似乎都在想这个问题，也都在等进来的医生吩咐，因此当他们看到医生的眼神时，空气一下子凝固了！

"现在是非常时期，我必须和你们，对，还有你——"他回身指了一下门口那个像守门员一样的年轻医生继续说，"每个人，听清楚了。今天早晨，龙王庙码头就地掩埋了十六口，胭脂巷封锁了，可是不知道为什么，还是有人不听指挥，冒死跑了出来，当场就被军方枪毙了，机关枪突突了一柱烟的时间，具体死了多少人还不清楚，是鼠疫！向着老百姓开枪，唉……"他一边说一边摇头。

"现在，我们要对每一个人进行排查。从昨天晚上到今天早晨，可能经过龙王庙码头的人都需要排查，你们放心，这里是同济医院，我们不会看着病人自生自灭的。但是，排查出的有可能沾染鼠疫或者接触鼠疫患者的每一个人，都要隔离，隔离你们懂吧。现在，这屋子里，算我一共六个人，只要有人可能接触鼠疫患者，就要被隔离。我是主任医生，负责给大家做笔录，大家要配合我，说清楚自己是怎么到这里来的。"

主任医生扫视着所有人，好像大家的惶恐是在他意料之中的，他一直保持着镇定严肃的表情。

"都晓得了，是吧？晓得就好。"主任自问自答。

主任拿着文件夹，先问李士北——姓名、啥毛病、什么时间到的同济医院、具体路线。

李士北一头雾水。他哪见过这阵仗，早就吓得腿软了，也早忘记了自己哪条腿疼。只是结结巴巴道："腿，猪把我拱了，不，不是，我赶猪，送菜，原本去凯字营，我就疼啊，腿就受伤了，当时是……左腿，现在感觉右腿也不会动了——"

"姓名！姓名！"主任不耐烦。

李士北愣了一下："啊，李士北。"

啥毛病？

"腿，受伤了，猪跑了，哎呀，没追回来，三个月的生活费，我就说我还是种菜稳妥。"

"你受伤和猪有关系是吧，和耗子有关系没有？猪怎么跑了，是受到耗子的惊吓吗？"

"和耗子没关系，我都十二年没见过耗子了，你知道吧，凯字营什么都有，就是没有耗子，那儿的人都是属猫的，根本不可能有耗子。"说到耗子，李士北好像恢复了一些自信。

"所以，你是赶猪去凯字营送菜？"主任医生问。

"是啊，每天送一次菜，每月月初送一头猪。昨天正好赶着猪。哎呀，别提了。你们这儿真的不收医药费是吧，事先可说好了，我一分钱没带啊。"

"猪怎么跑了？"主任不理会他打岔继续质问。

"我刚到凯字营门口，还没和夏彩印打招呼，就看里面烟起来了。这烟可不是厨房平时的烟，我以前是做厨师的，看着烟就知道火候，这烟蹊跷，少见。后来才知道真是一股邪火呢。

"我当时就纳闷，难不成是着火了……这时候，猪就毛了，掉头就窜，原先是绳子套着猪，它一窜，我看要拴不住，就去抓猪尾巴，这畜生闻到要命的味儿了，一蹄子就把我蹬翻了……"

"老夏是什么人，可能传染鼠疫吗？"主任看起来没啥耐心听猪是怎么掀翻人的故事了。

"老夏啊，凯字营的门卫啊，我们认识十二年了，他在凯字营做门卫，我做厨师，后来我实在干腻了，心想，还是和我三个哥哥一起种菜的好，我就辞了工，回家种菜，种半年菜之后，发现卖菜根本养不活自己，没人要我的菜，最后又折腾回来，给凯字营送菜。监狱长心软，就专门让我送菜，月初送猪。完了，我的猪，哎哟，我的腿……"

"龙王庙码头离凯字营很近，也是渡江的必经之路，所以，你还是经过了龙王庙，就在昨天，对吧？"主任质问。

"啊？我，我没有鼠疫，肯定没有，我就是腿摔坏了。码头？原本没经过，为了到医院来，还真从龙王庙码头上的船。码头当时挺正常的，没看见老鼠啊！医生，我和你确认一下，你们同济医院是免费给人看病的吧？"

"看病免费，药半价，但这些现在不重要了，你很可能接触了鼠疫患者，包括和你说过话的人，啥名字来着？老夏？他也很可能感染了鼠疫。"主任忧虑道。

李士北很纳闷。老夏也感染了鼠疫？不对吧，自己怎么想到"也"？自己难道感染了鼠疫？那是自己传染给老夏的还是老夏传染给自己的？他恍然大悟般，嘿嘿笑出了声，说："医生医生啊，肯定是误会了，我昨天和老夏还没来得及说话，没说话呀，没说话应该不会传染吧，而且，我一路上光想着工钱的事儿，都没和猪说话，也不会是猪传染给我的鼠疫。误会，一定是误会来着。"

屋子里的其他人有一些哭笑不得，原本紧张的气氛，多了一成笑料，门口的年轻医生板着脸，怕主任责怪他不看时候，尽可能地忍着不笑出来。

主任医生一板一眼地说："李士北，你的情况比较特殊，现在猪还没找到，如果找到猪的下落，确定它已经感染鼠疫了，那你无疑就被感染了，这个情况我们会专门通报上面，追查猪的下落。另外，我们也会筛查老夏以及你认识的所有那个什么营的人，检查你是否感染了，这也是对患者负责，请你理解。不管腿好没好，你暂时都不能离开这间病房。"

"啊。好好好，我听医生的。啊，不对！"李士北恍然惊恐说道，"我认识凯字营的所有人，所有人和我都很熟悉，因为我要给他们做菜、打饭，你一一排查吗？四百多口子人啊……我昨天只是在大门外转了一下，就着火了，还没来得及进去送猪，会传染吗？这鼠疫也太邪乎了……太邪乎了……"

"你认识所有人……"医生隔着口罩，低沉声音嘟囔着，"你就等着猪的消息吧。下一个——"

主任医生原本对着"粽子"说，是想问问他的情况，可是一看这粽子伤得太厉害了，纱布裹着脑袋，只露出眼睛，嘴巴能不能发声还不知道，估计回答问题都很难吧。

"你能说话吗？"主任医生冲着大粽子问。

对方瞪着眼睛不说话。

"你能回答问题或者我说得对，你就眨眨眼睛，怎么样？"

大粽子眨了眨眼睛，马上又僵硬地抬起胳膊，做了个拒绝的手势，又指了指自己的脖子和嘴巴，然后右手五指并拢，摆出了个僵硬的拒绝手势。

主任医生仅露出三分之一的额头瞬间已堆满皱纹。看来，这个笔录没办法记录了。

不过，一个烧成这样的人，能够传染鼠疫病毒吗？如果病毒依附在体表，早就和他的皮肤一起烧焦了吧。

那个多嘴汉川人是个四十岁上下的汉子，看主任医生望向自己，依然保持着环抱的坐姿，也不说自己姓名和怎么来的，却反问，啥时候给我们看病？

主任医生向前挪了半步，由于他身材臃肿，走路的样子有一些夸张，白大褂里面是什么样的身材实在让人不敢想象。他也学着汉川人，环抱双臂，然后才问："那你……是什么毛病呢？"

"我们是晚上睡不着，也不吃东西，也不出去玩。"汉川人说。

"失眠？不算啥病啊，现在能吃饱饭就很好了，有啥睡不着的？说说你的名字，这几天的路线和……有没有接触过鼠疫患者。"

"不可能。不可能接触老鼠。老鼠躲着我们走。我们这失眠，你能不能治呢？你给个痛快话啊，我都来三次了。"汉川人说。

"人命关天，现在急着处理的是鼠疫！鼠疫！传染了就活不成，有药都来不及。你这几天去没去龙王庙码头？"

"我说了，老鼠都躲着咱们走，怎么可能染上鼠疫？你们治不了就说治不了，同济医院的医术也不过如此，你只要说句治不了，我们就走了。"

主任医生眯眼看了看汉川人，忽然说道："你一直说'我们'，是你和谁？生病的不是你对吧，看你活蹦乱跳的。"

"生病的当然不是我，是我们宝宝啊！"说着，汉川人把双臂一张。

几个人不约而同看向他怀里——宝宝，确实是宝宝，只是这宝宝黑白花，是一只可爱的小猫，老鼠确实会绕开这宝宝走。

主任医生好像早有预料，看不出丝毫惊讶，只是拖着臃肿的身体又向前挪了两步，说："来，让我也看看'宝宝'。"

他盯着这只花猫看了三秒钟，问道："你们宝宝最近和陌生人接触过，或者遇到过突发的大事件，是吧？它是受到惊吓了，才失眠的。"主任医生说得很自信。

汉川人一脸狐疑："你这个给人看病的医生，怎么知道宝宝的情况？"

"你也知道这是给人看病的地方？那为什么还搞一只猫来求医？你的猫病得不轻，但是，也不是不能救，今天下午三点前医治还来得及，晚了……你知道人疯了得进精神病院，猫疯了，可没招儿。"主任医生说得不急不缓。

是的，他不用着急，猫疯不疯原本不是他该操心的事情。

汉川人坐不住了，腾的一下站了起来，探着脖子问："你说什么？怎么可能会疯？"

他嘴里不信医生的话，却不由自主急着问："有啥药方吗？有吗？"

"你经过龙王庙码头没有？除了猫的命，人的命也很重要。"

汉川人说："没，没有。"他一边说一边拨浪鼓一样摇头。"我从长清里过来，没离开过汉口。"

"枣花蜂蜜能搞到吧，你下午先给你家宝宝喂点儿枣花蜂蜜，一天一次，七天后就不用喂了，半月后它就能痊愈。但是，如果我们这个房间里有一个人传染了鼠疫，那你就什么都不用做了。对了，你叫什么名字？"

"枣花蜂蜜，枣花蜂蜜……我叫枣花蜂蜜，我，啊我叫衣阜城，枣花蜂蜜……"

看来这汉川人衣阜城是个猫痴，可是，主任医生只是看了两眼，居然就能够给猫看病，也是挺让人惊奇的。

主任医生镇静地向大家宣布，现在有两位患者基本排除感染鼠疫。

他望向剩下的两个病人。

唯一还没有排查的病人，头一扬，一板一眼地说："横滨正金银行高级职员，黄浦发。我从日租界骑车过来的。"

其他的话，黄浦发没有往下说，言外之意，自己是有身份的人。

"什么毛病？"主任医生不理会黄浦发的高傲。

"没毛病。"黄浦发说。

倚在门口的年轻医生忍不住轻笑出声。这四个病人，一个粽子人不能说话，一个被猪拱了，一个给猫看病，一个自称没毛病却往医院钻。

主任医生假装没听见他的话，说："那你不用看病了，排查完鼠疫，没事儿的话你就回去吧，如果有人感染鼠疫，算你倒霉了，黄先生。"

"我，我最近身上有一些痒痒。你是这个科的医生吗？"黄浦发降低语调问道。

"这个科是什么科？痒痒是怎么个痒痒法儿呢？鼠疫一般会咳嗽、高烧，偶尔也会有痒痒的……也有会痒痒的病例。"主任医生分析说。

"就，就身上……身下，痒。"黄浦发说完瞬间变得像霜打的茄子。

"有一些病，其实比鼠疫还厉害，也具有传染性，好在你的情况暂时不会传染这个房间的其他人，我暂时也不能给你开药，只是奉劝黄先生，最近有一些场所不适宜你出入，以后也不适宜你。等排查完鼠疫，会有医生给你开药的。"说完，主任医生在手里的文件夹上勾了又勾。

四个人排查完了，大家松了口气。

主任医生好像也轻松很多。最后补充说："为了安全起见，我还是需要给这位……这位先生记一下笔录。看病历登记，你应该叫袁新华。"

粽子人袁新华没反应。

主任医生接着说："如果你认为不对，摆手就行，我看你刚才可以做到摆手。你认为对，就看我一眼。"

袁新华没反应。

"你现在很疼是吗？"

袁新华抬眼皮看了主任医生一眼，又闭上了眼睛。

"你的烧伤很重，但是，没有性命之忧。可是，现在最大的问题是鼠疫，鼠疫可非比寻常，要死也是一片一片地死人的，如果你感染了鼠疫，那就有生命危险了，不止你一个人，可能这个房间的所有人，还有这两天接触过你的所有医生、护士，都很危险。"

袁新华眼皮没抬，也没摆手否定医生。

"病历登记上说，你从凯字营监狱来的，那边走水路喽。凯字营过来要路过龙王庙码头，我担心护送你就医的途中有传染源，鼠疫传染很邪乎的，举个例子来说吧，刚才说的李士北的猪，你知道猪会到处乱窜，猪被查出感染鼠疫的话，那么李士北基本会被传染，和他接触的老夏也很可能会被传染，老夏和你肯定也接触过……就这么邪乎，很小的一个细节，都可能传染很多人。"主任医生说。

袁新华没有抬眼皮，稍微摇了摇头，然后又是五指并拢摆出了僵硬的拒绝手势，那意思是不想再听下去。

可能是袁新华太痛苦了，一个人被烧成这样，估计活下去的念头都没有了吧。

主任医生没有放弃，接着问道："除了被火烧到，你有没有被烟呛到？"

袁新华翻了一下眼皮。

"除了被烟呛到，你有没有别的外伤？"

袁新华摆手。

"你身上有流血的伤口吗？伤口容易感染病菌。"

袁新华摆手。

"和你一起的人，另外三个人，有可能接触过鼠疫患者或者经过龙王庙码头吗？"

袁新华忽然抬头看向医生，随即摆出僵硬的手势挡在面前。

医生向前一步，注视着袁新华的双眼，刚要说下句话，这时候只听砰的一声，病房的门被撞开了。

倚在门口的年轻医生已经被撞倒在一边，一个年轻的女医生站在门口，众人看着她很是惊讶，一个文弱女子居然有这么大力气，她也是张大嘴巴吃惊地环视整个病房，等她看到主任医生的眼睛，目光停了一秒钟。

看来她闯祸了。众人以为她因为自己的冒失而紧张害怕，没想到她叉起腰指着主任医生吼道："车丙三，你又犯精神病了吗？搞什么鬼，回你自己的病房去！"

3．凯字营

出了医院，小襄阳已经笑弯了腰。

"行啊，车丙三，才进医院大门一个小时，你都学会给猫看病了。我就纳闷，你是怎么知道他的猫受到了惊吓呢？你事前去吓唬过那只猫吗？现去吓唬来不及了吧。还有其他几个病人，假医生诊断得挺神道。"

车丙三撇嘴不说话。脱了白大褂，他的身材不再臃肿，他的马甲上下都是口袋，外面再套个大褂，看起来确实夸张。

"说说嘛，你演得还真挺像，医术看起来跟真的似的。我下次头发丝脚指甲哪儿不舒服也找你给看看。"

车丙三笑笑说："胡子。他怀里的猫的胡子——被人剪掉了，说来也挺奇怪的。我想，猫如果胡子被别人剪掉了，应该很惶恐吧，应该受到的惊吓不小。我也只看到这一个细节。至于黄浦发的花柳病，那个是猜的，看他的神色，就像做了见不得人的事。只是袁新华的受伤情况，我看不出，毕竟需要真的医生才能搞明白。"

昨天下午，拿到总探长雷霖的命令，车丙三就马上和小襄阳商量：火灾刚刚发生，现场破坏最小，迅速赶到案发现场，最容易找到证据，发现蛛丝马迹。可是，凯字营这地方非比寻常，它不在法租界的执法范围内,而且凯字营还是军管监狱,贸然前往可能连门都进不去。看案件材料,还有一个叫袁新华的幸存者。如果是意外失火,袁新华能提供的线索将会很重要,他是唯一的幸存者,能够帮助车丙三将案发现场画像,进而查找失火原因,最后再调查法国人亨利·狄佳巴为什么会出现在凯字营,就可以结案了。但是,如果这个案子是纵火案,四个人同处密室,那袁新华也可能是纵火犯,案子就复杂了。并且同济医院是一块飞地,虽然是武汉直辖市的地方,但是美国传教士一直在这个地方经营这家福利医院。在这里,车丙三和小襄阳同样没有执法权。想来,这也是总探长雷霖将这个案子交给他俩的原因,如果交给法国探员,就更复杂了。为了不打草惊蛇,车丙三想到一个计策,假扮医生,盲审一下袁新华。

小襄阳收起笑容,困惑地说道,医生演得很成功,只是对案子侦破没啥帮助,从袁新华那里也没问出什么名堂。

车丙三不以为然。收获还是很多的,袁新华到底伤得怎么样,还需要找同济医院的医生核实,他什么时候能开口说话,案子什么时候才能取得进展,这个人身上值得怀疑的地方还挺多。

于是两人商定,接下来兵分两路,小襄阳留下来,查明袁新华的治疗情况,尽快拿到他的口供;车丙三只身前往案发现场凯字营。

凯字营监狱,看来是要啃一啃这块硬骨头了。

"你舍得丢下小医生程慕白吗?"小襄阳调侃道,"其实她挺帮你的了,她后来和病房里的人说,你是另一个病房里的精神病人,精神病,那可不是一般人能得的病呀,也是高看你一眼呢。"

车丙三脸一红。

小襄阳见车丙三脸色有变,急忙转移了话题——都到了家门口了，你也没去看看秋水爹，别太敬业了。

"唉，他还是那样子。明明是赖在这里住院，我哪敢称家门口啊。我和他说没事儿就回家吧，他却说我管不着，我又不是他亲生儿子。我说你又没有亲生的，我和亲生的有啥区别。他就说自己喜欢住这里，才住进来三个月而已，医院都没硬赶人呢。医生和护士稍微一提到请他出院，他就和人家聊圣经。作为教会医院，每个人多多少少对圣经也是知道一些的，可是都纷纷败下阵来——他能背下来整部《圣经》。"车丙三脸红，一半是因为自己养父庄秋水赖在医院，把医院当成了疗养院，另一半还是和程慕白有关。

自己对同济医院熟悉，确实和程慕白有些关系。因为，最近三个月，自己的养父庄秋水住在同济医院，自己来看秋水爹的次数多了，对这里的环境也就熟悉了。可是秋水爹原本没啥毛病，强装精神病，霸占床位，享受这里的舒适住院环境。世上的人，没有谁会愿意住进医院，住进医院的人最强烈的愿望就是早日出去。但是，偏偏就有这样的人，喜欢住在医院里面。

同济医院的精神病科室，日常偶尔有门诊接待，常年没有住院病人，秋水爹就成了常住"贵宾"。医生护士劝他早日出院，他就说自己还是有精神病的，没病怎么喜欢耗在医院呢，医生护士再劝说，他就会搬出《圣经》来讲。原本同济医院的医生大多是美国传教士，庄秋水给传教士讲《圣经》里的道理，也真是个妙人。

秋水爹也好，程慕白也好，现在顾不上仔细寻思，车丙三吐了口气，心想，现在破案才是关键。

老夏最近总是精神恍惚，好像一不留神就会出事儿，好像一出事儿就会联想到是不是自己注意力不集中引起的，难道是老了？昨天，凯字营着火，烧死三个人，重伤一个同伴。那三个人中两个是外人，既不是凯字营的狱警，也不是烧火做饭的，还不是凯字营的犯人。出事儿后，整个凯字营口风一下子像扎起来的口袋，大家都变成了哑巴。烧死的韩冰是个犯人，重犯，重在哪儿，没人知道。门卫不知道的事，别人估计也难以知道。

上面查问那个法国人和范鸿儒是怎么进来的，我该怎么说呢？老夏跟这两个人也算认识，现在说不认识来得及吗？算了，不想这些了，自己没被烧死就是幸运了，做门卫，一到下午就犯困，要不要来炮烟提提神？他心中嘀咕。

就在这时，小个子出现在自己的视野里。

"你是谁？从哪里来？干什么？"老夏使用了千年不变的盘问方法。

"老夏，夏彩印，是你吧。我是法租界巡捕房高级探员车丙三，这是我的证件，我代表法租界总巡捕要见凯字营监狱的负责人。关于昨天失火，有一名法国公民死亡，巡捕房严重关切，为了不引起中法两国的外交争端，我得亲自见见你们头儿。"车丙三把一张写着一堆法文的卡片在老夏面前晃了一下。

这个人和别的访客最大的不同不是他代表法国人，汉口有五国租界，动辄见到几个洋人也不奇怪，何况这车丙三终究是中国人。但是，他居然知道自己是夏彩印，有些不同寻常，谁会在意一个门卫，甚至叫得出他的名字？

虽然这个车丙三其貌不扬，手上拿的证件也值得怀疑，老夏还是拿起电话，拨通了监狱长的内线。

三分钟后，车丙三已经出现在凯字营监狱的会客室里面了。

在来访之前，他已经调查过，凯字营的监狱长叫伍栋，以前是名军人，不久前不知是在山东还是河南战场上负伤了，转业到武汉市，成了凯字营监狱的首长。

当伍栋出现在自己面前时，车丙三直观感受到，这位四十岁上下的前军人身上的冷峻干练是烙印在骨头里的。

作为监狱长，面对访客，伍栋既没有握手也没有微笑，甚至客套话也没半句，也没请车丙三坐下。问明来意后，伍栋只是毫无表情地开门见山问，有什么能配合你的吗？

"你也知道，昨天的大火，有一位年轻的法国公民，亨利·狄佳巴先生，法租界巡捕房有义务搞清楚他的死因。我想了解他是怎么到这儿来的？"车丙三问。

"我不知道。年轻人称呼先生的很多，你也很年轻。你为什么不去战场要来监狱呢，先生？"伍栋说话时脸上毫无表情，就像一面水泥墙。

"他是烧死的吗？"车丙三不想被其他无关紧要的问题干扰，毕竟破案的时间紧迫。

"可能吧。"伍栋回答问题时依然看不到表情。

"你这里有和案件相关的材料吗？"车丙三还是想问出一点点线索来。

"没有。"

车丙三心里嘀咕，他回答的字数越来越少，不太妙。

"我能看一下案发现场吗？"车丙三知道，这个问题你总不能回避吧。

伍栋扬了一下下巴。这次竟然一个字都没说。见车丙三一脸困惑，伍栋抬起右手，在空中点了三下。那意思是说，就这里啦。

车丙三环视了一下这个房间，真不敢想象，昨天下午，就是这个二十几平方米的房间里面发生了火灾，如今案子还没结，这里已经被恢复原状了，也就是说案发第一现场已经被破坏了。

这个房间明显是个会客厅，一半的区域摆着会客桌椅，但是不知道案发的时候，这里是不是现在的样子。另一半空着，还能闻到比较明显的烧焦的味道。房间有门无窗，在空出来的半个屋子的边上，有个小门，通过这扇小门或许能通到里面的其他房间。

车丙三看了一眼伍栋，他没有开口说话的意思，只是眉宇间做了个稍微舒展的表情，好像在说"你看到多少，我能回答的就是多少了"。

车丙三指着半个屋子的空地问："这么说，当时着火的是这个地方了？"

伍栋微微点头。

"当时，确切说是昨天上午，屋子里的家具，就是现在的家具？"

伍栋微微点头。

车丙三趴在地上，闭上眼睛，鼻子贴着地面闻了闻，又用手敲了敲地面，伸手进马甲口袋，掏出个折叠的尺子来，左右扭了扭、折了折，折尺就有一米来长了。他先量了房间的长宽，抬头望了一下房间墙壁的高度——监狱的墙都太高了，这间会客室的房顶大约五米高，他叹了口气，不知道是不是对自己的身高彻底失望了。然后，车丙三用折叠的尺子往地面抠去，撬起来两块馒头大的泥土，看了又看，用手捻了捻，又填回去。在墙角，他找到了几张碎纸片，看起来有燃烧的痕迹，不知什么时候他手上多了一柄镊子，又从马甲的另一个口袋掏出个小铁盒子，小心翼翼地把碎纸片挑起来，放进去。接下来，车丙三又从另一个马甲口袋里拿出一块方形木头，他把木块贴到墙上，自己耳朵也贴到墙上，忽然抡起拳头往木块上哐哐就是两拳，然后，又利落地把木块收了起来。

车丙三做这些的时候，也不看伍栋，完全沉浸在自己的世界里面，好像压根儿就没有伍栋这个人在场一样。

伍栋微侧头，观察着眼前这个小个子的奇怪举止。

最后，车丙三走到了小门前。

伍栋清了一下嗓子，提示车丙三，自己才是这里的主人。

"这个门原来通往后面的工作人员居住区，上个月堵死了。"伍栋说。

"火灾发生时，一个人都没逃出去？"车丙三问。

"没有，四个人都没有逃出去。"伍栋回答。

"会客室门外有值班的人，就像现在一样，门外有人值班。"伍栋补充道。

"会客时门会反锁吗？"车丙三问。

"当然不会，我们这里虽然是监狱，但这里毕竟是会客室，不是牢房。"伍栋答。

车丙三亲自走到会客室门前，果然，门一推就能推开。

"这么小的屋子，门还没有锁，就算失火，里面的人也很容易跑出去啊！外面的人也很容易发现着火了，跑进来救火也来得及。怎么就会造成三死一伤这么大的灾祸呢？你不觉得很奇怪吗？"

"世上奇怪的事情多了，这件事确实奇怪。但是，凯字营是军事监狱，不负责答疑解惑。如果不是当事人中有一位法国人，我们也不会有这次会面……"伍栋冷冷回答。

不知道什么时候，车丙三拿出了一支笔和一个小本子，转到了伍栋面前，问道："我能问一下案发当时，这个客厅的值班员吗？"

"可以。你把所有问题问完，我叫他来。不过，他可能什么都不会和你说，你知道军人的纪律。"伍栋摆出一副公事公办的姿态。

"有个死者叫范鸿儒，他是个美术教授是吧？他既然在会客厅，应该不是这里的囚犯吧，那他来这里做什么呢？"

"你也说了，他是美术教授，当然是教画画的了。他来给这里的犯人上课。当时还没到上课时间，犯人们在出操，所以他在会客室休息。"伍栋回答。

"咱们凯字营监狱教犯人学画画？所有犯人都学？范鸿儒在这里做教师多久了？还有其他美术老师吗？"

"很少见是吧。谁规定监狱就不能让犯人学画画了？凯字营所有的人都可以学画画，只要他们愿意，不管是犯人还是公职人员，不管是重犯还是长官。这是我到凯字营之后做的一个决定。在此之前，也有过小范围的尝试，既然没试出问题，何不大张旗鼓地做起来。这个决定，得到了武昌高等艺术学校的支持，他们的老师只收取少许的车马费，武昌高艺就在胭脂巷，离这里也不算远，每个月有六天，他们的四位老师会到凯字营授课。只是最近这所学校停办了，老师们都在各自谋求生路，只有范鸿儒老师一个人坚持授课。"

"这个挺有意思，有机会我还真想看看犯人们画的画。"车丙三附和道。

"是吧，你如果看完能买几幅就更好了，本监狱长可以考虑给作者减刑。"伍栋说。

"范老师和亨利、韩冰以及袁新华认识吗？"车丙三趁着伍栋打开话匣子，想多问一些。

"看来你已经知道这些人的名字了。袁新华是监狱职守人员，和其他人应该都有相识的机会。范老师和亨利、韩冰应该不认识，他们只是碰巧都在会客厅。"

"那韩冰呢，他是这里的犯人吧。听说还是一级重犯，他怎么会出现在会客厅呢？"既然说到了这些人，车丙三想多查证一些信息。

"韩冰是凯字营的重犯。我可以保证，他和火灾没有关系。他，他只是不幸遇到了。他也不认识其他三个人。"

"你认识韩冰是吧？"车丙三说道。

"他是这里的犯人，我是这里的监狱长。"伍栋的表情看不出丝毫波澜。

"可是你用了'保证''不幸'这样的字眼。所以，我推测你和韩冰应该不仅仅是认识。"车丙三自信地说道。

"他的情况和此案无关。他是重犯，我不能向你透露更多了。"伍栋回答。

"恕我冒昧，他当然和此案有关，他是三名死者之一，如果袁新华救治不过来，他就是四名死者之一，这是人命大案。不过，你和他的关系真的可能和此案无关，这一点我倒是相信。我想上面对这么大的事件，也会很在乎吧。"

伍栋脸色不悦，说道："你关心的是亨利的死因，他死于火灾意外。上面忙着打仗呢，打仗每天都会死人的，这几个人算什么？"

车丙三听了伍栋的话，嘴角泛起一丝微笑。伍栋马上捕捉到车丙三的微妙表情，瞬间醒悟，自己着了车丙三的道儿了，他的问题是给自己挖了个陷阱。

"是的。其他人的生死，好像没人关心。我接手这个案子，也仅仅是因为法租界巡捕房要查清亨利先生的死因。但是，我也是一个武汉人，武汉人的命也是命，在查清案子来龙去脉的同时，给所有不幸的生命一个交代，也是我要做的事。"车丙三一个字一个字说出来，就像他刚才用手敲打墙壁上的木块一般，回音充满整个屋子。

车丙三接着问：

"那亨利先生呢？他应该不会是自己跑来教画画的吧，也不会是这里不能言说的重犯吧，他怎么会到这里来呢，昨天上午，亨利先生怎么到了凯字营监狱的会客厅呢？"

"亨利先生是我邀请来的。"伍栋回答得很干脆。

"你当时不在，至少不在会客厅是吧？"

"我当时在汉口，前天去汉口公差，昨天早晨从汉口往回返，昨天上午发生火灾的时候，我还没到龙王庙码头。"伍栋说。

车丙三迟疑了一下，还是问了句："你有不在场证明吗？"

伍栋并没有表现出不悦。"我是一名军人，不会撒谎。我有不在场证明，但是，不必提供这个证明。"

"你邀请亨利先生来这里做什么，还有别人知道吗？"车丙三问。

"我不能回答你这个问题。这是军事管辖范围。这件事凯字营其他人也不知道，你那么聪明，应该能推理出来，如果有特别安排，他也不会和其他人一同出现在会客厅。当然，如果当时我在的话，也不会让他在会客厅等。这是实话。"伍栋回答。

"可是，一堆废弃的纸张，就带来致命的火灾，真遗憾。能说说那些纸是做什么用的吗？"车丙三好像随便问问一般。

"原本没什么不能说的，可是，这些纸张的保密情况还没解密。我以为现场清理干净了，还是被你看到了一些痕迹。"伍栋说。

"现场还发现别的什么东西没有？比如能够引发火灾的东西？"

"只有范鸿儒画画的一些工具，画笔、水彩、尺子等吧，其他人没有带东西。也没有发现引起火灾的什么东西。"伍栋回答。

"有没有装汽油的瓶子之类的东西？"

"没有。"伍栋回答。

"亨利先生为什么来这里，不能说。韩冰犯的什么罪、为什么来这里，不能说。引发火灾的'废纸'是做什么用的，不能说。你这军事纪律这么多不能说，你看这案子怎么查下去呢？"

车丙三继续说："这火起得无缘无故，现在看来纵火的可能性很大。但是，外面的人没进去，里面的人没出来，这就是个密室，纵火的人只能是里面的四个人之一，但是袁新华也只是命大，哪个人纵火会不惜把自己也烧死呢？我还是那句话，武汉人的命也是命，希望监狱长能够多透露一些信息，便于破案。"

伍栋挺直了腰杆，铿锵回答："我也还是那句话，我是一名军人。"说完，伍栋做出个"请"的送客手势。车丙三觉得他的白色手套很刺眼。

车丙三觉得这个人很无趣，用力展开双眉，眨了眨眼睛，对伍栋说："你有什么要问我的吗？"

"没有。我觉得，你不上战场可惜了。"伍栋冷冷地说。

出了凯字营监狱，老夏主动向车丙三挥手。车丙三也挥手致意，喊了句"谢谢你，老夏"。车丙三有一些失望，查访凯字营之后，困惑更多了，谜团更复杂了。这个军管监狱能够进去一次不容易，这次是打着法国巡捕房的旗号，外加"老夏"这半个熟人帮忙，下次还能不能进得去都很难说，这里没有熟人，也只认识个门卫罢了。说起门卫，车丙三想起李士北说过，凯字营认识人最多的就是厨师和门卫了，做厨师的李士北和做门卫的夏彩印在这里工作超过十二年了，这两个人应该知道更多的消息。

想到这里，已经走出一百多米的车丙三转身，朝门卫走去。

没有人愿意待在监狱，每个迈出凯字营大门的人都想尽快离开，都不会愿意在附近逗留，十二年来，只有今天这个人是例外。老夏甚至对这个小个子去而复返很期待，说不清为什么，他对这个人印象蛮好的。

"兄弟，你想过要换个工作吗？"车丙三隔着门卫的窗台问老夏。

老夏微笑，摇头，然后注视着这个小个子，他心想，下一个问题应该会是正题吧。

"那李士北为什么要换工作呢？"小个子问。

老夏心中有一些失望，看来这个问题也不像是正题。不过，这个问题告诉了自己为什么这个小个子知道自己的名字。

"说正题吧，先生，你不会对李士北的厨艺感兴趣的，也不会对他的猪养得有多肥感兴趣的，你对留下来住在凯字营更不会感兴趣的，对吧。你到底想问啥？"兜多少圈子都要回到大门口，大门口有资深门卫老夏坐镇，在这世上千万别和门卫兜圈子，徒劳。

"凯字营的事情，我想你知道的会比别人多，这场火灾不该发生，人命不该白白断送，我想你能帮上我的。"车丙三注视着老夏，身体前倾，尽力显得很诚恳。

"我为什么要告诉你呢？我觉得这场火灾就应该发生。"老夏回报一个微笑说道。

"没准儿……这场火只是一个开始，或许有一天，你也会像李士北一样，因为没有安全感而不得不换饭碗呢？"车丙三说得很慢，以便对方在听的时候，有足够的时间来掂量自己的话。

"这里是军事管理区，我需要遵守军事纪律。"言外之意，就算我想帮你，也很可能帮不上。

车丙三窃喜，有门儿。

"我今天进来的时候，做了登记。我可以看看登记簿吗？我想看看昨天上午的登记情况。"车丙三试探问道。

"当然不可以了。你不能看昨天的登记情况。"老夏笑着说。

"这样啊……我出来后忘记登记了，可以补一下登记吗？"车丙三问。

"不用，进去的访客自己填写登记表，出来的时候，我来帮忙填写。"老夏不动声色接着说道，"如果访客想亲自填写，也可以的。"说完，老夏把登记簿递给了车丙三。

车丙三看到自己的名字，然后看到了进出的时间，最后一栏打了一个勾。接着他沿着时间往前翻，今天上午在自己之前，有一位访客，昨天下午居然没有访客，看来火灾的影响很明显。看见昨天上午登记情况这一栏时，车丙三有一些迟疑，因为昨天整个上午或者说昨天一天，凯字营监狱只有两位访客，不难推测，这两个人一位应该是来授课的美术教授范鸿儒，另一位应该是法国人亨利·狄佳巴。在昨天的登记栏，第一行签名的是一行洋文,洋文后面居然写了个括号,括号里用中文歪歪扭扭写着亨利,这个就是亨利·狄佳巴无疑,他先到的凯字营,到的时间很早,居然是早晨七点钟。另一行让车丙三皱起眉头,上面写的不是范鸿儒,而是四个字——"上官园寺"。这个人到达凯字营时已经是上午快九点钟了,而根据之前自己掌握的信息,凯字营的大火就是九点半发生的。在上官园寺到达凯字营监狱半小时之后,这里就发生了致命的火灾。亨利和上官园寺没有离开的记录,是的,死人离开应该不需要登记了。

死了的人是上官园寺,不是范鸿儒?可是自己掌握的信息一直是范鸿儒,和伍栋谈话的时候,伍栋也默认被烧死的是美术教授范鸿儒,怎么回事?车丙三脑子里几个人的名字不停转动。

上官园寺是谁?范鸿儒怎么没在登记簿上呢?

车丙三顺便翻看了前面几天的登记记录,好在凯字营毕竟是监狱,访客不多,范鸿儒的名字隔几天就会出现一次,每次都会有进出时间。上一次范鸿儒来凯字营的时间是五天前,当天午后离开的,看来范鸿儒来凯字营的频率和伍栋说的差不多。亨利的名字最近十天出现过四次,看来最近到访比较频繁,之前却没有登记记录。最近一个月的登记记录里面没有袁新华,看来他平时不出去,或者有一些工作人员进出是不用登记的,因为也没有伍栋的名字,他刚刚说前天去了汉口。也没有韩冰的名字,是的,重犯是不能随便出去的。

但是,前面的登记记录里也没有上官园寺这个人。

"什么名字啊,笔画那么多吗?要写这么久。"老夏在催车丙三。

"嗨,兄弟,你知道在法租界当差,每个人还要有个洋名字,我平时写得少,一时间想不起来了。"车丙三心说既然你和我装糊涂我就陪你装到底吧，不说破也是保护老夏，万一有人偷听呢。

"看你也是做事认真的人，如果登记错了、漏了，会砸了饭碗吗？"车丙三轻描淡写地问，随即把登记簿递给老夏。

"那当然，十二年了，饭碗端得很稳。"老夏一脸自信地去接登记簿。

可是，这个小个子并没有松手，左手攥紧登记簿，右手食指在登记簿上敲了三下，老夏一眼看去，那一栏有一些不正常，写的是一个奇怪的名字，四个字。再一看时间是昨天上午，瞬间他的脸色煞白，他感觉涔涔的汗水一下子从后脖颈淌下来，心里想的却是：天哪，怎么会这样？

那四个字是"上官园寺"。

只有独自在办公室的时候，伍栋的焦虑才会写在脸上。平时，他习惯了以水泥脸示人，人们恐怕也习惯了看到他面无表情的样子了吧。会是最近天气有变吗？他隐隐感觉到左臂的疼痛。半年前在河南战场上他失去了一只左手，逢天气变化就会有这样的丝丝疼痛，对于一个军人来说这算不了什么，余生都会伴着这种疼痛也算不了什么。生死见多了，世上没有大事。如果说战争没有给他内心留下伤害，肯定所有人都不会相信，一只手臂的日子里，敬军礼比以往更有力量呢。对他来说，战争还没结束，凯字营就是他新的战场，他到凯字营之前上峰就是这样向他发布命令的。

生死都不畏惧的人，为什么还会焦虑呢？

有时候，伍栋宁愿是在真刀真枪的战场，那样更直接更干脆，算起输赢来更容易。此时，他焦虑的不是天气变化带来的旧伤疼痛。凯字营有四五百犯人，死几个人不算什么，何况是这些犯人，他们的生命在上峰看来和蝼蚁也差不多吧。

可是，亨利不同。亨利的死，如何向上峰解释呢？这场火来得邪乎，自己对这场火灾也是百思不得其解。今天来的巡捕房探员，可不是泛泛之辈，他那么聪明，也许能破这个案子吧。他应该要不了多久就能搞清楚亨利的身份了吧？那么，接下来怎么收场呢？

还有韩冰。想到他，伍栋就想找人打一架。

当然，还有范鸿儒和袁新华，他们的生命也是命，也都是无辜的。

自己刚到凯字营的时候，原本想继续使用战场上指挥士兵的办法，但是收效甚微。对待下属或许尚好，对待犯人基本无效。能进凯字营的犯人，几乎都是十恶不赦之徒。所以，当范鸿儒和几位青年美术教师找上门来，希望给犯人们上美术课的时候，伍栋还觉得这是个笑话。最后范鸿儒说，国外的监狱就有这样的做法，效果很好，难道中国的犯人就那么冥顽不灵，还是中国的监狱长就这么陈腐守旧？

伍栋说，我相信枪是最好的解决问题的工具。

范鸿儒说，他们是犯人，不是敌人，枪顶多算威慑他们的烧火棍而已。

伍栋钦佩范鸿儒的胆识，决定给他一次机会试试。

接下来时局变化，所有的计划都被打破了。武汉成为中日双方角逐的主要城市，武汉能不能保得住还很难说，一些学校为了长远打算，已经安排教职员工撤离到西南地区，那里战火暂时烧不到。范鸿儒所在的艺术高等学校是一所私立学校，兵荒马乱的时候，学校招生成了大问题，老师们原本就有一些是兼职或者临时教职，战事一起就作鸟兽状散了。

最后，只剩下范鸿儒一个老师在坚持给犯人上美术课了。

有两次，伍栋有些忍不住，想当面问问范鸿儒，这样的教育有用吗？那些真正想学习美术的学生不是更值得教吗？话到嘴边，还是忍住了，范鸿儒都能忍住自己为什么不能忍住呢？只是在走廊里遇到范鸿儒的时候，范鸿儒会和伍栋说，教育是春风化雨的事情……下面的话，他自己也没说下去，有没有效果，他自己也不知道吧。

可是，昨天他进来后为什么没去上课而是到了会客室呢？

一阵急促的电话铃声打断了伍栋的思绪。电话那边是门卫老夏，老夏声称有重要情况要汇报，情况是关于昨天的火灾的，并且要带着刚刚那位探员一起去会客厅说。

伍栋早就想到了车丙三会再度来访的，可是没想到这么快，他根本就是没走嘛。

老夏先开口。老夏说，在核查这两天的登记信息的时候，发现昨天的登记信息有问题，美术教师范鸿儒昨天进凯字营没有登记名字。

伍栋心中有数，这情况估计是车丙三发现的，但是老夏自己说那是提供线索汇报情况，如果是车丙三说那就不一样了，那就是砸了老夏的饭碗。伍栋不想辨扯谁的责任。只是好奇地问，那和这个案子有什么具体关系呢？

老夏接着说，我原以为和这个案子没有多少关系，登记不登记反正人都没了，火灾都发生了。可是车丙三探员提醒了我，他说范鸿儒为什么不写自己的名字而要写别人的名字？我说他可能觉得自己常来，偶尔不登记，上完课就走，等出来的时候我再帮他一起写上也无伤大雅吧。车探员又问了关键的问题，那他可以谁的名字也不写啊？我说，这个上官园寺啊，我也是第一次见，范鸿儒说是他的美术同事，我昨天也是第一次见到。

伍栋还在听，车丙三接过话来说："伍长官，你听懂这里面的问题了吗？"

伍栋摇头。

车丙三说："昨天上午，一共有三个人来访，他们中的亨利是早晨七点到的，这么早来访估计是有约定或者什么特别的事情，如果我没说错，他应该是和监狱长约的，这一点我们稍晚点再确认。接下来，两个人是同时来访的，也就是老夏证实的范鸿儒教授和他的同事，他这个新同事的名字叫上官园寺，名字稍微特别一些。据老夏回忆，他的名字还是范鸿儒写在登记簿上面的。根据登记簿的记录和老夏的回忆，这个上官园寺也进了凯字营。但是，上官园寺没有从凯字营出去的记录，伤亡名单上面也没有上官园寺的名字——"

"不可能。"伍栋打断车丙三的话，厉声说道："不可能。一个大活人进了凯字营，在凯字营待了整整一天没出去，也没人知道。我承认再严密的监狱也是人在管理，是人就有可能有疏漏，但是不至于这么个大活人就凭空消失了，他没地方藏啊！"

车丙三说："假定真的有上官园寺这个人，那他的嫌疑就非常大了，我们看到的火灾很可能是故意纵火，纵火的目的也很可能是杀人。但是，这里面有一点最让人搞不懂的，没有人看到、听说有一个叫上官园寺的人进了会客厅，或者从会客厅出去。这个会客厅就像一个密室，在这个密室里发生的事情令人匪夷所思。"

伍栋听着车丙三的分析，眼睛看着会客厅的墙壁。监狱的墙壁异常结实，目光是不可能击穿的，但是，现在的伍栋就像要看穿这一切，还三个无辜的生命一个清清楚楚的答案。

伍栋说："其实没有警卫值班，值班的就是袁新华。因为会客厅平时人很少，一般犯人是没机会来的，只是偶尔有客人或者家属来访，你也看到登记簿了，凯字营的访客原本很少。如果真有这个上官……上官园寺——我相信老夏你不会说谎，那么他也很可能和范鸿儒在一起，也就是说这个密室里面当时有五个人。"

车丙三说道："现在分析当时的情况以及火灾发生后大家的描述，其他警卫应该没有留意这几位访客，确切说是三位访客和一个警卫、一个犯人。我现在已经猜到这个上官园寺的所在了，只是我想不通，韩冰作为重犯，怎么会在这个场合，这个就需要监狱长回答一下了。事已至此，你可以说说韩冰的事情了吧？"

伍栋沉默，若有所思。

老夏憋不住问："上官园寺在哪儿？我再见到他也能认出来。"

伍栋说："不会的，那扇小门谁都知道不通的。"

车丙三说："是谁都知道，原本我们四个人都知道那扇门不通，是个死胡同，但是有人是第一次来，他不知道。"

老夏冲到客厅小门门口就去拉门，口中念叨着不管你上官下官，出来给我看看。小门进去还有一米长的走廊，然后就是封堵的墙，老夏往里一蹿差点儿撞到墙上，紧接着就是脚下一个趔趄，伴随"啊呀"一声惨叫。

车丙三没动地方，闭着眼睛，口中说道："不可能是上官。"

"你说什么？"伍栋诧异地问道。

车丙三接着自言自语："不可能是上官园寺，应该是袁新华，袁新华的尸体。"

车丙三刚说完，就听那边老夏哇的一声哭了出来。

车丙三依然没有睁开眼睛，只是问道："袁新华是不是被换了衣服。"

老夏擦了一把鼻涕说："是啊，这衣服穿得也太……对付了。"

伍栋对车丙三说："你还没看就知道里面的人不是上官吗？"

车丙三没有理会伍栋，接着问道："你看看他身上有没有伤，有没有流血，脖子、太阳穴或者……没其他地方了，这两处应该够了。"

"没有，脖子没有，太阳穴，太阳穴也没有。不，不对，左太阳穴，有个小洞，有少量血迹，应该是致命伤。"老夏说道。

车丙三转身睁开眼睛对伍栋说："监狱长，你能借我两个人吗？"

伍栋会意地问道："是去同济医院抓人吗？"

车丙三点头说道："我在同济医院没有执法权，如果运气好我们走得够快，还可能抓住这个上官园寺的尾巴。现在我们不清楚他杀人的动机，也不知道他的凶器是怎么带进监狱的，从他的手法来看，他应该是个奸诈之辈，能够瞬间杀掉四个人，应该身上有功夫，大家还得小心。我和他今天在同济医院有过一面之缘，哼哼，居然被他从眼皮底下蒙混过去了。"车丙三心里却在想，这一次看来遇到狠角色了。这会儿小襄阳一个人在同济医院，也不知道能不能撑得住，程慕白和秋水爹也在这个上官的旁边，恐怕也很危险。

想到程慕白，车丙三感觉有一点点惭愧，这个节骨眼儿自己居然还能有一瞬间想到儿女私情，马上他又安慰自己，自己毕竟还是先想到了小襄阳，之后才想到程慕白，也不光想到程慕白还有秋水爹啊。

伍栋对老夏说："这里回头再收拾，你去叫上两个人，马上陪车丙三跑一趟同济。"

老夏愣在原地，想听接下来该怎么办。

伍栋厉声说："愣什么？去的人听车丙三的。"

车丙三来不及追问韩冰的事情，向伍栋一抱拳，接着整个人已经飞奔而出。

4．凶手画像

　　刚出凯字营监狱大门口，车丙三忽然想到一个细节，赶忙和老夏说："你也和我去吧，让其他人帮你看半天大门，反正出了这么大事儿，一天也不会有啥访客。"

　　为什么要带上门卫老夏，车丙三没有解释原因。只是补充一句："我们得以最快的速度赶回同济医院。"

　　车丙三心急是有原因的。这个上官园寺使了这招李代桃僵的计策，肯定不仅仅是为了脱身，脱身是他第一步，杀人放火这种事情肯定是有预谋的，昨天的现场可能有突发情况，更可能是筹划已久的一次行动，四个人至少有一个人是他的谋划目标，如果只有一个是目标，那又会是谁呢？其他三个人算是倒霉蛋了。上官园寺想到第一步，还会想到第二步，他第二步做什么很可能露出一些他的谋杀动机。他从凯字营监狱被送到同济医院的途中，应该有机会逃跑，在同济医院"治疗"这半天，也有机会逃跑，他既然如此胆大包天，就是自信凯字营这边还能瞒一段时间，同时，他一定是有更重要的事情要办，所以才甘愿冒着被拆穿的风险。还有，这么大的动作，他应该会有帮手，可这些都在暗处，现在他的谋杀动机不清楚，他接下来的行动会是什么不清楚，他的同谋是谁也不清楚，只知道一个名字，敌在暗处，藏得很深。

车丙三脑子迅速转动推理着。

这些，只是车丙三心中想到的，同济那边出不出事儿还得看运气了。现在就只能和上官园寺赛跑了，赶到同济医院，心中的很多疑问会找到答案，这一点他非常确信。

医院门口。

医院这种地方，总会见到步履匆匆、面色凝重的人们，而医院又是很特殊的地方。在医院里，即使面对日常里一句恭维夸奖的话，人们都可能撑不住哭出来，比如"真年轻……""昨天见到他时气色还挺好的"。现在杵在同济医院门口的车丙三就是这种心情，因为，他看到小襄阳正往外飞奔，他奔跑的样子真年轻。候补探员们多数工作状态是传递风信，也就是打探消息，然后向法国探员们汇报，飞跑是太正常不过的了。可这次，见到小襄阳飞跑出来，车丙三心说坏了。

当小襄阳和车丙三撞个照面的时候，小襄阳看着车丙三竟然一句话没说出来，挺大个男子汉哇的一声哭了。

车丙三强装镇定，点头示意：我知道了，我来晚了。

"袁新华疯了，他连杀了三人，从医院跑了出去。我现在要抓他回来，他就在我眼皮底下杀的人，我当时刚去看了秋水老爹，和他聊了几句出来，短短五分钟时间……"小襄阳哭着说。这可能是他第一次这么近距离接触杀人现场，而且杀人犯就在他眼皮底下犯的案，他太年轻、太恐惧了。

"他不是袁新华，真的袁新华昨天上午已经被杀了，杀袁新华的人就是这个假扮袁新华的人，他的真名可能叫作上官园寺。"车丙三把在凯字营探案的经过和小襄阳说了。

小襄阳终于忍住了哭泣，说了车丙三走后同济医院的突发情况。

据目击的几个病人和护士证实，患者"袁新华"突然发难，先后将同病房的李士北刺死，在走廊里将一名护士刺死，逃窜到花园的途中，将一名牧师模样的人撞倒，事后发现牧师也被刺死。然后逃出同济医院。现在医院已经乱作一团。

听到李士北的名字，老夏一脸惊恐诧异。

"太阳穴，是吧？"车丙三问。

"是的。都是太阳穴中招。"小襄阳诧异，车丙三不在现场都能知道凶手的作案手法。

"有人看到凶器了吗？"车丙三问。

"没有人看清楚，据黄浦发介绍——他当时钻到了桌子下面，隐约看到'袁新华'手上的凶器类似一根细细的棍子，形状大小和筷子差不多。"

"那我们现在该怎么办？他如果是袁新华，应该是得了精神病，我们应该马上追他回来。可是他是另一个我们根本不知道的人，巡捕房让我们尽快结案的是一桩失火案，现在一转眼，已经变成杀人案了，已经有六个人，不，算真的袁新华一共七个人被谋杀了。我们是不是应该马上报告探员们？"小襄阳问。

"你们不就是探员吗？"老夏问。

"你不用追了，你追不到的。这就是他的第二步，他要在同济医院杀个人。我现在基本知道他要杀的人是谁了，只是暂时还不知道原因。"车丙三没理会老夏的问题，接着小襄阳的问题说。

"这个案子闹大了，就算来不及回巡捕房汇报，巡捕房要不了多久也会知道，也会来人的。我们当务之急先解决——抓人，我们先得搞清楚要抓的人是谁，长啥样子。你刚才说他是'另一个我们根本不知道的人'，其实不全对。我们还是知道了他一些'风信'的。我们一会儿给他'画像'，'画像'之前，我们有一件重要的事情得先办了。"车丙三果断地说。

"画像"是候补探员的术语，有时候案件里面的人是谁，大家不知道，只是知道一些他的线索或者别人的描述，这时候，跑"风信"的候补探员们就有一些土办法将这些素材汇总好，描摹出一个虚拟的当事人的大概信息，然后给他取个临时的名字。他们没人会画画，会的话，估计也不会做这个候补探员的苦差事，毕竟，还没有候补探员升迁成为探员的先例。

在医院的化验室里面，程慕白红着眼圈，面对着车丙三和他同伴的询问。医生的心，其实最软，她在拼命控制自己的情绪，刚刚被刺杀的三个人，都和自己有关系。护士党笑笑是自己的同事，李士北是自己负责的患者，玛提欧神父是同济医院的院长，也是自己的洗礼教父。

"我们知道你很伤心，现在想以最快的速度抓住凶手，你能够帮助我们，也帮助你自己找到杀害神父的凶手。"车丙三尽可能说得慢，尽可能说得声音低，看着程慕白红着眼圈，自己也非常心疼。

"这个凶手，可能叫上官园寺，他在同济医院行凶之前，已经杀了四个人了。我现在敢肯定，他到医院杀人是有预谋的，虽然暂时还不能确定他是预谋了很久还是从昨天早晨才开始准备的，以他的能力和智商，他昨天早晨开始准备也来得及。同济医院这场三人谋杀案，其实凶手的目标只有一个人，是玛提欧神父，虽然，看起来更像是一个人犯了失心疯杀人，后来在花园里面，不小心把神父撞倒，可是，从伤口查验结果来看，他确实是针对神父行刺的。那么，问题来了——"

车丙三问道:"据你所知道的情况,神父最近得罪过什么人吗?和谁有什么争执吗,特别是医院以外的人?"

程慕白摇头:"玛提欧神父其实不懂医学,他只是一个传教士,他创办同济医院只是为了帮助穷人,也是他把我从美国带回中国。我对他的为人非常了解,他没有仇人,他把身边每个人,熟悉的、陌生的,甚至街上擦肩而过的人,都当作亲人,这样的好人,怎么会和别人起争执,结下仇恨呢?"

"那同济医院呢?同济医院最近有没有因为什么事情,和外界产生摩擦呢?"车丙三问。

"没听说,虽然我对医院以外的事情基本不过问,但是神父是个没有秘密的人,他常说没有秘密的人才能快乐,才能卸下枷锁。我没有听说,也没印象医院和外界有什么摩擦。据说同济医院这块地之前是一块荒地,又靠近长江,毗邻租界,所以听神父说医院建成后——同济医院就是一块飞地。我还问他什么是飞地,神父说,就是中国人不管我们,日法俄英德等租界也不理睬我们,需要我们帮助治病的时候就找找我们,平时相安无事。医院是帮助别人的地方,不是得罪人的地方。神父常说,中国太需要医院了,多一所医院,就可以少十所二十所监狱。可是,我们医院现在竟然连自己的院长都没能救得了……"程慕白说到动情处,终于还是流下了眼泪。

程慕白没等大家安慰,坚强地抬起头,说:"哭出来就好了,医学上说这是瞬间释放,你们不必担心我。"

老夏和小襄阳对眼前这个年轻女医生多了三分敬意。

小襄阳有一丝不解,问车丙三道:"你怎么会认为凶手是直奔院长的呢?现在没有线索指向院长啊!"

车丙三说:"是的,没有线索。没有线索不等于接下来找不到线索，也不等于没有作案动机。凶手作案，终究都是有理由的。"

"我们找不到他在凯字营的作案动机，很大程度是和凯字营的军事管制有关系，伍栋不告诉我们的事情很多，或者有可能有一些他也不知道，还有一些即使告诉我们了也和案子没啥关联，但是，我们知道得太少，就必须想尽一切办法，从其他途径突破，然后把他不告诉我们的找到。同样，我们找不到凶手在同济医院作案的动机，但是，我们如果能把这两起案子的关联找到，就可能突破了。"

老夏和小襄阳一脸的不知所措，他们对车丙三说的一知半解。程慕白盯着眼前这个小个子，昨天下午他还在装神弄鬼假扮医生，他看起来很机灵，但是，他真的就有办法破案吗？

车丙三说："我现在需要一张画板，我们一边推理，一边把这个凶手的'画像'给画出来。"

程慕白："我们平时会给青蛙、兔子解剖做化验，化验过程和结论需要画图说明。"说着，从柜子里面拿出一块一米见方的纸板来。然后补充道："这画板很贵的，破不了案子抓不到凶手，你得赔偿我。"

车丙三问："你们化验解剖青蛙，一次最多同步解剖多少只？"

程慕白说："一般四五只算多的了，我自己的纪录是十二只。"

"那你就辛苦一下，先按照六只青蛙的画法画一下吧。"车丙三说。

众人不解，程慕白在四个角画了四个英文字母F，又在最上方居中和最下方居中画了两个F。

老夏问:"这洋人的青蛙长这样?"

程慕白说:"我们是做化验,要的是数据,我们又不是美术班的,难不成真的画画吗?"

车丙三想笑一下,可是想到程慕白的老师几个小时前刚刚去世,微笑可能不敬。只是对着画板赞赏说:"很好,很好,画板中央留着,我们给这个上官园寺留着。现在,先一层层揭开他的庐山真面目。"车丙三向大家推理道——

第一个F是亨利。他和凯字营的交集是伍栋,他们有个约见,这是他昨天案发时出现在凯字营的原因。这个具体原因可能比较重要,这里画个……画个空格。亨利和同济医院的交集暂时不知道,但是,接下来小襄阳咱们要动用巡捕房的风信,搞清楚最近一个月亨利和同济医院或者直接和玛提欧神父的往来,他们虽然一个是美国人,一个是法国人,可是他们不远万里来到中国,肯定有什么共同之处,找线索的时候要留意这个共同之处。找到这一点,我就再探一次凯字营,我想老夏也会帮我说服伍栋,一同查清楚亨利和上官园寺有可能的关联。

第二个F是范鸿儒。这个是突破口,根据之前老夏提供的线索,上官园寺这个人是范鸿儒带进凯字营的。从这个逻辑链条来说,范鸿儒不是上官园寺首先要杀的人,如果首先要杀范鸿儒,那就直接在外面做了,凭上官的身手,这应该手到擒来,就像程医生解剖一只青蛙一样轻松。他俩应该很熟悉,但是,最终范鸿儒还是被上官杀了——当然,上官杀范鸿儒只是目前的推测,理论上也可能是同一密室里面自相残杀,还可能是误杀。为什么现在初步认定是上官杀的范鸿儒呢,有个细节,不知道老夏留意到没有,还是那个登记簿上的签名,范鸿儒特意没有写自己的名字而是写了上官园寺的名字,这里就给后来翻看登记簿的人留下了几条线索：两个人进来，只写了一个人的名字，按照老夏回忆昨天上午的情形，是范鸿儒亲自写的名字，上官只是在旁边等着，假设上官没看到范鸿儒写什么，那他们之前一定有约定，甚至这个约定很可能是上官提出来的，但这时候，范鸿儒是完全可能不按照约定来写名字的，他如果是受到胁迫或者感觉到可能有危险，那他写下的四个字就会是特意留下的线索。伍栋说，范鸿儒主动提出教授犯人美术课，而且是在其他老师都已经放弃后还在坚持。这里面有个新问题，他到底在坚持什么，他坚持的和上官到凯字营要做的事、杀的人会不会是同一个背景或者是同一个事情？这就跟赌钱一样，有一个人总输却一直坚持，那这时候你就得留意总赢的那个人了，总输的这个人可能是给总赢的这个人做嫁衣的——他俩是一伙的。范鸿儒这个F信息量很大，他不仅透露了凶手的名字，还可能通过他和上官的关系网捞出来上官是否有同党，上官到凯字营的目的只能从他这挖出来了。接下来，我们要去一趟武昌艺术学校。

车丙三看着程慕白，说："美术教授，名字叫范鸿儒，你在同济医院听说过吗？或者能联想到什么吗？"

程慕白摇头，顺手在画板的中央写上"上官园寺"四个字，名字旁边画了一把刀和一只修长的青蛙脚掌，脚掌直接踩到第二个F头上。

车丙三接着说："在范鸿儒身上，我还发现了一个很微妙的事情，现在还不能和大家说，这有可能是一只会叫的青蛙。等我们侦查完美术学校和范鸿儒的关系网再说。"

第三个F是袁新华。"这个人不是普通的牢差，对吧。"

车丙三看着老夏问。老夏没有回答，闭上了眼睛，嘴角上扬了一下。

车丙三接着说:"会客厅虽然是叫会客厅,但是能出入凯字营会客厅的人,现在看来,都是有特殊身份的人。在凯字营他应该是管事的身份,所以,昨天上午袁新华是替伍栋接待,接待的客人应该包括亨利,因为伍栋约好亨利,又不能按时回来。袁新华应该是伍栋的助手,可是,伍栋到凯字营才半年,袁新华一直在凯字营当差,不难推测,伍栋知道的凯字营的事情应该没有袁新华多。"

老夏再次闭上了眼睛,嘴角上扬。他很想破案,很想为他死去的两个同事报仇,但他也不能说一些不该说的话,只有通过表情来帮助车丙三。

车丙三继续推理:"袁新华在这个案子里面涉入并不多,但是,袁新华身上牵扯了凯字营的秘密,我们为了搞清楚昨天上午袁新华在会客室到底做了什么,就不得不拖凯字营的底牌下水了。袁新华的突破口在伍栋,但是伍栋很可能守口如瓶,好在我拿到了一张有用的牌。"

化验室里的几个人,目光都射向车丙三的口袋。他从马甲口袋里掏出一个金属盒子,里面是他之前取证的碎纸片。

车丙三把纸片用镊子夹住,放在眼前平视,对着第一张碎纸片上的字念叨——

立中、国立浙、廿五年。

这张残损太厉害,只能看到这八个字。

第二张纸条上的字多一些,也敏感一些——

宋子文一味放贷印法钞,蒋中正不抗日成天喊口号攘内,你来说说看该怎么办?

车丙三眯着眼睛看着这两张残破的碎纸片,沉默了两秒。明显这些只言片语前后还有话语,纸张也有灰烬和水印的痕迹。

老夏低声自言自语:"这算不算忤逆的话?这个案子是不是不要查下去……不要查下去为好……"

"我们只追查真相,给死者一个交代。"车丙三说。

程慕白说:"我们做化验,只是想获得一些临床数据,没有想杀死一只青蛙或者一只兔子。我在想,这两张纸条,就是堆放在会客室的东西的一部分,这些东西肯定是易燃的。我有个新想法,假设凯字营的案子,凶手不是去杀人的,比如,他只是去毁掉这些存放在会客室的东西,他的目的只是这个——不能排除这种假设,特别是当我们见到这些纸条上的字时。因为线索很多,每条线索又都是不全的,请大家推演案件的时候,不要忽略了这个可能。"

车丙三点头,没想到这位同济医院的年轻医生,推理起案件来脑子还挺灵活。

是的。袁新华的突破口会是这两张碎纸片,这两张碎纸片就可以撬开伍栋的口,虽然这纸片也可能和袁新华为什么涉案毫无关系,但是,伍栋应该可以开口的,大家都这样想。

第四个 F 是韩冰。需要搞清楚这个人为什么进的监狱,一级重犯究竟犯的什么罪。

车丙三顿了一顿,说:"有个人可以帮助我们,就看他帮不帮了。"说着他望向老夏。老夏用手抚了一下额头的头发,侧脸看着化验室的墙角,回避着车丙三的目光。

车丙三说:"以上四个'青蛙',只是凯字营被谋杀的几个人,他们和上官园寺的关系需要一一查明,查明了这个关系,也就搞清楚了上官的作案动机。亨利和范鸿儒这两个 F 是关键,而调查亨利的关键是伍栋,老夏可以帮忙,但是伍栋能否配合还很难说。我们还知道一个不轻不重的信息,昨天上午案件发生前，伍栋在汉口，原本是他约的亨利，他迟到了，他如果不迟到会怎么样呢？"

"我们得让全汉口的风信共享这条信息——查清楚前天到昨天早晨，伍栋在汉口见了谁，路线是什么，说过什么话，这一天一夜和他有关的全部信息。"车丙三看着小襄阳说。

"行。我今晚就把消息散出去，天亮前我们的风信能够传给全汉口六千七百个黄包车车夫，快的话，明天上午就会传递回来一批信息，要不了明天晚上就能拼出个七七八八。"

老夏尴尬地抬起头，看着车丙三说："你不担心我把这些都和伍栋说了吗？"

车丙三说："不担心，我在帮你。你的朋友李士北被这个杀手杀了，你可能是目前唯一见过杀手、知道他长什么样子的人，你也很可能是他下一个暗杀目标，尽快抓住这个杀手，也是在帮你，所以你也要帮帮自己。"

老夏郑重点头。

车丙三接着说："调查范鸿儒的关键是得去一趟武昌艺术学校。这会儿，上官园寺应该不会笨到藏身在那儿，但是，我们有可能抓住他的狐狸尾巴。"

小襄阳一脸困惑地问："为什么破案的重点不是李士北？两个大案子，能联结到一起的是有一个共同的凶手，还有个重要线索，那就是李士北，他对凯字营很熟，以前还在凯字营工作，凯字营案发当天他就在监狱外面；而第二个案子是在同济医院，同济医院是他被杀的现场。为什么不把他作为突破口？"

车丙三略作沉思，说："这一点我也想过。在座的各位，今天上午只有我和小襄阳在病房，后来的场面有一些滑稽，嘿嘿，可是，有两个细节现在想来特别重要。"

"什么细节，我怎么没有注意到？"小襄阳问。

"一个细节是在整个过程中，只有一个人没有被我们骗过，那就是假的袁新华。他开始比较谨慎，当时我们编造的鼠疫疫情的故事，属于突发事件，所有人都惊慌，可以回想一下，是这样吧。但是，假的袁新华呢，他受制于假装受伤的身份，他很谨慎，全程没有说话，同时，在这出戏的后半程，我确信他发现了这是个骗局，为什么他能发现呢？说来也简单，他自己就是个骗子，只有骗子才会轻易识破骗局，如果我们早意识到这一点，今天上午就可能控制住这个假的袁新华了。"

众人纷纷点头。

车丙三接着说："另一个细节，李士北为什么丢了小命？因为他在现场说他认识凯字营的所有人。为了凯字营这个大案，这个假的袁新华——真名可能叫上官园寺的家伙，应该早前进出过凯字营，到现场了解状况，包括策划作案的方法和时间地点。他有可能和李士北有一面之缘，或者留下过某种李士北能够掌握的线索。李士北被杀，仅仅是他在现场说了几句话，让这个上官有一些担忧。李士北进这个病房不在上官的计划之内，是我们临时策划让他和上官同时出现的。这就明确了，原本的暗杀名单里是没有李士北的，也应该没有护士党笑笑。党笑笑应该知道这个上官受伤的真实情况，或者一部分身体特征。

"所以，第五个F和第六个F，都不是大牌，都不是原计划谋杀的对象。至于前面四个F，谁是真正的谋杀对象，我们在接下来的时间里，把'画像'刚才推演的几个问题搞清楚了，那就水落石出了。

"这些只是对凶手上官园寺的涉案关系网做画像，现在，我们得给上官园寺这个人画像，我们得知道他是谁，长啥样子，特征是什么，走到街上我们能不能认出来。老夏，你是唯一真正见过他全貌的人，我把你从凯字营请来，就是想让你把他'画'出来。"

老夏这才算明白，为什么车丙三一定要自己来一趟同济，原来他早就想到凶手很可能逃脱了，需要做这个画像。

老夏深吸了一口气，仔细回想着昨天上午见到的那个年轻人。

"他年龄应该不到三十岁，中等身材，没有留胡须，没有听过他说话，不知道口音。但昨天我看到过他的脸，也不是什么特别的面孔，谈不上英俊或者丑陋。我一时记不起他穿的什么衣服，总之，是个很普通的年轻人，放在人群中，看不出有什么与众不同的地方。"

众人面面相觑。这个杀手，和车丙三、小襄阳曾经共处一个病房，但是，谁都没听过他说话，没有看到他的脸。真正见过他的老夏，也回想不出他有什么明显特征。

只有车丙三看不出丝毫失望。他说："这个杀手很擅长伪装和隐藏自己。没关系，老夏，你能回想一下，他和范鸿儒去凯字营的时候，是什么样的情绪？比如是高兴还是严肃，两个人走得近吗？两个人之间说话了吗？他们携带什么东西了没有？"

"嗯，这个倒是提醒了我。昨天上午我值班，他们来的时候，全程都是范鸿儒在和我说话，他说这是新请来的美术老师，来试讲一下。登记的时候，是范鸿儒登记的，他们的距离不是很近，在这个过程中，这个上官只是跟在范鸿儒身旁。他冲我点头来着。他点头的时候，脸上……脸上不是严肃，也不是微笑，是……是谦逊，对，就是一个读书人给人的那种谦逊的感觉。"老夏说得很慢，他在拼命回想。

"谦逊……谦逊……"车丙三重复着。车丙三好像立刻想到一件事一般，他怕不说就会忘掉，好容易抓住这根弦儿，不能丢了，他一边用手指敲着脑袋一边急切说道：

"你见过他是吧，或者说这不是一张完全陌生的脸？"

老夏迟疑了一下说："没印象见过，至少最近两个月没见过，以前是否见过呢？也可能有过一面之缘，你说得很对，不是一张熟悉的脸，但是也不是一张完全陌生的脸，按照这样推理，还真的应该是在哪儿见过，只是印象不深罢了。"

车丙三接着问道："你的接触范围基本就是凯字营门口是吧，那是不是可以说，上官园寺之前去过凯字营？"

"有可能，可能性也很大。但是，今天看到的签名写的是上官园寺，我完全没印象，按理说这个名字很特别的，如果他之前登记过这个名字，他离开的时候我会看到，会留下印象的。"老夏说。

程慕白已经开始在画板中间画一张面孔，这种面孔中规中矩。除了能看出是个男子，也看不出更多信息，这就是能侦查到的凶手的全部吗？

"那么，他和范鸿儒拿的是什么东西呢？"车丙三问。

"没什么特别的，就是画画的那些瓶瓶罐罐和毛笔，他们的毛笔比常规写字毛笔细长一些，所以每次都是提一个木盒子。这次，可能是因为两个人的原因，木盒子里面的东西比平时多一些，瓶瓶罐罐也多一些而已。"老夏说。

车丙三把一只手从马甲兜里伸了出来，摸着自己的下巴，沉思着。一边摸着下巴，一边摇头。

在场的人知道，案子到了山穷水尽的时候，化验室里面一下子异常安静，程慕白的画笔也停了，蹙眉立在那里，房间里只能听到车丙三手指和下巴窸窸窣窣的轻微摩擦,突然,啪的一声脆响,车丙三双掌一击,笑着说:"我知道了。"

随后车丙三连续追问老夏道:"是不是范鸿儒提着画画的工具盒子,上官园寺跟着?是不是每次范鸿儒进出你都检查他的木盒子?是不是你只检查盒子里面有没有兵器,不检查罐子里装的是什么?"

"是,是,是啊。可是……"老夏连说几个是,但后面的话没说出口,言外之意,是你说的这样,可这又能说明什么呢?

车丙三一脸兴奋地说:"我应该搞清楚了几件事情,包括范鸿儒应该是受到了胁迫,他是被迫带着上官园寺去的凯字营,去的时候,他就知道凶多吉少,'上官园寺'这四个字,应该是他特意留给我们的信号。这四个字是目前唯一我们知道的犯人的身份信息,而他对我们知情还不知道,简单说就是我们知道他是上官园寺,他还以为自己完全隐身。为何这么说呢?按照常理,这两个人同时出现,应该年轻的美术老师手里提工具箱还是老教授提在手上,你们想想看?他既然不去画画,那多出来的工具会是什么呢?凯字营那么小的会客房间,不会堆放很多东西,我现场量过房间大小,从房间里面水渍的痕迹看,失火后是用水灭火的,从水渍面积来看,过火的面积不大,从现场的纸屑看,燃烧的东西主要是纸张,而且屋梁没有丝毫损伤,但是现场的烟很大,那就是说有类似汽油的东西被带进来了,很可能是泼在了几个人的身上和堆放的文件上。如果我没猜错,几个人被谋杀后凶手才放的火,火只是为了掩盖和逃生:将现场掩盖成火灾现场,借这个火,把自己的身份调包逃生。但是,凯字营的人把假的袁新华送到了同济医院,这原本是凶手作案计划的第二步,所以,上官就将计就计,把谋杀神父的方案提前了。大家不妨想想。另外，关于凶器，我还需要检查两具尸体才能最终和大家说。"

车丙三望向程慕白求助。

"凯字营火灾中亨利的尸体在这里，另外三名死者的尸体不在，凯字营自行处理的。今天医院的行刺案件，警察局和巡捕房扯皮，现在还没人管，也在这里。你想怎样？"

"凯字营明知道亨利人已经死了，还是和假的袁新华一同送到了同济医院，这也是邪了门的做法。"程慕白依然冷冰冰地说。

小襄阳觉得后背发凉，怯怯地问："你说的这里是？"

"医院的太平间啊。"程慕白瞪了一眼小襄阳，那意思是，作为探员，你需要一些常识也需要一些胆量。

车丙三内心清楚，自己的身份，以往是没机会接触这样的连环杀人大案的，小襄阳和自己一样，这时候，需要强装镇定。自己慌了，其他人也会慌，这个案子也就没法侦查下去了。

"他们把亨利的尸体送来，也是推脱责任，先把烫手的山芋传递出去。不过，这不像伍栋的为人，或许还有别的原因。先不去追究这些，我就想问，你能帮我验一下尸体的伤口吗？"车丙三朝程慕白说道。

"你为什么不问问神父的事儿，你只让我画六个F，他不就是第七个F吗？"程慕白没回答他，反问道。

"我知道你很伤心，今天不说神父的事情，等你……我们换个时间，说说神父。"车丙三关切地说。

"我不领情。"程慕白冷冷地说。

车丙三微皱眉头，说道："我请教程医生，咱们同济医院的太平间存放尸体，是在常温状态下还是冷冻？"

"冷冻的。"程慕白的语言和脸都是冷冷的。

"那我以法租界巡捕房高级探员的身份，命令今晚检查亨利、李士北两个人的尸体伤口。"车丙三朗声说道，接着就去马甲口袋里掏他的证件。

程慕白一挥手，摆了个拒绝的手势。车丙三感觉这手势看着熟悉。

"你们探员验尸还要挑凉的热的，真是可笑。算了，我来吧，谁让我是医生呢？你明天一早来找我取验尸报告。"程慕白说。

老夏和小襄阳都脸色惨白，虽然日常接触的人也都五花八门，但是检查尸体的事还是没做过，确实让人心惊肉跳。程慕白一个弱女子要大晚上一个人验尸，听起来就让人害怕。

车丙三内心满是感激，嘴上却并没有说出来，涨红脸，最后说："如果不方便，只检查党笑笑的伤口就好，我就是想确认一下，她是不是太阳穴被刺，凶器是不是一个类似锥子的东西，还有，看看亨利的身上，特别是衣服上，有没有特别的地方。"

车丙三看着被画成蜘蛛网形状的画板，两只手放进了马甲的口袋。他深深吐了口气说："好，今天就推演到这里，这张画板还大有用处，接下来几天它还会更加密密麻麻，不要紧，和凶手相关的信息网越复杂，我们知道得就越多，离真相也就越近了。

"今天已经天黑了，小襄阳把风信传出去也回去歇着吧，明早我俩一起去武昌艺术学校，查一下上官的狐狸尾巴；老夏，你晚上就别回了，和小襄阳一起住吧，那个杀手认识你，你注意安全，和巡捕房的人住一起，对方也不敢贸然动作。"

"你呢？你是不是还要单独行动，那家伙可是个危险角色。"程慕白问。

"我现在要去见一个大人物，我还有两个疑惑，他能帮我解答出来。"车丙三说的时候稍微有一丝微笑。她说了"危险角色"这个词，她说的"危险"就是对我的关心，"角色"？她怎么会用这个词呢？车丙三暗想。

临出门，车丙三回头问了一句程慕白："解剖青蛙会出很多血吗？"

程慕白说："不会，我刀法好。"

5. 百万庄

百万庄是个酒馆，虽然听名字感觉很大，但客人喝酒的桌子也才四张。今晚，百万庄的角落里，一位年近花甲的老人，瘫坐在椅子上，灯光下，可以看到皱纹爬满他的脸颊，下巴上的肉也已经松弛了，想必他年轻时面孔要丰盈许多，他望着桌上的小酒壶，用色眯眯的眼神瞄了半天。他没有急着去抄酒壶，而是用筷子夹起一粒花生米，塞进嘴里，嘴角一咧，酒还没喝，人好像已经醉了。

车丙三一天没有吃东西了，他习惯了办案的时候不吃东西，人保持饥饿感头脑才会清醒。可这会儿，夜幕降临，自己早已饥肠辘辘，吃点儿什么呢？

今天发生的案件，远远超出他的预料，如果雷霖昨天知道这是个杀人案，而且还是连环杀人，他还会把这个案子交给自己吗？

刚刚在同济医院，车丙三和小襄阳、老夏以及程慕白共同推演了案件的逻辑细节，车丙三还处于亢奋状态，当时的一些推理有在凯字营就想到的，也有临时想到的，虽然大家都很钦佩他的推理，他自己还是有一些想不通的地方，而这想不通的地方，就是要害！

车丙三坐到了老先生对面，老先生看都没看他一眼，还在用眼角瞄着那壶酒，筷子却再次伸了出去。

车丙三迅速出手，右臂一搂，一盘子花生米贴着桌面向自己滑过来。眼看着老先生的花生米吃不到嘴里了，他的筷子还探在半空。车丙三冲老先生做个鬼脸，刚要笑出，下巴和嘴角却凝住了——不知何时，老先生的左手从右手的筷子底下探出，早已把小酒壶狠狠攥在手里。

老先生还是色眯眯地看着酒壶，至于花生米，看都不看一眼了。接着自言自语道："说多少次了，姜还是老的辣。"

车丙三叹口气："爹，你就不能整天……"

"整天什么？整天喝酒是吧？能。"老先生答道。然后，愤愤说道："说过多少次了，我不是你爹，叫的话也要叫秋水爹。"

"有什么区别呢？我这个儿子做的，既不跟你姓，也不让叫爹，你这爹做得岂不是很亏？"车丙三说。

"区别很大，你原本就是我捡来的，只是比我小二十多岁罢了。你不叫我爹，咱们爷俩还可以谈谈心，说说赚钱喝酒泡女人，我要是做你爹，你想想看，这些话题怎么聊啊，做你爹，太无聊了。"原来这人就是车丙三的养父，庄秋水。

车丙三在两天不到的时间里，亲身接触到凯字营、同济医院连环杀人大案，千头万绪看起来都像破案的突破口，又都是死胡同。在其他人面前他自信满满，可是自己心里清楚，要顺着这些线索攀爬到最终破案的顶峰，可能路程还很远，并且这个大案很快会惊动整个汉口，巡捕房不会任由这么大的案子交给自己这个候补探员的，他要在巡捕房行动前有所作为。

人，最怕的是开始要志气，特别是像他这种在底层待久了的人，如果这是个扬眉吐气的机会，那这个机会也可能稍纵即逝，等你的多半是绝望，永远沦落在底层的绝望，你看到的那星星火光不是希望，那是绝望的前兆。他是孤儿，只有半个亲人，就是抚养他长大的庄秋水，他希望这时候，庄秋水能给他出出主意。

庄秋水并没有急着喝酒，只是盯着车丙三看了足足十秒钟。"你今天有些不一样。嘿嘿。"庄秋水神秘兮兮地说。

"这是大案，千载难逢的案子。我当然——"车丙三没说完，庄秋水已经开始摇头。

"我说你今天不一样，你今天脸红过，是吧。你别问我怎么看出来的，我当然能看出来，一个人脸红过之后，脸色会放光，以前有个词叫满面春风，啥叫满面春风，真的见识过女人，才配称得上满面春风。要我说，这世上只有美女才可能配得上'千载难逢'这四个字，中国几千年的历史，也才出过四个大美女。除此之外，没有千载难逢的东西了。你说的案子，我知道一些，今天同济医院都炸锅了。我没兴趣听。跟你说吧，我观察那个程慕白真不错，虽然算不上千载难逢吧，对你来说也值了，你得下手啊！你听过一句话没，'下手晚了，好白菜都被猪拱了'。当然，你下手之前还得做一件重要的事情，就是吃饭，来，给你要了一碗热干面，嘿嘿，然后你才有劲儿下手。"说到女人，庄秋水的眉毛都快飞起来了。

车丙三对庄秋水的为人非常了解，他和自己讨论欲望，车丙三谈不上反感，因为这是人的本性，自己的养父能够这么坦诚地和自己聊女人，自己内心其实还怀有某种欣喜。可是今天，他特别希望能听到秋水爹对案子的分析，他说不清楚秋水爹具备什么其他人不具备也不能给自己的，但是他坚信，有这样的东西。

"我吃完热干面，你能听我说说这两个案子吗？"热干面已经上桌了，车丙三也拿起了筷子，可他还是在吃之前问了这一句。

"好啊。好啊。吃完之前，你可以不说你的案子，听听我都打探到了什么消息。"庄秋水打了个嗝，说道。

饿的时候，吃什么都香，车丙三用筷子搅拌热干面的时候，闻着芝麻酱的味道，已经开始流口水了，果然，食物开始干扰思路，脑子里的"青蛙"和上官园寺，也冲进了葱花和酸豆角，是的，今天的酸豆角加得有点少，是谁改良了热干面，在芝麻酱上加了酸豆角？他可真是有才。

车丙三才夹起两根面吞进嘴，那边庄秋水已经按捺不住，打开了话匣子。

"我发现你有个敌人，是最近才发现的。你自己都不知道吧，你小子啊，真的不像我，我像你这个年纪，那可是生龙活虎啊，满大街找漂亮女人。你这根弦儿太松，会吃亏的，我这几十年的人生经验，不是白来的。"

车丙三光听见"敌人"两个字，其他的都淹没在吃面的声音里了。

"之前，我光替你留意程慕白了，她给穷人看病和给有钱人看病一个样，有时有钱人还遭遇白眼，品行还真不赖，没想到从国外回来的人，还能够有这种朴实劲儿。我光留意她就忽视了其他人，其实就在她旁边还有一个人。"

"秋水爹，虽然我对程医生有好感，但是，我毕竟不是……我总不能连她身边的其他医生也备选吧？你不说敌人吗，什么敌人？和今天的案子怎么关联上的？"车丙三插话说。

"哟，你都想到备用的女人啦，可以啊，开始上道了。你光顾着吃热干面，压根儿没听懂我说啥！我说的是你的敌人！敌人，懂不？就在程慕白身边，有一个医生，我昨天才搞明白，是个麻醉医生。居然也是从外国学的医学，他比你高，高很多，长相嘛,七七八八,半斤八两,你俩凑一壶还漾出来一些。

"我刚才说你的敌人,就是他啊。他可是近水楼台先得月啊,这种事儿,你再有优势也架不住人家近,机会天天有啊,再说,你也不比人家有优势,尤其是身高。你以后穿鞋得垫上鞋垫,这很重要。"

车丙三敷衍着听,嘴里吃着东西不住嗯嗯嗯的。听到这里实在忍不住了,说了句:"你什么时候离开同济啊,你都装病这么久了,总赖着病房也不是事儿啊。"

啪啪两声,庄秋水拿筷子重重打了两下车丙三的脑袋。

"臭小子,什么时候能开窍?什么时候?你认真听我讲,我赖着病床还不是为了你,你现在一天天有机会来同济吗?要不是今天的杀人案,你连同济的大门都没空进吧?天天在外面瞎转悠什么嘛,怎么转悠不都是一天,不都是领一天的工钱,你这候补探员,说白了就是巡捕房的跑腿的、信息员,别荒废了自己,时间太宝贵了,转眼那就三十了。所以,你得多找机会,我住在这里,就是天赐良机嘛,你刚才说了个词儿,对,千载难逢,我给你创造了这个千载难逢的机会,你秋水爹也是一千年才出一个的人才,你珍惜吧。"

车丙三诺诺,口中念叨着"我珍惜,我珍惜",心中想这碗热干面快吃完了,吃完你得听我说说案件了吧。

"我问你,你除了看我,就不能去看看医生?"一千年才出一个的秋水爹问车丙三。

"看医生哪儿,脸还是屁股?你比医生好看。我又没你的本事会装病,怎么看医生?"车丙三嘴里吞着热干面含糊地说。

"我说的看医生,不是傻不愣登地瞪着医生看,不是找医生看病,是找医生聊聊天啊。问问你爹的病情啊,一来二去和医生交往的机会就多了,你死脑筋啊,你秋水爹住院了,不能让我白住吧。"庄秋水耳提面命般说道。

"你就是白住啊,你都赖在这里多久了啊。"车丙三总觉得他赖在医院不像话。

啪啪啪,庄秋水拿起筷子打车丙三三下头顶,声音脆生生的,小酒馆里的其他人都侧目看着他俩。庄秋水才不理会呢。

"你还会打岔,让你打岔,让你打岔!"又是几筷子下去,车丙三端着碗,嘴里塞着热干面,左右躲闪,蹭得满脸都是芝麻酱,像舞台上的滑稽演员。

"我说秋水大人,你住的是精神科,人家程慕白医生是外科医生,我问得着吗?问完我是不是也得住进精神科了?"车丙三说。

"精神科就是刚才那一小碟花生米,外科才是咱手上的酒壶,哪个要紧自己不知道吗?你够不到也得天天瞄着啊,总不能让我打折自己的腿,住进外科病房吧?"庄秋水说完看了一眼自己的腿,然后连忙补充说:"不能打,别人打也不行。"

"我呀,说不过你,我现在热干面已经吃完了,你有空听我讲讲案子了吧。"车丙三最后半根面条还在喉咙里,急忙说道。

"我没空。"庄秋水回答得更急。

"你刚才说好的,吃完热干面就听我讲的,我现在一粒酸豆角一滴芝麻酱都没剩,你挺大个男人,总不能言而无信吧。"车丙三想刺激一下庄秋水。

庄秋水说:"耍赖皮,你能把我怎么样呢?我是言而有信,当年只对漂亮的女人言而有信,我现在只对酒言而有信,其他的一概说了不算,你能把我怎么样呢?"

车丙三看着面前这个贪杯的小老头,忽然笑嘻嘻地说:"我今天见过程医生了,也说了不少话,我明早还能见到她,并且她今晚还在化验室里面帮我做事情，帮我破案。你呢？你就不想听听她今晚帮我做什么吗？"

庄秋水眼睛像点起两盏灯，满面堆笑看着车丙三。"行啊，小子，得你老子真传啊！快说说，她帮你做什么？"

"验尸。"车丙三平静地说。

接着，车丙三把今天的连环杀人案的情况和庄秋水说了，也把程慕白被卷进来帮助自己侦破案件的事说了。这次庄秋水没有打断车丙三，仔细听完了车丙三的叙述。

最后车丙三说，我要给死者讨回公道，在上峰眼里，他们的生命就像化验室里面的青蛙一样微不足道，如果不去追查凶手，也就不了了之了。我们现在离凶手的狐狸尾巴已经很近了，只要我们足够快——

庄秋水摇头。"假如是男人追一个女人，最后拿得住的肯定不是最优秀的那个男人。足够快，还不够，你现在线索太多，你得足够准才行。你得有一样精，拿得住要害，也就成了，不管是你的案子还是你的女人。"

"我怎么样才能足够准呢？七条人命，神父的线索还没开始着手，已经眼花缭乱了。"车丙三叹了一口气说。这是案发以来他第一次叹气，也是真心想叹气，对于一个候补探员来说，这个连环杀人案也太难了。

"二十七年前，正是天翻地覆的节骨眼儿，那时候你秋水爹在成都。是的，我和你说过，之前生活在成都，我玩遍了花花世界，灌饱过的美酒包括给慈禧进贡的贺寿酒，睡过的美人儿包括大将军的小老婆，赌场里通杀过七轮庄家，一夜也输过一千两银子，我的鸦片烟枪都是镶金的。那也是有的，不是吹嘘的，可我一直没和你说，离开成都前，那时候我做什么。其实，那时候，我在监狱里，等着被砍头。那时候杀人还是砍头，不像现在，一颗子弹，'砰'，就解决了，那时候的声音是'咔嚓'。我比较走运，原本稀里糊涂第二天就要上刑场了，当天晚上发生了劫狱，直到现在我也不知道是谁劫谁，反正那时候能逃命当然就逃啊，巧合的是逃出来之后就变天了，于是我就到了汉口，过上了庄秋水的生活。我死过一次，才开始感觉玩儿够了，活明白了。我年轻的时候，有过几个名字，有段时间还叫过白板呢，对，就是麻将牌里的白板。所以，有人问我叫什么的时候，我常回答今年属羊，去年叫白板。为什么今天要给你说这些呢？因为我在那个叫洗面桥的监狱关过，我知道监狱是另一个世界，这个世界有它自己的游戏规则、生存法则，它和地狱差不多，可能比地狱还让人吃不透。你这个案子最大的麻烦是凯字营监狱，绕不开它，说不准在查案的过程中会触碰多少雷，先不说别的，就那两张碎纸片，都可能随时让你舌头被割掉。要让我说，你现在收手，可能是最好的时机，监狱的坑很深，水很浑，你爬不出来。这个案子这么大，已经不是昨天以为的那个失火的案子了，法租界巡捕房会和武汉市警察局合作，你根本没机会插手。现在退出来，把案子向巡捕房汇报，还没弄脏你的手，全身而退，也很好。"庄秋水说完这些，左手仍然紧握着小酒壶的壶颈，右手举起筷子，从车丙三面前的菜碟里夹了一粒花生米。接着又恢复了嬉皮笑脸的样子，眯着眼说："来，让我再来一粒，补充一下力气。"

车丙三很恼火。"你刚才还怂恿我下手，现在就打退堂鼓让我收手？"

庄秋水嚼着花生米，不紧不慢地说："让你下手是让你对女人下手,让你收手是让你对案子收手。这里面的轻重缓急你要是看不到,热干面算是白吃了。想过没有,接下来再有人被谋杀怎么办?你自己对案子的推理看起来很周密,细节也留意得很好,可那是常理,这些推理,小襄阳或者老夏也能想出来,只是得比你多花个半天工夫罢了,你只是脑子比他们转得快而已。你的推理,他们很可能一听就恍然大悟一同说对,是吧,为什么呢?是因为他们心中本来就有这个答案,只是没有说出来,没有点出来,他们呢,如果认为你说得不对的时候,反倒要注意了。可能你们都错了,对的东西有啥意思,错的才有意思呢,你带美女做一次对的事,做十次对的事情,都可能追不到她,但是你带她做一次错的事情,会怎么样呢?试试看吧。关于案子,事实就是事实,事实可能就是不按常理发生的,你推理这些是纸上谈兵,就像你对程慕白的喜欢,大多数是你自己的想象,你都没有实施过,还是纸上谈兵。"

"你要我认孬吗?小襄阳一帮弟兄会怎么看我?今晚,他们帮我联系的人超过六千人,有超过六千人!在汉口,在帮我!"车丙三非常恼火,他甚至很恼火自己为啥要吃那碗面,不吃的话,今晚,自己和秋水爹好像就没有任何关系了,自己就可以摔门而出了。

"我不知道小襄阳会怎么看你,实话讲,我没有过兄弟,确实,存在这个可能。你退出来,也就退出了和程慕白的关系,你俩就没戏了,因为,一个男人穷、落魄、长得丑,在女人心目中都不是一成不变的,但是,一旦被女人看扁了,这个扁就一直扁下去,圆不起来了。"

车丙三霍的一下站了起来,就要走。秋水爹一摆手——

"如果吃饱了,随时可以走,如果没吃饱,因为我说了啥不中听的……那不如吃饱了再走,要不多亏。人要志气,但是,该脸皮厚的时候,也要厚。"庄秋水还是嬉皮笑脸地说着,就像啥都没发生,放下手,还往嘴里塞了个花生米。

车丙三看着秋水爹的手,心中忽然想起,今天已经有三个人向自己这样摆出拒绝的手势了,只有秋水爹的手看起来是肉长的,其他人的手势都是僵硬的,像烧火棍。

车丙三盯着秋水爹的眼睛,说:"我听进去了。明早还要看验尸报告,我要赶在别人下手前——"

"这就对了,确实要赶在别人下手前,否则呀……还是那句话,'下手晚了,好白菜都被猪拱了'。"庄秋水得意扬扬地说。

车丙三心说,我说的和你说的根本就不是一回事儿。这时候,他也懒得和秋水爹掰扯。他们彼此也算太了解了。

车丙三只揶揄说:"你说的四大美女,我觉得杨贵妃不够格,顶多算普通胖白菜。"

庄秋水一本正经反驳说:"谁说杨贵妃是美女了?我说的四大美女,那是李师师、陈圆圆、苏小小和柳如是,个个是好白菜。"

这可新鲜了。车丙三第一次听说,原来这四位才是秋水爹心目中的四大美女。

"好,好,我辩论不过你。你嘴大,说什么都是对的。你当年……真的喜欢那个大将军的小老婆吗?"车丙三出门前调皮地问道。

"不,不是喜欢。是爱,我睡过的女人我都爱,发自内心的爱。她们也爱我,爱得死去活来,因为,我没被女人看扁过。在当时是这样的,现在,我只爱酒。"庄秋水正色回答,说着举起了酒壶,闷了一口酒,这是今晚他喝的第一口酒。

6. 报告

　　车丙三戳在化验室的门口。现在是下半夜了吧？程慕白还没有出来，偶尔能够听见一些脚步声、器皿碰撞发出的叮叮声以及椅子挪动的声音，还会有说话声音——"哦，原来是这样……"那是程慕白在自言自语。

　　现在进去帮不上忙，反而会惹程慕白发脾气。当然，还有别的担忧，会看到不该看、不能看的东西——这道坎儿车丙三还是过不去。

　　他知道，这情景若被秋水爹看到，又会数落自己不下手，那句猪和白菜的名言还要再提起。想到秋水爹，车丙三嘴角泛起一丝微笑。

　　车丙三闭上了眼睛，脑子里回放案件。从昨天接到这个案子到现在，他一直处于亢奋状态，一点儿都不困。

　　一个叫上官园寺的杀手，胁迫美术教授范鸿儒，进入了范鸿儒执教的凯字营监狱，在进入监狱的二十分钟里，杀了四个人，包括范鸿儒在内。然后，放了一把火，转移大家注意力。之后上官园寺使用了调包计，混进同济医院。在混进同济医院一天不到的时间里，他杀了三个人，然后逃跑了。凯字营被杀的四个人当中，亨利是法国人，"到凯字营做什么"需要进一步求证——这也是本案关键。其他几个人的情况看起来都可能有一些故事，但是好像和本案关系不大。现在看，上官园寺混进同济医院的动机，应该和党笑笑、李士北无关，李士北可能在凯字营见过上官，甚至知道他长什么样子，党笑笑应该参与过上官的包扎，所以，党笑笑可能知道上官长什么样子、是否真的受伤以及伤势多严重。但是，刺杀神父应该是谋杀，既不是撞倒也不是碰巧，否则，逻辑上说不通。亨利和玛提欧这两个外国人是连环杀人的关键，他俩的共性或关系也很可能是构成此案的重要一环。就目前看，凯字营以及同济医院的态度，短期内可能找不到什么更加直接的破案线索，凯字营的疑团特别多。还有比搞清楚谋划动机和谋杀经过更直接的破案办法，那就是抓住凶手。所以，不妨先从范鸿儒这条线索下手，他和凶手的交集最多。

这里面有几件事还需要进一步核实、推敲——

伍栋有很多细节没有说，这里面有一些肯定和本案关系密切，所以，无论如何都要撬开伍栋的嘴。

凯字营的火灾当场，上官园寺怎么就假扮成了袁新华没有被识破？

上官园寺逃出了凯字营，没有急着逃跑，而是混进了同济医院，他如此涉险，既说明他胆子大，也说明他进同济医院要做的事情对他来说很重要、很急迫，如果这件事就是杀神父，那么从他混进医院到最终杀死神父，这期间有将近一天一夜的时间，这段时间里，他又做了什么呢？

如果有下一个谋杀目标，会是谁？是唯一见过上官本人的老夏吗？

想到这些疑团，车丙三也云里雾里，这些谜题就像烟幕弹，让他看不清，使劲睁大眼睛也看不清，索性，他闭上了眼睛。

等他再睁开眼睛的时候，天已经亮了。化验室的门开着，程慕白已不见踪影。门口的桌上放着两张纸，车丙三拿起来一看——

检验报告

玛提欧·利奇：伤口两处，其中一处致命。肌肉僵硬，头发竖垂，无尸斑，死亡时间应不超过半天。伤口一位于近耳根4.5厘米左太阳穴，伤口深3.3厘米，直径3毫米。极少量出血。伤口二位于右膝盖外侧，轻微皮外伤，极少量出血。死亡原因：外部利器刺死。

李士北：伤口一处，致命伤，有既往疾病历史。身体肌肉僵硬，头发稀疏斑白垂直，无明显尸斑，死亡时间不超过半天。伤口位于近耳根4厘米右太阳穴，伤口深3厘米，直径3毫米。极少量出血。牙齿松动，头发斑白，与年龄老化不符，应患有某种疾病，需要进一步化验室化验肝肺。死亡原因：外部利器刺死。

党笑笑：伤口一处，致命伤。身体僵硬，头发垂直，皮下组织正常，无尸斑，处女，死亡时间不超过半天。伤口位于近耳根4.3厘米左太阳穴，伤口深2.8厘米，直径3毫米。极少量出血。死亡原因：外部利器刺死。

亨利·狄佳巴：致命伤一处，上身、面部皮肤烧伤多处。腿部肌肉及皮下组织迟懈，腿部有尸斑，腹腔呈轻微溃烂迹象，死亡时间应不超过三天。致命伤位于近耳根4.2厘米右太阳穴，伤口深2.8厘米，直径3毫米。右太阳穴发底可见极少量瘀血。有轻微化学物品芳香味道，外衣燃烧残存中提取到辛烷，辛烷值远超过正常值，疑似高纯度汽油。死亡原因：外部利器刺死。

原来，汽油里面有种东西叫辛烷，辛烷的数值决定了汽油的纯度，辛烷值越高证明汽油质量越好。这个知识是车丙三原本不知道的。亨利身上除了发现了太阳穴有一处致命伤，还提取到了数值很高的辛烷。这证明亨利被火烧了，引起燃烧的东西是汽油，而且是高纯度汽油。但他的口腔没有明显烟尘颗粒，他的致命伤是太阳穴，护士党笑笑、神父玛提欧·利奇的致命伤也都是在太阳穴，出血非常少，三个人的伤口位置基本一致，连角度和深度都一样，一击致命。从伤口看，凶器呈锥子状。

这只是一个简单的尸检报告，对于一个外科医生来说，应该不会很麻烦，应该也要不了很多时间。但是，辛烷的提取是很复杂的事情，需要在化验室花费很多精力才能完成，估计程慕白一夜未眠。早晨完成这个报告就去睡觉了。

车丙三心想，她出门的时候，应该看到睡在门口的自己了，所以才把化验室的门打开，让自己看到报告。会是这样的吗？

车丙三知道自己以后也不会去问程慕白这个问题，成年人的世界，有时候不需要一个明确的答案。

车丙三反复端详着这份检验报告。连环杀人案到现在已经有七个人丧命了，各方面的信息量确实非常大，秋水爹说得没错。自己原本想确认的只是凶器，就是上官园寺用什么刺杀的这些人。他推测应该是一种类似锥子的凶器，隐藏在画笔当中，或者假扮成画笔，放在木头盒子当中，被美术教授范鸿儒带进凯字营，然后又被凶手随身带进同济医院。现在看来，自己的推测应该是对的。汽油这个环节，自己之前也想到了，火肯定不是偶然突发的。那就是蓄意谋划的纵火，引火的东西想必就和凶器一样，装在范鸿儒的瓶瓶罐罐里面带进来的。这也说明，凯字营的纵火杀人案是经过精心策划的。

汽油从哪里来，确实是一条线索。只是现在枝节横生，到底该从哪一条线索开始呢？

他把报告材料翻到背面——

> 超过4厘米，脑浆会迸裂。
> 李士北和亨利是背对着凶手被刺死的，神父和护士都是面对着凶手被杀的。
> 李士北应该有长期吸食鸦片经历，具体确认证据需要征得他的家人同意，解剖验尸。
> 上官园寺，残忍凶狠，非常危险！

车丙三在想，看来程慕白是在自己试着推理，可是，上官园寺这人残忍危险不是明摆着吗，就像神父死亡时间不也是明摆着吗？这个程医生啊，看来学医除了学得胆大了，还学得迂腐了。车丙三把目光再次回到第一行，超过4厘米，脑浆会迸裂——不对，程慕白应该很清楚这一点，而且这一点和验尸情况没有关系，她是在提醒车丙三。整个背面写的都是在提醒自己。车丙三又将背面的文字逐字逐句仔细看了一遍，看到最后一行，他瞬间脸上热了起来。没错，她在提醒车丙三注意自己的安全，上官"非常危险"，还有后面的感叹号，很醒目。

就在这时候，一双手从身后举起，重重地拍了一下他的肩膀。

车丙三突遭袭击，心中大惊，身体猛地往前跃出，右手瞬间探进了马甲最下面的口袋,那里面是他的防身武器,就算防守晚了,也要防住敌人的第二次出击。

听背后敌人好像并没有紧跟着下狠招儿,车丙三哪来得及细想,右手握着一只铁尺,转身斜劈。他尺子太短了,对方并没有欺身近前,看起来就像在空中乱舞。

"你怎么啦,一惊一乍的?"小襄阳愣愣地问道。

"我,我,我在量这个房间的大小,顺便,顺便赶赶苍蝇。"车丙三尴尬地解释,心中想,自己这两天是不是太紧张了。

车丙三看着小襄阳面容憔悴,脸色惨白,皱了一下眉头问道:"你怎么一夜没睡吗?跑哪儿去疯了?"

小襄阳淡然一笑。"没事。"

车丙三说:"来,正好一起分析一下这个报告。"

小襄阳却说:"我有更着急的事情要和你说,而且不是一件,你应该会感兴趣的。"

"查到伍栋和亨利的关系了?不会这么快吧?"

"被你说中了,就这么快。"小襄阳说。

"说说,他俩有什么关联?伍栋八月初二全天在汉口,都是在忙活和亨利有关的事情吧?"车丙三因为自己猜到了这个线索而自信满满。

"他俩没关系。没有查到伍栋在八月初二一整天忙的事情和亨利有任何关系。但是,真的有人看到了伍栋在汉口——是咱们跑风信的黄包车车夫。他八月初二一下午和晚上都在教育厅厅长的府上,晚上在那儿喝酒。"

原来,初二下午有人乘黄包车到教育厅厅长府上,下车时扔了两个银圆,要他一下午都在教育厅厅长的家门外候着。可是,这一等竟然是一夜,原本给的钱也多,车夫也很厚道,在门外一直等候到初三天亮。初三上午，这人才从教育厅厅长家里出来，看样子应该昨夜喝了很多酒。车夫说了一个细节，这个人左手非常不灵活，应该是假肢。

从相貌特征来看，是伍栋无疑。

车丙三心中在想，这可能是个无用消息，但是，正好是因为这件事，使得伍栋不在火灾和凶杀第一现场，这倒是耐人寻味：什么事情那么重要，才让伍栋明明知道第二天早上要会客，可还是喝醉错过了呢？

小襄阳接着说："这只是第一个消息的一部分。因为昨晚的风信发出去，查到的有用信息很少，需要核实的信息太多，我就重点核实了一下教育厅厅长的情况，这一查，吓一跳，你知道这教育厅厅长是谁？"

车丙三摇头。"没听说过。"

小襄阳说："湖北教育厅厅长名叫韩天河。原本我也想不到和这个案子能扯上什么关系，但是，我们之前有个玩伴儿，就是那个叫康仔的宁波小子，还记得吧，他现在读武汉大学，据康仔说，他曾经有个同学的爸爸是湖北教育厅厅长，他那个同学的名字你应该猜到了吧，对，就是韩冰。"

天哪，这不可能仅仅是巧合吧。车丙三心想。

"所以，你一夜没睡，昨晚跑了一趟武昌珞珈山是吧？"车丙三感动地问。

"嗯，也值了。还蹭了一顿夜宵。"小襄阳得意地说。

伍栋在事发前一天拜会了死者韩冰的父亲，第二天韩冰就死于非命，这么巧合的事儿，而且这个韩冰的父亲还是个高官，看来伍栋的麻烦挺大。可是，无论之前巡捕房汇总的材料还是见到伍栋的当场，都没有任何关于韩冰家庭背景的信息，伍栋本人还对韩冰与本案无关担保,这一点挺可疑。

小襄阳这一趟真的没白跑。感激的话没有说出口,车丙三只是用拳头击打了一下小襄阳的肩头。"这条信息非常重要,看来我们必须再拜会一下凯字营了。不过,现在有一个更着急的线索,就是范鸿儒这条线,这条线索离凶手上官最近,我们越快抓这条线索,能找到的线索就会越多越有用,甚至抓住上官本人,晚的话,我怕,我怕再发生命案。"车丙三急切地说。

小襄阳说:"又是抢时间。我要告诉你的第二条消息也是抢时间。巡捕房总探长雷霖已经知道了,这是个连环杀人案。他已经发出通知,叫你回巡捕房说明情况,估计很快就会调一两个正式探员来接手这个案子了,让法国人来亲自办这个案子。不过,他派出去给你发通知的人不是我。"小襄阳说话的时候做了一个鬼脸。

是的,没接到通知,就还有时间。但是时间也不多了。管它那么多呢,得出手,出手晚了,好白菜都被猪拱了。车丙三暗自握紧拳头心想。

7. 胭脂巷

　　两只流浪狗卧倒在水沟旁，偶尔翻一下眼睛，赶走眼角的苍蝇，证明一下它们还有一口气。或许两天前，它们还能晃荡着身体站起来，但现在毕竟不成了。它们的下腹左右几乎已经贴在一起，就像没有馅儿的烙饼，其中一只狗努力试着呜叫一声，终究徒劳，最后只是呼出来一大口白气。它们偶尔睁眼赶苍蝇的时候，也会瞟一眼树梢上的乌鸦，几只乌鸦识趣地换了一根树枝蹲着，让它们的动机不那么明显——它们在等着新的病狗饿死，又一顿大餐已经酝酿好几天了，这大餐的分量越来越少。原本是草木茂盛的青翠季节，胭脂巷却异常肃杀、萧条。

　　战火还没有真正烧到大武汉，但是人们的信心已经快焚成灰烬了。

　　不到三个月的时间，胭脂巷的学校、居民竟然撤退得一干二净，还没有撤走的，估计和这两只流浪狗也差不多了吧。

　　小襄阳望着流浪狗，又看看车丙三，眼神中分明在说，我们还有必要走进去吗？

　　平时总在法租界转悠，没想到全国第一个直辖市大武汉如今已经如此萧条。巷子尽头就是武昌高等艺术学校——既然来了，也不差这几步路了。

武昌艺校是一所私立学校,成立时间不长,但是,凭借着校长的开明果敢,大胆聘用了一些从欧洲、日本留学归来的青年画家,这两年在华中地区名声颇佳。可是,时下的局势,这样的办学很脆弱,听说武汉可能会成为下一个战场,就连很多国立学校都已经提前筹划,搬迁到了远离战火的西南地区。武昌艺校这样的学校没有公家的经费支持,搬迁扒层皮,无以为继,只能面对教师流失、学校溃败的局面。

进了校园,已经看不到正常教学的迹象了,偶有两三个人进出,看样子也是搬东西撤退的模样。瓶子里的水,倒出去就难以收回了,人心的溃散和这个差不多吧。

车丙三在一间教室门口停住了脚步,门口的牌子吸引了他的注意——"鸿儒美术课堂"。小襄阳和车丙三目光碰了一下,立刻会意,轻推教室房门,里面还会有人吗?

车丙三和小襄阳平日里混迹在城市底层,哪有机会接触艺术,更何谈欣赏艺术作品呢?教室里没有几把椅子,看来平日里学生原本不多,也不知道他们当中有多少人知道老师范鸿儒已经在两天前死于凯字营的一场谋杀。桌子比椅子多不少,桌子上都是画,放得也比较乱,刚好还可以看清楚画的是什么。

就算看到画了什么,也看不懂吧。幸好教室里还有一个人在创作,只是看不出他是老师还是学生。

"你在画什么呢?"观察了很久,小襄阳忍不住问道。

年轻人背对着来客。他或许早就知道有人进来了,却一直没有回头看一眼。听到小襄阳问话也没有马上回答,只是手上的画笔停在了半空,瞅一眼水彩笔头又看一眼画板,自言自语道:"这里还是应该再具体一些,太抽象外行会以为这是个草稿……"

小襄阳试着再问,车丙三一挥手。两个人就这样看着年轻人画画。大约过了一刻钟的时间，年轻人冲着画板长长吹了一口气。

"现在你总该看明白我画的是什么了吧？"年轻人对着画板说。

半山腰一个寺庙，前面几棵树，两个女子撑着油纸伞，也不知道从门前经过还是从寺庙里面出来。画面的一角有半条河，流淌过这个半山腰。

"你这画得不对呀，女人怎么随便进庙里呢？"小襄阳有意嘲讽他，算是回敬他刚才不搭理自己。

"你们是做什么的？"年轻人坐在那里一边端详着自己的画一边问。

"巡捕房高级探员。"车丙三说。

"作为一个侦探，你太年轻，侦探应该是上了年纪的人干的事儿。探员和警察是有区别的，对吧？"年轻人问。

"算是吧。"小襄阳抢着回答。

"寺和庙是有区别的，就像探员和警察也是有区别的，道理差不多。"年轻人说道。

"我们有女探员吗？或者有什么事是女探员不能干的吗？"小襄阳耍怪地问车丙三。

车丙三白了他一眼——已经够乱的了。

"所以，你画的是寺对吧，是不是还需要写上创作时间和名字？等你署上名字才算画完是吧？"车丙三问道。

"这幅画叫《白雨中的祈福》。这是临摹作品，我不用写创作时间。你说写上名字才算画完，是想问问我叫什么名字吧？"年轻人话里带刺。

"我就是顺便问一下，我们对艺术创作是门外汉。知道怎称呼你可能更方便我们办公。"车丙三说得谦逊。

"叫我永和就好。我在创作，也就是我的办公，你办你的我办我的，你们要问啥，长话短说就好。"年轻人说得直截了当。

车丙三略作思考，说道："《白雨中的祈福》这名字很好。说明了画中人和这个寺庙的关系。嗯……是寺，不是庙。"

"你还不错嘛，多数人会关注白雨，甚至会矫情这雨的线条画得够不够白。"

"原作是谁画的呢？是范鸿儒教授吗？"车丙三问。

"范教授，呵呵，你见过他的作品吗？"年轻人反问。

"没。这屋子里应该有他的作品吧，你不妨指点一下。"车丙三说。

"刚才不还说门外汉吗，怎么又对这些花花绿绿的东西感兴趣了呢？桌上的都不是，墙上的有一部分是。"年轻人说道。

车丙三注意到年轻人一直没有回头看自己和小襄阳，可是，他知道二人的表情。原来他面前左前方有一面镜子，他不用转身就能看到来的人，当然，进来的人如果视力够好够细心也能看到一部分他的面孔和表情。

原来是这样。

永和面前放了两幅作品，看起来几乎一模一样，他将刚刚画好的作品《白雨中的祈福》和之前的那幅几乎一样的作品做对比。

车丙三环视了一下这个房间，三十几平方米的房间里面，除了几张桌子上平摊的画，墙上也挂了大几十幅画作，只是墙上的绘画装裱得富丽堂皇，一看画框就挺值钱的样子。

墙上的画作，画的题材和风格看起来差不多。主要是下雨天，寺庙，撑着伞的女子，偶尔也有纯风景，海边，绿树，海浪，沙滩。车丙三搞不懂这些作品是想表达什么，自己多数知识来自秋水爹酒后的吹嘘和自己在汉口法租界的闯荡，这些知识点主要集中在通过看衣服猜人的身份，看女人的脖子知道年龄，喝一口烧酒知道度数，捏在手上的骰子掂量两下知道有没有灌铅……上次看到绘画，还是看汉口大世界剧院门口的海报。至于小襄阳，他可能还不如自己，毕竟他连一个吹牛的秋水爹还没有呢。是啊，秋水爹要一千年才出一个的，他怎么可能随便有。

车丙三注意到，墙上并没有这幅《白雨中的祈福》。

车丙三并没有急着问永和，也不想让他感觉自己打扰到了他的创作。他在屋子里转了一圈，偶尔也瞄一眼永和，他在另一张新画纸上开始了新的创作，但是，看起来画的还是《白雨中的祈福》。

这时候，有一幅画引起了车丙三的注意，他驻足盯着看了半天，自言自语道："嗯，果然是。"

小襄阳很清楚车丙三的道行，哪里懂什么绘画啊。

车丙三对着永和说："这幅画，是范鸿儒教授创作的吧。"

永和低了一下头，以便于在镜子里能看到车丙三说的是哪幅画。然后，又回到他的创作中去了，顿了五秒钟，才开口说："蒙错了。那幅画叫《三月初三的清水寺》，是一幅版画，版画你知道吧，你知道版画和水彩画的区别吗？不知道，没关系，很多人也不知道，不知道好，不知道范教授才有用武之地。除了作品的名字是范教授写上的，其他的和他没什么关系。"

车丙三隐约感觉到永和对范教授颇有微词。

"那这版画是哪位教授的作品呢？"车丙三问。

"不是武昌艺校的东西，不过，也没人知道，是范教授从日本带回来的，是版画，而且还不是肉笔画。说白了，就是很多复制品中的一幅。"永和说道。

"范教授在日本留学过，那还真了不起啊。"车丙三顺势说道。

"你去法国或者德国、俄国，随便哪个国家，转一圈回来，你和现在的你有什么不同呢？会升官吗？"永和问。

"我不知道，我没出去过。我现在做探员，转一圈回来吗……如果转不晕，应该还是探员，我应该做不了别的。"车丙三笑答。

"有的人和你不一样，出去之前是学医的，在国外学医没学出名堂，临回来的时候，背了很多浮世绘回来，然后照着描一遍，然后就成为教授了。"

永和说的会是范教授吗？

"那你是范教授的学生吗？"车丙三问。

"算是吧，我们叫助教，就是他的助手，替他干活。理论上他要指导我创作。"

"理论下呢？"车丙三笑着问。

"理论下嘛，你看到《白雨中的祈福》了吧，那就是'理论下'我的创作。"

车丙三一怔，然后说："是不是他当你的教授就是让你模仿，不不不，是不是他让你模仿他从日本带回来的版画，这就算是教授指导了，不不不，署名……除了让你模仿，还有署名……不会吧……

"这些还没有署名的画，是你画的，或者是你临摹的，然后，署名会署上他的名字……"

永和笑着摇头。"你这个……什么来着，探员，不知谙你是怎么猜到的，不过前半段你猜得挺对。后半部分猜错了。范教授从来不需要篡夺我的署名，只需要在买来的版画上做一些再创作

80

就行，他的作品就成了。"

"你跟了他多久？他这样做不会露馅儿吗？不，他这样做没有露馅儿是有原因的，这个原因是什么呢？"车丙三问。

"这也是一扇门，进不进得去两说，教授就是这样教，学生也是一种学习。不和你说这些了。你想问什么具体的就问吧，我也很忙的……"永和冷笑着说。

"那两幅一模一样的《白雨中的祈福》，都是你的创作，或者说你在'临摹'自己的作品，这次我应该没有猜错。"车丙三自信地说。

镜子里的永和点了三下头。"识货，给你加一刻钟的提问时间。"

"但是，这两幅画呈现的光线还是有细微不同的。可能画家在创作的时候，心情有微妙的差别吧。"车丙三并没有直奔主题，而是点评起画作来。

永和没有说话，车丙三在镜子里隐约看到他冷笑了一下。

"第二幅画，好像要表现白雨更急促一些，所以个别雨线画得粗一点，可是反倒暴露了画家心气的急躁，如果他想表现雨，最好从人上着手，人在雨中的狼狈、伞的无力，都可以是很好的表现。"车丙三说道。

"还有呢？接着说说看。"永和停下手中的画笔，问道。

"画的名字叫《白雨中的祈福》，雨大、雨急，原本不是为了表现雨，祈福才是灵魂，雨大只是为了表现祈福的焦急、期待这些情绪，一味强调雨大、雨小，属于本末……本末……倒置。主要看画家怎么设定这个情绪，不要因为画了雨，或者没驾驭好雨的大小，而失控了自己的情绪设定。不过，这幅画的主题也只能表现出这么多的推想了。它不像刚才那幅《三月初三清水寺》，它表现的主题就隐晦很多了。"车丙三忽然表现得像个美术评论家，和他平时差异很大，小襄阳瞪大眼睛看着他，甚是惊讶。

"连个巡捕房探员都能看出来这些玄机，看来，我们这行当想浑水摸鱼也不容易。说说看，清水寺那幅画怎么就隐晦了呢？"永和转过身来面对着车丙三和小襄阳，问道。

只见永和一张白净净的脸，二十出头的年龄，身材结实，短衣打扮，浑身上下已经被染成了彩虹一般，颜色多到数不清，像个泥瓦匠，他仰起下巴看着车丙三的模样带着三分傲气。

"清水寺这幅画，主题不在这座寺，在三月初三。是这样吗？"车丙三问道。

永和身体前倾，双手抱拳，支撑着下巴，眼睛用力盯着站在那幅《三月初三清水寺》前面的车丙三，缓缓说道："我刚认识范鸿儒教授的时候，他也说一些这样玄妙的话，我当时对他佩服得五体投地。这位探员先生，你马甲上的各种口袋，里面都是枪吗？"

"对付坏人，一颗子弹就够了，不需要那么多枪。你刚认识范教授是什么时候呢？他前天遭遇了一场意外，你知道吗？"车丙三说。

"听说了。凯字营派人到学校来发通知，学校现在已经没有人了，你也看到了，老师和校长已经不在这里了，个别学生这几天在搬东西。他们的状态是已经离开或者正在离开，和范教授的状况也差不了太多，只是目的地看起来好像不一样。

"两年前，我到这里求学，范教授觉得我基础还行，就收我做学生兼助教。我其实帮助他干了不少活，他嘛，谈不上对我有什么教授，如果自学能力算是学来的话，那他还真是教了我不少呢。"永和说话有锋芒，并且喜欢挖苦人。

"有人通知范教授的家里人了吗？他住在哪里知道吗？"车丙三问道。

"隔壁。"永和做了个摊手的姿势。

小襄阳有些耐不住性子问道："上官园寺这个人，你认识吗？"

"不认识。"永和回答。

"最近，范教授往来的人中，有什么可疑的吗？"小襄阳问。

"还算正常。学校没人了，他也没处去，没有学生来上课了，学校也就算停止办学，不再给老师发工资了。房产不值几个钱，校长暂时还没处置，范教授依旧临时住在这里。"永和回答。

"带我们看一眼他的房间吧。"小襄阳觉得实在问不出什么线索来了。

说是范教授住的房间，其实只是一个小教室，临时放了一张竹床。房间里的东西实在简单，除了床，只有一些美术书籍和绘画摆放在墙角一个简陋书架上。

车丙三走到窗前，用手摸了一下窗棂，用力一推，窗户就开了，外面树上，两只乌鸦听到了声音，警觉地飞走了。

"范教授在这里住了多久了？他每天都住在这里是吗？"车丙三问。

"具体不清楚，我来上课的时候他就住在这里了吧。除了上课，也很少见到他。"永和回答。

"在你的印象中，这间屋子里常用的东西，有什么多了或者少了的吗？"车丙三问。

永和看了一圈，皱眉说："我很少进这间屋子，没印象，但是要说少，可能少了一个装画笔的木头盒子。范教授这个盒子很醒目，据说是从日本带回来的，他平时对这个长条盒子很是看重，上课的时候都是放在讲台上的，即使碍眼，他也要郑重放好，才开始讲课。这个盒子里面装的是画笔、水彩和尺子等绘画工具，做工还挺精细。平时这个长盒子不是放在画室，就应该放在这里。现在画室没有这个盒子，应该放在这里才对，当然，他最后是去凯字营上课的，对，他上课应该带着这个盒子。别的东西，我实在没印象了。"

"对于他的意外，我们也很遗憾，很希望能找出一些线索，查清事情的原因。所以，你能想到什么和范教授有关并且可疑的事情，请一定告诉我们。"车丙三说。

"好呀。可是，我也没什么能告诉你们的了。"永和还是那种不痛不痒的高傲样子。

"平时范教授交往的人，都是什么样的呢？交往两年，你觉得他是什么样的人呢？他平时有什么爱好呢？"车丙三问。

"哦，对，我也算他交往过的人哈。我觉得他是个骗子，虽然对一个刚刚故去的人这样说不礼貌，并且他还算是我的老师呢，可是我该怎么说呢？"永和冷笑着说。

"他有一个身份是从日本回来的留学生，我不知道你们清楚多少？他自称九州艺术大学美术系毕业的，经常挂在嘴上的导师叫川濑巴水。我也查过川濑巴水的作品，确实了不起。可是川濑巴水从来没有在九州艺术大学教授过，日本也压根儿没有这个学校。但是，总有人相信这些留洋回来的，相信年龄，但凡上点岁数的学者样貌的人，就好像真的道行了不得一样，反正他说的校长也不知道，校长只是喜欢一些艺术，根本谈不上专业。他凭着九州艺术大学的头衔，凭着川濑巴水的学生这个光环，获得了武昌艺术学校的一个教授身份。武昌艺术学校属于私立学校，这里的教授就是学校自己发个文就行了，连往教育部申请或者备案都不需要，只要校长愿意就行。然后呢，武昌艺校再凭借自己颁发的'教授''留学归来的艺术家'这些头衔啊，去骗学生和他们的家长。我猜校长也不是没有怀疑过范教授等几位老师的身份，只是不想去捅破这层窗户纸罢了，这层窗户纸也是校长的遮羞布。"永和的话令人颇为意外，这些与车丙三从伍栋那里获得的信息大相径庭。

"那他去凯字营教美术课，也是骗人的了？"车丙三问。

"这件事我挺佩服他的，他的说服能力果然了不起。先不说到监狱教犯人画画这事儿多少有一些天马行空——毕竟坐在这里一下午，谁都能想出一二十个看起来有趣、做起来不切实际的想法。可就是这样的想法，他竟然能说服凯字营监狱的监狱长，把它做成了，这是我少有的几件佩服他的事情之一。他还吆喝上几位美术老师一道，组团去凯字营授课。据说，监狱里还办过画展，作品被卖出去的，可以给犯人减刑。"永和说。

"你是亲眼见到了这些，还是听说的？"车丙三问。

"算是亲眼见到了吧，因为有一次一个美术老师临时有事儿，我被他抓去替补一下，我就和他一起去凯字营给犯人们上课。原本以为监狱会是多么的暗无天日，还好吧，还好吧。对于不要志气的人，如果饿得没饭吃，进监狱倒是很好的选择，毕竟凯字营监狱的犯人待遇还不错，其他监狱我也没进去过。去监狱给犯人上课，每次有二十元法币的课时费，算下来没几个钱，但是，武昌艺校的老师多数是兼职，光靠这一份工作也难养家糊口。开始的时候，范教授用情怀感化各位老师，说这是艺术的最高级别的用武之地。可时间久了，大家发现，那些真正想学一点点绘画的特别少，靠所谓艺术感化他们、影响他们的审美，就更不切实际了，再加上课时费少，学校这边的办学停停办办的，所以去授课的老师就陆续变少了，最后就剩下他自己了。

"对了，有个细节，我问过其他老师，授课的课时费是监狱那边直接给每个老师的，上完一节课马上结账，这中间不经过范教授的手。也就是说，他没有从中渔利。我还是有一些诧异的，凭他的为人……所以，他究竟图什么呢？"永和说。

"他平时带进凯字营的人，除了学校的老师，还有别的人吗？或者，你认识他周围的人当中，包括学校的人、学校以外的人，有没有一个年轻人，比你大个三两岁，中等身材，普通相貌。近来和范教授有往来。可能最近几天，也在学校或者范教授的住处出现过。"车丙三问。

"学校里的年轻人很多，符合你的描述的年轻人也很多，你说最近也常接触的……本校的人，我一时想不到。就连我最近和他也接触少，我忙着画画，他如果没有需要用的画作也没有需要代的课，基本不找我。学校以外的人……学校以外的……倒是有一个，我也只见过两次。不过这人是外国人，好像也不会画画，范教授应该不会带他进凯字营吧。应该不会是你们要找的人。"永和摇头。

"说说看，这是怎么样一个人。"车丙三问。

"大约半年前吧，有一天范教授到画室找我，赶制几幅画，说白了就是替他画几幅画，估计他又是课堂上用或者拿它们做道具。我们说话的时候，那个年轻人来了。看样子应该是和范教授在某个场合认识的，不是第一次见面。他没给我留下什么特别印象，只记得他汉语说得一般，和范教授说话用日语多一些，范教授对他很是谦恭，这种谦恭除了出于日本人之间交往的正常礼节，也不难看出范教授对他的尊敬。后来，我看范教授有客人就走开了。所以，印象不是很深。

"在第二次见到这个人之前,发生了一件小事儿,让我对他有一些留意。有一天傍晚,范教授很高兴,在外面喝了不少酒,回到画室。他见到我还在,顺口说了一些过了头的话,这些话不方便和你们多说,毕竟本校的老师言行,我也不便多讲。他说到,这次生意做完,他要好好休息休息。他当时明确说是生意,我就附和恭喜他画作卖个大价钱。他讽刺说,画值几个钱,靠画画不饿死才怪,你看看咱们学校这些老师就知道了。

"自从和他学习画画,真正了解他的套路之后,我就不想问他在做什么,在画什么,所以我当时也没问,只想快一些离开,回宿舍。他却说,人不可貌相,年轻人不可欺,这个时代,只要胆大心细,就能做成大事,但是能做成大事的还是年轻人。

"我还纳闷,怎么就开始要说到我呢,他接着说,上次那个年轻人可是有来头的,他老头子能决定国家的领导人。有这样的背景,和他做点儿小生意,嘿嘿,那也不就是意思意思。我才明白,他说的是那个人。可是那个人好像是日本人啊,我纳闷地问。

"说的就是日本啊,日本的领导人是首相,日本的贵族叫华族,有意思吧,华族。你没去过日本,这些呀,说了你得花一些时间慢慢理解。慢慢,嘿嘿,世上的事情,慢最糟糕,在我之前去日本的同学,学医都学出了名堂,没学出名堂的也都混出了名堂,有个学医的同学后来成了大作家,还有个早一些年在我们之前去的东京,后来闹革命去了。可是,我去得晚了,就像一件事下手慢了一样,慢半拍,就低了人家一等。同样是没拿到医学院的毕业证,在我之前的人,就转行转成功了。我就只能去神保町做个旧书店的店员。

"慢,输了先机。但是,大家的终点可能不一样,或者说,你要做成大生意，就不能找那些和你终点一样的人共事，他要么是你的对手，要么和你一样跳不出现有框架做生意。这个年轻人，就是和我属于不同终点的人，我们在不同跑道上，但是，现在我们开始相互借力了，哈哈哈。"

原来，那晚上范教授酒喝多了，说话逻辑不是很清楚，但是，永和还是梳理出来一些关键信息和线索。范教授找到一个生意上的合伙人，就是这个日本年轻人。

车丙三问："那后来，范教授透露了什么重要信息吗？"

"没有啊，他就是喝多了，我也没多大兴趣听他说话，但是，他说的话我记住了，我虽然没去过日本，但是对日本文化和日本美术感兴趣，所以，顺带查了一些资料。这一查，还是有挺大收获的。"永和说。

小襄阳已经按捺不住了，催问："快说说，都什么收获。"

"我想先问一下，你们要找的那个人，名字是哪几个字。"永和没有急着说查到什么，而是问了这样的问题。

车丙三伸手进马甲一掏，接着又往复一次，不知从哪个口袋里掏出一个小本子和一支铅笔，飞快写出"上官园寺"，递给永和看。

永和瞄了一眼，笑着说："你的字写得真谦虚……就应该让日本人按照这样的字迹学习汉语，累死他们。"

车丙三并不觉得尴尬，心说，这样的汉字我自己会写的也并不多。

永和接着说："我没有见过有人用这个名字。"

小襄阳一脸失望，感觉内心刚刚燃起的火苗又熄灭了。

"可是，有个巧合，可能会给你们一些联想。这也要从我去查资料说起。武昌艺校是一所私立学校，成立时间晚，学校的图书馆就是几位老师的教学用书,图书资源特别有限。但是,武昌有一所武汉大学啊,我常去那里看书。原本那儿的书特别多,后来武大也迁往四川,图书馆的大多数藏书都和师生一起搬家了。有一段时间,我趁着武大搬家前,整天泡在图书馆里,看了不少书,我的大多数艺术知识、文化理论都是在那里学到的。可是毕竟图书馆在陆续搬迁,藏书越来越少,后来,只剩下一个小阅览室的书了,这些书一部分是留给最后一批毕业的学生或者留守学校的师生阅读的,还有一部分很奇怪,是日文书。我曾经问过管理员。图书管理员回答说,中日已经开战,这些日文书是否带走学校曾经有过争议,而且运送这些书也需要花费很多人力和财力,反正这些书看的人很少,可能最后搬运走,也可能不运走了。这些日文书里面还有一部分日本近来的报刊,让我了解到很多日本文化和当下的时政。原来日本的政治是由元老院把持的,包括首相的任免,都是出自元老院,而不是我们想象的由天皇决定,这个元老院是谁在主持呢,他的名字叫作西园寺公望。"

说到这里,永和停顿了一下。"你们是不是感觉到了熟悉的字眼呢,上官这是个中国姓氏,园寺,听起来很冷僻的名字。比较巧合,西园寺这三个字,是日本的华族,这个姓氏中有园寺两个字。范教授说,那个年轻人的老头子是决定一个国家领导人的来头。我当时没反应过来,后来看书的时候,猛然醒悟,范教授说的这个国家不是中国啊,说的是日本国。

"后来,我第二次见到那个年轻人的时候,检验了我的一些猜测,或许这些对你们有帮助,但是也可能带来新的困惑吧。"永和说道。

"你说吧,这些应该对破案有帮助的,我相信。"车丙三说。

"有一天,现在想来,应该是十天前吧,我在画画的时候,听到了隔壁有争执的声音。最近学校的人已经很少了，也很少见到范教授，隔壁也就是你们刚看过的范教授的房间，我原以为隔壁没人了。因为他们争吵的声音很大，所以我听到了很多。开始的时候，范教授好像很生气，似乎那个年轻日本人背着他做了一些不该做的事情，'你已经有了中国身份，就不要节外生枝了，我不能同意你这么干！生意归生意，生意以外的事儿，我不能干'。对方也不相让，毕竟年轻气盛吧。那年轻人说：'这也是我的生意，生意不光是一方买另一方卖，还可以是调换个儿，你的想法太迂腐了。'

"说到情急处，那年轻人就只说日语了，范教授只说汉语，我就只能听懂一半对话，但他俩又都听得懂彼此的话，显得很滑稽，我在隔壁画画，忍不住笑。后来听到范教授说，'政治的东西我不碰，我只碰生意，那些红的白的，统统和我没关系，我也不想和我们的合作有丝毫关系'，'你这是威胁我，不，我不能接受，开始的时候你都没有提这些，我只拿我应该拿的那份，多的我不要，也不敢要，我得保住这条命要紧'。接着，就听年轻人一个人说了很长时间，那语调有时很温和，有时也会很高亢，再后来，范教授又有一些服软了，就听他说，'我需要考虑，我知道，这是硬通货，但是代价大，风险也大，你得答应我，在我最终决定前，不能有所动作，不能强迫我做'。再后来，就听范教授反问，'一直保持单线接触不是挺好吗？实在没有必要涉险，你自己也再考虑一下吧'。"

永和顿了顿，接着说："这算是我第二次见到这个日本年轻人，说是见，其实也就是隔着房间听到的，我想应该就是他吧，毕竟范教授往来的人当中，我只见过他这么一个日本人。那天，还应该有一些话，我没有听清楚，由于时间距离现在还挺近，我就能想起这些来。和你俩说得太多了，我该画画了。"

小襄阳一抱拳，说道："谢你相助，我们也不打扰你了。如果你再想到什么，请和我们说，写信到同济医院或者法租界巡捕房都行。"

车丙三问道："我想借墙上三幅画用一下，回头还你。学校里面的人都走得差不多了，你为什么不选择离开呢？世道这么乱，你还年轻，除了画画，还有很多途径做一些事情，还有很多选择，为国为民。"

永和说："到哪里呢？到哪里我都应该先画好画，没有成为真正的画家之前，我哪儿都不去。很多选择吗？对我而言只有一种。可是，你呢？你也很年轻啊，你的为国为民的人生选择是什么呢，为法国人做事吗，你为什么不选择上战场？"

是啊，我为什么不去战场，车丙三如鲠在喉，张了张嘴巴，最终没有说出话来。

出了胭脂巷，小襄阳问道："你怎么突然知道那么多，什么日本美术，什么成语啊？"

"跑过两次拍卖行查案子，听过几个艺术品商人的对话，知道几个名词，我们这一行，多数情况下是现学现卖，我也就知道这么多，再说就彻底露馅儿了。本末倒置，呵呵呵，这个成语想了半天，差点儿说错。"车丙三说。

小襄阳看了一眼车丙三手上的三幅画，眉毛一扬。那意思，你不会真的懂绘画吧？

车丙三笑道："我对这三幅画都没兴趣，只是对有一幅上面的一个题字有兴趣，借出来好好看一下。你来看，这个'三月初三清水寺'几个字，这里面这个'寺'，它的写法很不一样，正常这个字上面是个'土',下面是个'寸',可是这个寺字的写法不同,它把上面的'土'字,写成了'士',不知道你留意没有,凯字营的签字登记簿上面,上官园寺的名字中,'寺'也是这么写的,第二横短。我没猜错的话,这种写法应该是日文中某种书法体,范教授在日本生活过一些年,所以这样写,并且,他平时写上官园寺的名字的时候,也应该就是这么写的。说明登记簿上面的名字确实是范教授亲自写上去的,也说明在画画这件事上,永和没有说谎。"

小襄阳凑近细看,果然是这样,只是之前在凯字营看到的上官园寺几个字当中,寺到底怎么写的,自己还真没印象了。"那你借一幅画就行了,用不着借三四幅画吧。"

"借三四幅画,他就搞不清我们要做什么了。我暂时还不想永和知道我们的意图,他说的话和之前的一些疑问能够拼得上,但是还需要核实。如果他说的是假话呢,虽然这种可能性很小,但是,如果他今天说的是假话,那他身上的疑点就很大了。"车丙三说道。

小襄阳笑罢,一脸严肃问:"接下来怎么办,这个案子越来越复杂,我们也没多少时间了。"

车丙三说:"确实有一些干扰,我倒是觉得案件越来越清晰了,至少有几点和原先推理的一致。虽然还没有抓住凶手,我想凶手马上就会有新动作了,在他动手之前,我们还需要做两件事。"

小襄阳说:"做什么事情?"

"接下来,我们兵分两路,你去一趟珞珈山,找一下康仔,核实一下永和说的话,最好能找到懂日语的学生或者老师帮忙,特别是武汉大学的藏书或者报纸中关于西园寺公望的身份的一切相关信息。我要回一趟同济医院，看看新的化验结果出来没有，也看看昨晚散出去的风信，有没有新的进展，然后，今天下午，我们在凯字营监狱门口会合。现在，离案件水落石出越来越近了。"车丙三说。

8. 一个器官

但凡码头，都是一个小的集市。昨天，车丙三在同济医院病房造谣说有鼠疫，就说疫情来自龙王庙码头，因为这里商贾往来频繁，这样的谣言才可能有人信。

这会儿，车丙三要从龙王庙码头乘坐渡船回汉口同济医院。几个卖菜的小贩把应季的蔬菜横摆在面前，任由往来的过客挑选，没生意时也不吆喝，慵懒地看着长江发呆。生意不好，吆喝也没用。

在这群卖菜的小贩中间，有一个小姑娘，也就七八岁的模样，面前放了两个大号的木桶，一只木桶里面盛半桶江水，一只木桶里面养着鲜花。

"你木桶里面的花能吃吗？别人卖的菜可都是能吃的。"船从对岸来，等待的间隙，车丙三走近问道。

小姑娘见有人搭讪，也不羞怯，并不急着回答，只是抄起一只瓢，舀起左边这桶里面的江水浇到右边木桶里面的鲜花上面。

"喊不得，这过可千万喊不得，它的用处可不是用来喊的，喊了后悔哟。"小姑娘一脸郑重地回答。

"难道这些花上面涂了后悔药？"车丙三问。

小姑娘皱着眉，摇头说："你这拐子，怎么茗吃哈胀咧？你看这个活花，多灵醒称透，家里老特老俩生病的话，冇得药治，你带给她，她看到活花心情就好多了，闻到活花香味，病就好多了哟，她病好了，就铆起下地给你做饭了哟；你再看辣个，她叫玫瑰花花，于果，你把它送给富家小姐姐，小姐姐一高兴哟，就哀求老亲娘嫁给你喽，她嫁给你哟，还阔以带个丫鬟上门，辣个丫鬟手脚勤快，给你做饭，你就有饭吃啦；再看辣个，辣个是么斯花来着，搞忘掉咧……你买不买嘛！"

车丙三心中偷笑，听着小女娃娃说武汉话，心里真是舒服。他拿起一枝玫瑰花。"几多钱？"

"老特说，一枝玫瑰花，么得机会够到富家小姐的，你要拉一下嘛，来个十一枝嘛。算你走火，给二十块钱。"小姑娘想多卖几枝花。

车丙三在马甲兜里翻了底儿朝天，有四个兜已经里衬朝外，翻出来两张十元法币，一把折叠尺子，一个放大镜，一个细绳子，一小块砂纸，一个小镊子……他又把这些杂货重新塞回不同的兜里，拣了两张十块钱出来，递给了小姑娘，笑着说："我只要一枝玫瑰就好，不用找钱了。"

车丙三拿着一枝玫瑰，向渡船走去。背后小姑娘咣当一声，把盛江水的木桶掀翻，雀跃嚷道："是说哟，我就说今天走火嘛。"看来，她要提前收工了。

第一次给女人送花，车丙三心中不免忐忑。案子要破，女人也要追到手，不能被秋水爹看扁了。他先到外科病房转了一圈，才两天时间，这里已经恢复了正常，有人死了，这种事儿在医院还是很平常的事情，多数人并不知道死亡曾经离自己那么近，这死亡不是疾病。

程慕白不在病房，对，这时候她应该还在化验室。

车丙三深吸了一口气，敲了敲化验室的门。

没有应答。

车丙三一下子轻松了很多。不是自己不想送出去，自己花光了兜里最后二十块钱，不是自己没努力，毕竟没见到人嘛。他心里想着。

他转身，这朵花怎么处理呢？见不到程慕白就落实不了化验结果，自己的一个疑问就暂时解不开，这个疑问是再探凯字营的先决条件。好吧，那就先找秋水爹商量一下，可是，带着玫瑰花找秋水爹商量案子吗？

"是谁？"有个清脆的声音问道，随即，化验室的门打开了。

车丙三之前准备好的台词，一下子忘得一干二净。面前的程慕白戴着口罩和手套，眼圈发黑，眼睛里充满血丝——她太想尽快破案了，给自己的神父老师一个交代，她唯一能做的就是帮车丙三检查尸体，查找线索。

程慕白看着戳在当场一言不发的车丙三，看看他手里的玫瑰花，又看看他，再看看玫瑰花，再看看一言不发的车丙三，然后大声说道："我就纳闷了，你们男人为什么都喜欢花？"

车丙三感觉自己脸上发烫。这时候，确实不适合给人家送花，为了破案，她比我这个探员还着急。

"你来得还挺快，结果刚刚出来了。你要进来看看吗？"程慕白接着说，花的事儿好像就这么过去了。

"什么结果？"车丙三问道，这是个转移尴尬的机会。

"李士北的家属来过了，三个哥哥中有两个不想再看他一眼，压根儿没来医院，一个叫李士东的哥哥代表全家，扔下一句话就走了,说尸体不要了,太丢脸了。让医院看着处理吧。我就给他做了个病理化验。"结果看来还算顺利,说到专业程慕白一脸自信。

昨天大家一起分析案情的画像板已经被挪到了墙角,程慕白站在化验室中央的操作台前,跟在身后的车丙三听到程慕白说:"这是个典型的被药物侵入的器官,而且持续时间应该超过五年,你来看——"

车丙三感觉到自己手臂上的汗毛已经竖了起来,他不确定要不要继续往前走,或者他已经停下了脚步,脚下像踩了棉花。

程慕白已经转过身来,透过白大褂依然能看出她身材修长苗条,对,她应该比自己高,可现在已经来不及比较了,也来不及想这些了。车丙三觉得耳膜响得厉害,伴随着嗡嗡声他隐约听见程慕白说的词语。"应该是鸦片""你看这里……",这一切源于程慕白手上提着的一个肝脏,它在空中还滴下来几滴血水,红色的血水。车丙三眼前弥漫着血红色,紧接着他就瘫倒在地,什么都不知道了。

"啾,啾啾。"有水鸟鸣叫的声音。车丙三缓缓睁开眼睛——这是一间病房,哦,记得自己是在化验室晕倒的,同济医院,那这里应该是同济医院的病房。原来这里有一排面对着长江的病房,自己以前怎么没有注意到呢?是了,同济医院原本就是靠近长江大堤的嘛。

"我给你打了一针镇静剂,让你多睡一会儿。很多医生和病人都觉得,晕倒的人要尽快苏醒,其实现在西方医学不这么看,如果没有生命危险,多一些睡眠更好,这个休息时间长一些,可以缓解疲劳的神经,甚至帮你克服心理障碍。"说话的是一名男医生，如果他不开口，车丙三还没意识到房间里还有一位医生在，这里太白了，墙壁、床单、医生的衣服和病人的脸。

"你是……我，我睡了多久？"车丙三觉得自己才刚刚清醒。

"我是同济的麻醉医生。也是慕白的学长，她说让我照料你一下。你的情况不多见，障碍型晕血，你自己应该知道怕见到血，是吧。"医生答道。

他称呼她慕白……

车丙三看了一眼面前这个医生，眼睛明亮有神，他比自己高，比自己帅。

"你也喜欢玫瑰花吗？"车丙三问。

"啊？"这个问题太突兀，对方根本没有听清，这时候门开了，程慕白走了进来。

男医生对程慕白说："他没事儿了，你不用担心了。不过，下次还是不能看到血，属于心理障碍，没有什么办法治疗。"

他直接称呼"你"……车丙三觉得鼻子有一些酸，难道是这镇静剂有副作用吗？

程慕白嘴角轻扬，向男医生微微点头致意，目送男医生离开病房。

程慕白冲着车丙三用力吐了一口气，刚才还是和颜悦色的美人，现在已经瞬间板起了冷面孔。

"你没事儿了，不用躺着了。你爹已经占了医院一张病床了，你就不用占了。"程慕白说道。

车丙三心说，我这刚缓过来，多一刻钟也不让自己躺着，也太苛刻了。他霍地坐起来，可能是起得太猛，还是有一些目眩，他也不管那么多了，右手搭病床护栏，身体陡然跃起，一下子轻盈利索地站在地上。

程慕白冷笑着，嘴里嘟囔道："刚才那会儿怎么没这能耐呢？"

这句话戳中了车丙三的痛点。一个男人晕血，几乎是一种耻辱，他没机会上战场和敌人拼杀，那样只会成为战友们的包袱；他没机会下厨房杀一只小鸡，那样晚饭估计都吃不成；他甚至没机会成为巡捕房的探员，案发现场有时就是屠宰场。好在之前一直接手零星小案子，好在自己一直谨慎，没有被人发现。就算在凯字营的会客厅，他也是闭着眼睛来推测，过道里面的尸体是真的袁新华，他并不需要闭上眼睛才能聚精会神推理，但是，当时他不确定袁新华的伤口有多少血，他一个巡捕房候补探员，晕倒在尸体面前，会让凯字营的犯人笑一个月吧。

不管这些了。案子还要继续侦破，必须继续侦破。

望着程慕白，车丙三心里还想再问一句，他也喜欢玫瑰花吗，终究没问出口。

"时间来不及了，你快说化验结果，我下午还要和小襄阳去凯字营查案。晚了，就怕凶手又进行新的犯罪了。"车丙三说道。

"鸦片。从化验结果看，李士北有长期吸食鸦片的经历，他的肝脏已经接近衰竭，就算不被人刺死，也活不了多久了。还有一件事，我从亨利的指甲里面也提取到了鸦片残留。"

"会不会搞错呢，医院里很多药品也是以鸦片为原材料的吧。"慎重起见，车丙三还是想排除一下其他可能。

"不会错。鸦片和药品虽然成分有相同之处，但是纯度有很大差别，而且药品制作工艺中加入了其他化学成分。"

"那，亨利……"车丙三隐隐感觉这个案子愈加扑朔迷离了，亨利才是自己接案子的直接原因。

"没有。亨利没有吸食鸦片，他的口腔化验和牙齿头发检查已经证明，他非常健康，没有不良习好。他们俩的尸体也没有放到过一起，检测样本不会交叉传递。所以，你应该明白我在说什么了，这些，希望对破案有用。另外，我要告诉你，神父很清白，没有和黑恶势力交往，没有不良嗜好，是个只做善良事情的大好人，你要替他报仇，虽然，他在天堂不会希望我们用'报仇'这样的字眼，不愿意我们陷入仇恨。"车丙三话没说完，程慕白已经知道他在想什么了，一口气说出这些话来。

车丙三郑重点头。他扣上马甲扣子就要往外走，临出门脑子里想起秋水爹的一句话来，然后转身看着程慕白，还是鼓起勇气说道："赖在医院霸占病床的不是我爹，我倒很希望他是，我只能叫他秋水爹。"

程慕白柔声说："知道了。那枝玫瑰花，我放瓶子里养起来了。"

程慕白接着又说："只是一个器官，其实你用不着害怕。我师兄说你这是心理障碍，那你就要从心理上来克服。其实，玫瑰花也是一个器官，植物的一个器官而已。"

提到玫瑰花，车丙三想起一个问题，可是终究没有问出口，来不及了，自己得尽快赶往凯字营。

"对了，你晕倒的这段时间，巡捕房的人找过你，说是给你一个通知，看到你在病床上睡着了，扔了句'看来不用通知这小子了'，转身就走了。"程慕白说。

"嗯，嗯，我知道是什么通知。我没接到通知更好一些。"车丙三说着，来不及详谈，脚步已经迈出病房，留给程慕白一个匆忙矮小的背影。

9. 再探凯字营

车丙三还是晚到了一步。

晚一步,结果就是致命的,凯字营又发生了一场谋杀。

车丙三几乎和小襄阳前后脚到达凯字营,他们都没能进去大门,因为,半小时前门卫刚刚被杀了,这里临时戒严了。

"老夏。"车丙三心里恨恨地念叨。

伍栋在现场处理善后,脸色难看得就像刚刚被公驴的生殖器抽打过。接连发生的命案让他无地自容。凯字营是军事管辖监狱,上个案子死了四个人,还不到三天,门卫居然被谋杀,军纪何在?

这不仅仅是无法给上峰交代,全凯字营数百号人都看在眼里,案子不破,犯人都会嘲笑军人,丧失尊严比打败仗还糟糕。

这是军人的耻辱。

见到车丙三和小襄阳,伍栋心中燃起一丝希望的火苗。

"抓到凶手了吗?"小襄阳自己也知道,这是一句废话,伍栋的脸色已经说明问题了。所有人都没回答,伍栋不张口谁敢说话?

"我想看一下现场和尸体。"车丙三走上前,低声对伍栋说。

伍栋面无表情,只是稍微眨了一下眼睛,暗示可以。他不想声张有外人介入此事。

伍栋不动声色，带着车丙三和小襄阳来到会客室，两天前这里才发生火灾，昨天车丙三在这里发现了袁新华，今天，又是这里。当然，这里不是第一现场。案子才发生，现场已经恢复了正常，是的，知道的人越少越好。车丙三相信，再过一会儿，门卫那边，就好像什么都没有发生过一样。伍栋绝对可以做到这一点的。

伍栋给车丙三介绍了案情。

凯字营戒备森严，虽然看着大门口只有一个门卫，但是，门卫里面还有两道大门作为关卡。内紧外松，不知道情况的人，经过这里也不会觉得有什么特别的，这就是戒备森严的监狱却只有一个门卫职守的原因。

原来，下午门卫会有换岗，但是就在半小时前，门卫换岗的时候，发现前面值班的门卫死了，是他杀无疑。

"原来除了老夏，确实还有其他门卫。那老夏……"车丙三不想听到噩耗，但是又无法回避。

"不是老夏，死者叫钟仁民。我大概知道你的担忧。"伍栋说。

老夏是凯字营唯一见过上官园寺的人。老夏还安全，不知道算不算不幸中的万幸。

伍栋接着说："但是，这件事很巧，事发后，我看了排班安排，原计划值班的不是别人，就是老夏，他的值班时间一直是固定的。今天原本应该老夏值班的，钟仁民明天值班，但是他明天家里有事，临时找老夏调的班。我找人确认过，确实是钟仁民主动找的老夏，请他帮忙调班的。你们明白我的意思吧？"

车丙二和小襄阳点头。

"这样……那，老夏现在人呢？"车丙三问。

"他平时不值班的时候，就在长江边钓鱼。这会儿应该还不知道，还在钓鱼。他昨天刚刚有个同伴离开了，今天……唉，需要给他一点独处的时间。"伍栋说的昨天离开的同伴是李士北，那袁新华为什么不算他的同伴呢？

车丙三想和伍栋说一下，李士北家人放弃了他的尸体，最后还是忍住了，他暂时还没想好怎么和伍栋说李士北吸食鸦片的事情，虽然他已经不是凯字营的员工了，但是按照程慕白的解剖化验结果来看，李士北在凯字营工作的时候就已经深染鸦片了。

"还有，你们来看这里——"桌子上盖着白布，不用说大家也能想到是什么，车丙三攥紧拳头，心中暗想，如果有血，得挺住，不可以晕倒。

一根筷子。

很明显，它现在是凶器。一根竹筷子笔直插入钟仁民的左侧太阳穴，看起来插得不算浅，这得多大的力量、多大的爆发力啊！除了筷子根部有一丝殷红，几乎看不到血迹，应该是筷子没有拔出来的原因。

"深度已经接近四厘米了。一般人在通常情况之下，是做不到这么大的爆发力的。看手法还是上官园寺，只是之前我们没看到凶器，这次我们见识到了。"车丙三说。

伍栋一脸疑惑地看着车丙三，筷子还在脑壳里，你又没量怎么晓得？

"超过四厘米，脑浆会瞬间爆裂。这凶手很清楚这一点，也很清楚力道的控制。"车丙三解释说。可他并没有说，自己也是昨天才学会这个冷知识。

"看来，凶手是冲着老夏来的，钟仁民只是运气不好，如果不是他临时调班，躺在这里的就会是老夏了。"小襄阳说道。

"凶手不是凯字营的人。我非常肯定。我问过案发前后，没有人从门岗走进过里面的大门，除了交接班的人，也没人从凯字营走出去。接班的人靠得住，不可能是他作案，他也没有这用筷子杀人的身手。"伍栋盯着车丙三，一字一句地说。

"如果交接班之前不久发生的命案，我和小襄阳过来的路上都可能遇到凶手，印象中路上没有可疑的人。所以，案发时间可能比我们想的早一些，只是案发过了有一会儿，接班的门卫才发现钟仁民被杀。"车丙三推理道。

伍栋和小襄阳点头，车丙三的推论有道理。只见车丙三不知什么时候从马甲口袋里掏出一副胶皮手套，他麻利地戴上手套，就往钟仁民的头上摸去。

案发以来，伍栋一直没有去拔出那根筷子，他登时醒悟，原来自己内心一直想着把这个筷子留给车丙三看。现在拔出来也无妨了。

车丙三并没有去拔那根筷子，他内心还是忐忑，拔出来应该会流血吧。死者的肌肉已经开始僵硬，扒开他的嘴还是稍微使了一点力气。

作为一个中年人，死者的牙齿保护得还算完好。车丙三隔着胶皮手套，用力掰了掰，他的牙齿还挺结实。

车丙三蹲下身，看了看死者的头发，还算茂密。——程慕白说过，吸食鸦片的人，牙齿会松动，头发会枯白。

伍栋看着车丙三在尸体头上一通鼓捣，尸体的嘴巴已经被车丙三扒开，面孔一下子变得有些狰狞，车丙三动作生疏，看样子他不经常做这样的活儿。

更诧异的是小襄阳，他和车丙三跑风信这么久，还没见过他对尸体做检查。

"他确实是运气太差,凶手目标是老夏无疑。凶手很可能不认识老夏,或者见过的次数太少,不记得老夏长什么样了,所以,钟仁民不小心被错杀了。但是,凶手知道老夏的值班时间。从这个角度推测,凶手也一定不是凯字营的。是凯字营的人,就应该认识老夏,就不会错杀,就会有办法知道老夏和钟仁民调班,也不会错杀。嗯,那么现在有个急迫的问题,凶手知道自己错杀人没有?如果不知道,暂时老夏还是安全的,如果知道了,那么,不好,老夏他——"车丙三说着就往外蹿,他非常清楚,保护活着的有危险的人比破案还紧急。

车丙三身体才跃出去两步远,伍栋一把向他后背马甲抓去,一只手凭空就将车丙三薅了回来,小襄阳已经看呆了。这个只有一只手的监狱长,双脚纹丝不动,只是探手就像抓一只小鸡一般,把车丙三生擒回来。

"老夏在钓鱼,让他一个人静静。"伍栋冷冷地说。

"他有生命危险,就算凶手现在还不知道杀错了,但是他随时都可能知道的——"车丙三没说完,他看到伍栋冷冰冰的表情,停住了。

"虽然前天发生了命案,还有今天的,我凯字营还没那么不堪一击!老夏在长江边钓鱼,也是在凯字营里面钓鱼。凯字营,还是凯字营。"伍栋说话中有一种军人独特的威严。

车丙三豁然明白了,凯字营是临江建的监狱,也就是说凯字营背靠着长江,老夏在凯字营临江这一侧钓鱼,那无异于在最安全的地方了,凶手就算再有办法也鞭长莫及,够不到老夏的太阳穴。

"好了,你们现在知道新的案情了,我想问,你们这次来又是为什么?前天的案子有最新进展吗?"伍栋还是最关心八月初三的杀人放火案能不能尽快破案。

"确实查到了不少有价值的线索，这些也需要你的一点点配合。"车丙三尽可能镇定地说，刚才被人家一把就擒住，实在尴尬。

"有什么进展呢？"伍栋问得很直接。

"你应该知道昨天同济医院发生了一起谋杀案吧，三个人被杀，包括一名神父、一名护士和一名凯字营之前的厨师李士北。"车丙三说。

"我听闻了，这么大的事件，现在全武汉不知道的人也不多。可是，我不管这些，李士北已经不是凯字营的人了。这些和我无关，我只想问前天的那个大火和谋杀案件的进展。"伍栋说。

车丙三走过去，把白布重新给钟仁民盖好，他也怕随时有血液从筷子上淌下来，那可怎么办？

"三天，凶手已经作案三次了。截至今天，他已经谋杀了八个人了。明天，还会不会有新的谋杀，没人知道。我们现在基本可以推定，这是连环杀人案，三起谋杀是同一个凶手所为。你也看到他的手法了，他用一根筷子瞬间就可以致人毙命，凶残危险程度——"

伍栋没有耐心听下去，举手打断了车丙三。

"杀人就是杀人，我在战场上也杀过很多人。用筷子也好，用子弹也罢，结果都是一样的。你这些分析，这些定论，不是没有用，但是和废话也差不多。我只想知道结论。"伍栋完全找回了战场上思考问题的他。

"我现在还不能告诉你。我们现在离凶手很近。还有几个重要线索需要核实确认，特别是需要你的配合。这就是我们来的目的，我们也是不小心遇到了钟仁民这个案发。"车丙三据理力争。

小襄阳望向车丙三,那眼神好像在说,我们离凶手很近吗,我怎么不知道啊。

"我能说的早就说了,没有新的要说的了。"伍栋还是之前的态度。这让车丙三内心有一些失望,原以为经过这几场人命案,伍栋会更加配合自己呢。

"嗯哼,关于韩冰,你应该有一些……隐瞒。"小襄阳清了清嗓子,当说到"隐瞒"这个词的时候他尽可能压低了声音。

车丙三心中一喜,面对伍栋强大的气场,偶尔需要给他一下回击,来刺激一下他,他越清醒反倒越一副水泥脸,油盐不进。他有情绪波动或许有机可乘。

"我说了,韩冰和此案无关。这一点我可以以人格保证,你们不要误入歧途,耽误了破案进程,我也不想再回答已经回答过的问题,不再重复。"伍栋大声说。

"你邀请亨利来凯字营,也是和此案无关是吧。这个又是机密是吧,你不必回答,我自己猜这里面的因果。"车丙三用折尺敲着脑袋说。

"监狱长,这个案子如果破不了会怎么样,你肯定想过。对我来说,查不到水落石出,那也就是写一个报告,告诉法国人,这场火是一个意外,后面同济医院的谋杀案、钟仁民的谋杀案,和这场火没有关系,亨利因为个人原因来凯字营,不巧,他运气太差,遇到了火灾。这样一个报告我就可以交差。我的上峰是巡捕房总探长,他对其他人的生死不关心。对你来说呢?杀手还在暗处,他随时都会出来,今天杀了钟仁民,明天会是谁呢,还说不好,后天呢?凯字营总出命案,你这监狱长也寝食难安吧,你的上峰过问你也不好交代吧,现在这一系列谋杀案估计全武汉都有所耳闻了,警察局知道这里面的复杂程度,军管区他们不方便插手，法国人涉案又很敏感，正好他们有足够的理由往外推，推到最后呢，还是回到凯字营，回到监狱长你这里，你自己破案吧。

"上次我们见面就在昨天，我当时就说过，武汉人的命也是命。我非常想把这件事查到底，将这个杀人魔头绳之以法，不管是谁的法，这么多条人命总还是可以枪毙他的。破不了案子，公平何在，正义何在？你可以相信我吗？"车丙三质问道。

"我相信。我也愿意配合你，支持你。"伍栋回答，这次他没有说"但是"，也没有提到特殊情况。

车丙三接着说："今天，上官园寺杀了钟仁民。钟仁民和上官园寺有什么关系吗？在所有人看来，没有，一点儿关系都没有。可是，仔细想想，这关系是千丝万缕的，没有谁也没有哪条线索和此案是毫无关系的，从你的角度来说无关，但是从上官园寺的角度呢，可能就不经意建立了某种关系。八月初二整个下午和晚上，你都和韩天河厅长在一起，你们喝过酒，这是你八月初三回来晚了的直接原因。我相信你说的，韩冰和此案无关，韩天河厅长刚刚丧子，估计也很痛苦，我们可以暂时不去打扰。我们也基本判定，凶手不是冲着韩冰来的。我和你没有利害关系，也和武汉警察局没有往来，和你的军方没有瓜葛，我恳请你相信我们，能够把你知道的全部情况说出来，我可以肯定，破案的关键就在凯字营。"

车丙三说话的时候，注意到伍栋的神色有变化。

伍栋稍作镇定地说道："你们消息真……灵通，韩冰的情况确实算是机密。你问吧。如果你们觉得累，可以坐下来，要说的应该挺多的。"

伍栋没有坐下来，车丙三和小襄阳也就继续站着，伍栋站得笔直，让车丙三想起另一个人，他俩在某些地方还真很像呢。不知道他们见一次面会怎样？

车丙三掏出一把折尺，梆梆敲了两下自己的脑瓜壳，他需要稍微理一下思路，现在各方面的线索确实像蜘蛛网一样复杂，不能被细枝末节干扰了，又不能漏掉蛛丝马迹。车丙三缓缓说道："我们一起来推理一下，八月初三，上官园寺最想除掉的人会是谁？他既然花了大量的心血攻克了线人，是的，就是范鸿儒教授，你应该还不知道，范鸿儒其实是上官园寺这个凶手安插进凯字营的一枚棋子。他花了几个月的时间安插这个棋子，很可能就是为了布一个局，这个局就是八月初三的会面，为了谈生意或者就是为了在谈不成的情况下实施谋杀。他第一个想杀的人，应该不会是范鸿儒，他有很多机会杀掉范鸿儒，在更安全的地方，没必要涉险混进凯字营监狱来实施谋杀。还有一个人可疑，是个非常大的干扰项，就是亨利。当我知道上官园寺是个日本人的时候，我特别注意亨利的法国人身份。而且，在亨利的指甲等多处发现了鸦片的成分，作为一个生物学博士，他有可能因为学术研究接触过鸦片，但是，他这种接触和上官园寺到凯字营谈的鸦片生意有直接关联吗？我需要监狱长帮我确认或者排除。你有军队纪律在身，如果可以回答，你只回答是或者否就行，也就是说，你邀请了亨利来凯字营，你的目的是和上官园寺三方或者两方谈鸦片交易的生意吗？"

"不是。上官园寺这个人我不认识也不知道他的存在。我和他、和范鸿儒，没有生意谈，亨利和他们也没生意谈。所以，可以视同凶手上官园寺根本不知道亨利要来凯字营甚至不知道亨利的存在，亨利不是谋杀目标。我替你完成这一环推理。"伍栋说得很快，也很利落。

车丙三嘴角微扬。"你没有否定'你邀请',那看来,真的是你邀请亨利来的。那也就说明,八月初三那天你和亨利的会面,是因为你临时有急事爽约的。"

伍栋眼睛里闪烁着异样的光彩,面前这个小个子探员脑子转得太快了,这样的人在战场上的话,肯定是会用脑子打仗的,要么是出色指挥官要么是异常狡猾的对手。伍栋并没有厌恶车丙三给他挖了一个小陷阱,毕竟自己的回答确实说明了一切。

"我要再排除一个可疑人物。其实,不用这样的排除法我们也可以直接指向暗杀目标,但是,如果暗杀目标本身就是多个呢?我们还是回到可疑人物——韩冰。我知道你不想说他,肯定有你的原因。监狱长也在配合我们破案,我们不能难为你。我排除韩冰是暗杀目标的方法很简单,就是找不到动机,找不到上官园寺为什么混进监狱里杀一个犯人,既查不到二人的交往也查不到他们之间的利害关系。可是,有个细节还是让我心里不踏实,监狱长明知道第二天有重要的约见,谈重要的事情,还是不小心爽约了,那说明爽约的理由很充足,也是要紧事情。我只问一个问题,原本这个问题我们可以当面问韩天河厅长,考虑到他还沉浸在丧子之痛中,这个问题监狱长也能替他回答,我的问题是韩天河厅长是否受到了什么外部的要挟或勒索?"车丙三问到了第二个问题。

"没有。韩厅长没有受到威胁,没有受到勒索。我和他并不很熟,这一点应该可以肯定。顺便说一句,他邀请我去府上做客,原本只是一个普通家宴。你可以去联想,他的公子在我的地盘服刑,他需要我关照,他和我之间是清白的。我替你完成这一环推理,韩冰不是谋杀目标。你可以说说哀新华了。"伍栋利落地说。

"还不行,还有一个细节和韩冰有关。我在案发现场找到了两张碎纸片,监狱长肯定知道这上面写的是什么,我也就不再说这上面的文字了。你上次说,这属于机密。如果没说错的话,这些字也和韩冰有关,是吧?"车丙三问道。

"你已经说了,有关。其实这些对普通百姓来说,谈不上机密,我自己也不觉得是机密,但是这些东西,曾经是机密,按照组织纪律,上峰应该给我们发个文件,告知我们已经解密了。但是,现在是特殊时期,全武汉都很可能是下一个战场,这件事可能太微不足道了。你完全可以从其他途径查清楚这些东西,但是,我不能告诉你,因为我还没有接到解密通知。至于说这两片纸和这个案子有关无关呢,我昨天觉得无关,今天听你说很多细节都是有千丝万缕的联系的,我现在说不好了,你自己查吧。"一丝诡异的浅笑从伍栋脸庞拂过,车丙三注意到了。这算是报复吗?报复车丙三在上个问题中设置了一个陷阱。这个监狱长确实是一号人物,车丙三暗想。

"现在的焦点是袁新华。他会是谋杀目标吗?我们找不到别的目标了。其他几个人已经排除了。可是如果不去排除其他的人呢,单单看袁新华自己,他的线索足够吗?他不是普通的值班,不是凯字营普通的角色,对吧。我还没机会检查他的尸体,但是他联结了范鸿儒、上官园寺、李士北,还可能包括老夏,或者监狱长本人,是吧。关于袁新华这个人,监狱长有很多要讲给我们的吧。我打算坐着听了。"车丙三也不客气,拉了一把椅子,坐了下来。

伍栋伸出右手掌,向小襄阳做了一个请坐的姿势。看来故事很长,小襄阳和车丙三交换了一下眼神。

"半年前,我带着我的弟兄们在河南战场有两场鏖战,对手是日本华北司令部独立师团，本人挂了点儿小彩。"说着，伍栋抬起左臂，那是僵硬的假肢。一个军人掉了一只手，说起来轻描淡写、面不改色，真是个爷们儿。

"从新乡的牧野到许昌的鄢陵陈化店，每一里地，都有我弟兄的尸体。我们和日军展开了拉锯战，有时候，战线推进一里地和后撤一里地阵亡的军人一样多。我们是中国人，中国的'中'就是中原，中原的'中'就是许昌。丢了许昌，日军就可以长驱直入，开封、信阳，接着就是得陇望蜀，窥视襄阳和武汉了。

"我们在前线打，有人在谈判桌上谈。战和谈都需要争分夺秒，上峰说需要十八天的时间，战场上撑得住，谈判桌上就谈得赢。和日军谈判，开始是在上海谈，后来是在香港谈。胜利一半是战场上得来的，另一半是谈判桌上得来的，只不过前者拼的是生死，后者拼的是利害。十八天谈下来，毫无进展，十八天打下来，我们已经组织不了一次像样子的冲锋了，不光是装备，我们的补给也太差了。十八天下来，我带的军队几乎打没了。原本河南西侧以及陕西的友军可以支援我们，上峰考虑到政治原因，放弃了。日军是从河北、山东两个方向进入河南，我们只有来自南部鸡公山一线的微弱补给。我们在陈化店坚守了二十七天。我的手在最后一次冲锋中……

"青山有幸埋忠骨，我的弟兄们没有给中国军人丢脸。陈化店一战之后，我不得不调离前线。我和上峰说，我想像个军人一样，让我留在前线，做个工兵也行。上峰说，武汉也是前线，你去给我管好凯字营。以后不打仗了，对社会最有帮助的是学校和监狱：学校教育好人，帮助年轻人成长；监狱改造坏人，给他们再活一次的机会。开始的时候，我并没有明白这句话的意思。凯字营的情况，还真的需要从袁新华说起。"

为什么说凯字营也是前线？车丙三来不及问，急着竖起耳朵听伍栋说起袁新华和凯字营的旧事——

伍栋初到凯字营，发现这里虽然是军事管辖区，但犯人五花八门，除了个别犯人是通过军事法庭审判的，更多犯人的卷宗显示他们就是普通百姓，他们的罪名和军事毫无瓜葛。凯字营的管理松散，纪律涣散，之前的临时负责人就是袁新华。说临时是因为没有正式任命他为监狱长，只是他在凯字营的资历比较老，上峰一直没有任命，让他临时代理监狱长的职责罢了。唯一还算说得过去的只有一点，那就是所有的工作人员都是军人出身。只要有这个底子，伍栋还是有信心扭转局面的。

等伍栋到凯字营两个月了，才约略搞清楚凯字营的问题多严重。这里的犯人从来没想过改过自新，他们对这个社会彻底绝望了，坏就坏到骨子里吧，就让自己和这个社会同归于尽吧，这就是他们的想法。

打仗伍栋擅长，管理犯人却让他头疼。这个时候，范鸿儒找到了伍栋。原本范鸿儒带着一些年轻的美术老师偶尔来凯字营给犯人上课，犯人也不认真学，他见到新来的监狱长想做事，就劝说监狱长鼓励犯人从事艺术创作。他的理论说来也简单，一个人要懂得美、欣赏美，这样对生活才能重新拾起信心。

伍栋觉得这未尝不是一种办法，死马权当活马医了。关键得重视，得扩大影响。于是，伍栋在原有美术课基础上，提出了新的激励措施。犯人画好的作品，定期拿出去展销，如果卖出去了，可以给犯人适当减刑。

没想到这个提议竟然获得很多人的支持，也包括消极怠工的袁新华。曾经有一段短暂时间，凯字营的美术课引起过教育厅的重视，甚至被当作案例在湖北省的学校中屡屡提及，重视审美教育多么重要,看看凯字营监狱就知道了!学生的艺术教育、审美教育要再提高一个台阶,总得超过监狱里的犯人吧?

这时候,伍栋也重拾信心,自己没机会重返战场了,可生活还要继续,还需要重新找到事业的目标。除了美术课,他又增加了一块硬骨头——改造重刑犯。

凯字营也有一些十恶不赦的重刑犯,平日的服刑改造对他们来说没有任何意义,死猪不怕开水烫,美术课对他们来说只是花把式,他们只想两件事:找机会越狱或者等死。等他们住进凯字营一段时间之后,就明白了,其实第一件事根本不用花费心思去想。凯字营外松内紧,插翅难飞。那只剩下等死了。

伍栋想了三天,并没有想到好的办法,直到第四天,他发现美术课中,犯人们特别喜欢画的题材居然是小动物。

他让袁新华买十只鬣狗来,然后,将每只狗和一个重刑犯关在一起。所有人都蒙了,难道监狱长要让鬣狗和犯人残杀吗?

血淋淋的场面并没有出现,奇迹却出现了。那几个平日里满脸杀气腾腾的重犯,居然能够和鬣狗和睦相处。他们将鬣狗照看得很好,偶尔还能看到他们脸上闪过微笑,眼里流露些许温情。

美术课带来的变化很微妙,如果能长期坚持下去,肯定会春风化雨。可是,战火肆虐,很多学校都开始了搬迁,教师面临着流失,武昌艺术学校也受到波及,他们的学校老师不少都是兼职的,大武汉马上会成为下一个战场的消息就像病毒一样在人们的交往中传播,有时候是一句"听说打到襄阳了,报纸上都不敢报",有时候是昨天还一起买菜的邻居今天就匆忙搬家的消息,有时候甚至只是街头熟人见面时一个慌张的眼神。

世上有很多种传染病,传染最快的叫恐惧。

这些恐惧的情绪就像瘟疫,在凯字营的职守人员中蔓延。伍栋发现这些情绪的时候,也发现了袁新华的一个秘密。

原来,听说战争逼近了,很多人都在打自己的小算盘,有一些先后找各种理由离职。每个职守离职,就会有新的军人调入,调入的军人有的是从战场上下来的,有的是从别的监狱调过来的,彼此并不熟悉。这期间,就有新职守向伍栋报告,凯字营居然有人在卖鸦片,线索查下去就查到了袁新华。

伍栋一路查下去,发现牵扯的人非常多,初步推测凯字营有将近一半的人涉案。而且,这些鸦片只有很少一部分卖给了凯字营监狱的职守和犯人,大部分只是在凯字营中转一下。

伍栋把部分情况汇报给了上峰,打算擒贼先擒王,先抓袁新华,上峰却委婉表达了袁新华上面有人,不要轻举妄动。

难道还有更大的背景吗?

就在伍栋举棋不定的时候,八月初三案发了,凯字营一场火,袁新华、韩冰、范鸿儒和亨利遭遇不幸。事后,法租界巡捕房派人介入调查,车丙三戳穿密室失火的假象,紧接着同济医院发生谋杀案,凯字营门卫钟仁民被谋杀,这个连环杀人案来得突然。

车丙三听完伍栋的介绍,沉默良久。这是凯字营的家丑,伍栋一片赤诚,讲给车丙三和小襄阳听。可是,这么大的窟窿,伍栋的上峰似乎早已有所察觉,这个曝出去,那就是天大的丑闻,不处理迟早也会出问题,交给伍栋的真的是烫手山芋。怎么找回公正,给几条人命以公道,在这个案子里好像都不算什么了。

"我们再查下去,会怎么样呢?你的职位……会不会很危险?"小襄阳问。

"我有时在想，为什么我们中国人最近这几十年被外国人欺负，法国人、日本人、俄国人、美国人、德国人……但凡国际上的强国，得寸进尺，一点点蚕食中华，是个国家都可以欺负我们，都可以在武汉有个租借地。日本人从东北打到华北，从山东打到河南，他们一边打还要和我们一边谈判。我们太聪明了，脑子转得太快了，我们的是非问得太少了，我们的利害想得太多了。我们的政客太多了，而政客只想自己的位子。你问我查下去会怎么样？我是战场上死过一次的人，个人生死早已不算什么了。我没有那么多的途径和办法查下去，但是你们一定要查下去。你们知道吗，华中地区的鸦片产量是全中国最大的，它害得多少人倾家荡产，小命都丢了。华中的鸦片产量最大，不仅是因为很多人吸食鸦片，还有一个原因是我们原先根本没有想到的——鸦片是硬通货。现在物价飞涨，黑市上能够替代货币的东西，只有黄金和鸦片，它们被称为'黄货'和'白货'。你们查到杀袁新华的人是日本人上官园寺，如果这个日本人就是和袁新华做交易的人，那么他应该还有同伙。凯字营鸦片交易的量有多大我还搞不清楚，袁新华一死，这个链条暂时中断了，日本人肯定已经设定好了没有袁新华的方案，他们控制了华中地区的鸦片交易，就等于控制住了半条经济动脉。"伍栋眼睛里带着血丝，面色中带着明显的忧虑。

车丙三忽然想起一个细节，问道："袁新华和同济医院有什么往来或者关系人吗？"

伍栋皱着眉寻思，然后郑重摇头。

"这里面还有一环推理没有说圆，就是上官园寺为什么要冒着风险谋杀袁新华。我们直观认为是鸦片，那到底是因为鸦片的什么呢？是因为生意的玩法儿变了，生意没谈成吗？还是因为袁新华露馅儿了，监狱长发现了袁新华桌子底下见不得光的伎俩，上官园寺要杀人灭口？还是别的原因呢？"车丙三身体向后倾斜说道，他这一向后倾斜，整个面部就离伍栋又远了一尺。换个距离眼睛就能看清真相？

"这和破案关系很大吗？总之凶手不就是这个上官吗？抓到他不就可以了吗？"伍栋不理解车丙三为什么纠缠这些细节。

"我们出了大门，跑街上逮着一个人就是上官园寺吗？肯定不是。现在他在哪儿，有几个同伙，除了筷子还有没有别的武器——我们都不知道。按照常理推测，他应该藏身于日本租界才对，对他来说那里最安全，就像一滴水藏到了大海里。可是他敢冒险，不也是大白天跑出来刺杀了钟仁民了吗？这些细节会帮我们查清楚他留下的痕迹。我们总探长经常说一个法国人的谚语，'驴打滚儿的地方会留下毛'，只要上官园寺来过，总会留下细微线索。如果只是因为和袁新华生意没谈拢，那我们处于半明半暗之中，他很可能还不知道我们已经掌握了部分袁新华的线索，那他等风声消停了，可能在凯字营找寻新的合伙人或者下线。如果他知道袁新华暴露了，他杀人灭口，那这条线索就会中断，连钟仁民、老夏都是这一环上他必须除掉的痕迹，之所以要消灭这些痕迹就是因为他还需要继续隐藏，继续隐藏的目的也只有一个，就是要继续做他的鸦片生意。我个人判断，第二种可能更大，他知道他的一些线索有很大的暴露风险，所以要灭口，之所以这么认为是因为李士北。李士北应该不在上官园寺的谋杀名单上，只是李士北说了句他认识凯字营的所有人。当然，从李士北的解剖化验结果看，这场鸦片交易，他也是重要参与者，他的死并不冤枉。"车丙三推理说道。

"那就是说可以肯定，案发前，上官园寺已经知道我们掌握了他的一些线索，他为了保全自己的隐蔽身份，提前出牌了。"伍栋自言自语道。

"这些推理只是根据目前掌握的线索和证据，接下来我们得尽可能搞清楚其他线索，后面的证据可能进一步证明我们前面是对的，也可能证明我们错了。最后也可能把前面的推理推翻。真相就一个，真相可能就是不按常理出牌的。我还需要证据，进一步佐证上官园寺早已预谋好要杀人灭口。同时，我想看看驴打过滚儿的地方留下的毛。我说过，凶手不在凯字营，但是破案的关键还是在这里。"车丙三自信地说道。

凯字营有的职守员工是常年生活在监狱，以监狱为家的，比如袁新华、老夏。袁新华才被谋杀两天，大家真正知道他死了也才一天，所以，他的起居室还保留着原有的样子。车丙三笃定在凯字营还能找到更重要的线索，伍栋思索再三，可能只有袁新华的起居室能查一查了。

简单的一居室，没有东倒西歪的酒瓶子，没有鸦片烟枪，没有赌博的骰子，作为一个单身男人的住所，看不出居住在这里的人有什么不良嗜好，还算不上邋遢混乱。没有和日本有关的绘画，没有画画的水彩，没有明显的涉案线索痕迹，甚至连稍微可疑的地方都看不到。

一床被褥，一张桌子，几件衣服叠好放在床头，一个洗面盆放在床下，这个凯字营曾经的负责人，不仅看不出他和鸦片的关系，生活看起来还很清贫。

他的鸦片交易，他的财富，他的关系网都是怎么隐藏的呢？

"看来你这监狱长管得很严格嘛，这里不准吸大烟，不准喝酒。"车丙三说。

"你见过禁酒的军队吗?从来没有哪个军队禁得了酒,不管是中国的还是外国的,古代的还是现代的。对了,你没有……没有在军队待过。"伍栋原本想说的是你没上过战场吗,有可能吧。

伍栋接着说:"凯字营不禁酒,只要不是上岗执勤时间,大家可以喝酒的。我确实没有看到过袁新华喝酒,他还是一个挺自律的人。我也很少进职守的宿舍。"伍栋解释道。

车丙三走到桌子前,用眼神征求了一下伍栋的意见,伍栋展眉,右手伸展示意车丙三随意检查。

车丙三纳闷,一个人失去了左手,右手也会变得僵硬吗?他没有失去过,只能纳闷了。

车丙三缓缓拉开抽屉,里面没有预想的鸦片,也没有法币,没有黄金,连个值钱的东西都没有。只有一个枣红色算盘,一本字帖,一支钢笔,一支毛笔,两沓练习毛笔字的草纸,半截墨块。没有砚台,只有一个小碟子临时充当砚台。

小襄阳拿出几张写过的草纸,大字写得肥弱无力,谈不上功力,但是也没少写,两沓草纸前后面都写满了。当一个人有大把大把的时间要挥霍的时候,还是很无聊的。不难想象,这里的生活是多枯燥,怪不得范鸿儒的美术课会受到欢迎。

"曹全碑。"车丙三说道。

"这你也懂?"伍栋很诧异,这个小个子探员知道得还挺多。

车丙三笑笑说:"我不懂,我只是看到字帖的名字了。"原来伍栋和小襄阳翻看袁新华写的字,车丙三却瞄到了抽屉里的字帖。

"都写了些什么,有没有军事机密呀?"车丙三半开玩笑地问。

"你不是已经说了吗？曹全碑。他就是照着曹全碑临帖来着，别的啥也没写。"伍栋说着把几张临写的肥肥大大的毛笔字放回抽屉。

车丙三从马甲兜里掏了掏，掏出一只小手电筒来。他俯下身，往床底下探照。伍栋对这个小个子的花样已经不再新奇，如果遇到老鼠，他从兜里掏出一只猫也有可能，反正他的马甲兜就像百宝囊，什么都可能有。

没有消息就不问，这是巡捕房的默契。有好消息的话，同伴自然会说出来。车丙三灰头土脸地从床底下爬出来，不用说，床底下除了灰尘，啥都没有。

车丙三环视一周，这个房间很简单，别的也没什么了。

"草纸！"车丙三大叫。

伍栋瞬间明白，右手食指机械地点来点去，一定是这个，小襄阳也叫对了！

练习毛笔字只是借口，是虚张声势，他用来练习毛笔字的草纸绝对有问题。三个人把两沓草纸统统拣出来，每个人十多张，分别检查。

这一张是水果素描，这一张是盘子素描，那张是一个模特的脸。多数是铅笔素描画，看来这些纸可能是艺术学校的老师送的，废物利用？会不会有猫腻？

也有的纸张上面有钢笔字，那是武昌艺术学校的文化课吧。三个人找了半天，还是没有丝毫线索。刚才的兴奋劲儿就像干柴溅上了火星，随时可能熊熊燃烧，这会儿干柴又被泼了一瓢凉水。

伍栋望着车丙二。"这些还需要我带回去，一一核对一遍吗？我也可以换两双眼睛，毕竟我们几个人也可能漏掉什么。"

车丙三微微摇头。他在想，是什么，究竟是什么漏掉了呢？

三个人未免失望，往门外走去。如果刚才不是车丙三兴奋地想到草纸，会不会大家就不继续查找了，也就不会这么失望了呢？

小襄阳慨叹说："这里的东西真少啊。看来找不到上官园寺的线索了，车丙三也有失算的时候呀。驴在这儿打了个滚儿，可是不巧，这是头秃驴。"

车丙三猛地抓起小襄阳的脖领子。"你说什么？"

"我，我，没说啥呀，我就说上官园寺的线索，这里，这里没有……"小襄阳看到车丙三满眼血丝，神色有几分恐怖，这血丝似乎和昨晚没好好睡觉无关，这神情是要和自己打一架吗？

车丙三的手劲儿更大了。"不是这句，前一句。"

"驴打滚儿，秃驴……哎哟，疼。"小襄阳吐出几个字。

"不是，不是这句，前一句。"车丙三手劲儿丝毫没有松懈，脸色也紧张凝重。

"你……你……失算了……"小襄阳声音小得几乎听不见。

"前一句。我问你，你给我好好说一遍，前一句。"车丙三一字一句说道。

小襄阳眼珠上翻，转了两下，然后好像想起来了，恍然大悟一般说："就是这里的东西真少啊。就这句是最前一句了。"

车丙三用力将小襄阳掷出，几乎是大吼着和伍栋说："对呀，这里的东西真少呀，就是这句话。"

伍栋一脸茫然。"难道……你的意思是说，还有别的地方？袁新华把重要的证据放在了别的地方？"

小襄阳也说："是了，一定是藏在别的地方了。"

车丙三还没有抑制住兴奋，重复着"这里的东西真少啊，这里的东西真少啊……就是这句话"，等他醒过神来，发现伍栋和小襄阳都呆呆望着自己，好像在等他说，那你说说看哪里的东西多啊！

车丙三转身往床头的桌子走去，一边走一边说："这是袁新华的起居室，对他来说重要的东西放这里最稳妥、最安全，是吧，还有必要放别的地方吗？刚才小襄阳说'这里的东西真少'，我就想，确实很少，但是就算很少，还是有两样多余的东西。你们看……"

车丙三指向床头桌，伍栋和小襄阳似乎还没有反应过来。

"这里的东西已经很少了，这里不应该有多余的东西。可是，算盘，为什么这里有个算盘。袁新华睡不着觉的时候打算盘催眠吗？还有个东西，钢笔。他只是用毛笔临写字帖，没有看到他写钢笔字的地方，连钢笔墨水都没有。"车丙三说。

伍栋和小襄阳点头，接着又是一脸困惑。就算多余又怎么样呢？我们没有找到新的线索啊！

车丙三郑重说道："如果我没有猜错的话，这部《曹全碑隶书字帖》就是袁新华的账簿，上面记录了鸦片交易的台账。"车丙三说完，自己并没有翻开字帖，而是递给了伍栋。

伍栋接过来，翻开几页，又翻看几页。小襄阳好奇，凑过去跟着看。可是，他俩抬起头，失望无语地看着车丙三。

伍栋默默将字帖递回车丙三，他想说句什么，可是，今晚他已经经历几次"没有消息就不问"，自己也充当了一次没有消息的发布者，他找不到合适的话安慰车丙三，他自己也需要安慰。

车丙三依旧一脸自信，没有去接伍栋手上的字帖，而是递给了伍栋一只手电筒。"字帖是白色的字黑色的地儿，拓印的字帖都是这样，黑色占的空间很大。你好好看黑色部分，那上面应该有钢笔写过的痕迹,用没有墨水的钢笔写过的痕迹,就像针尖划过的印记一样,你用手电筒侧着照……"

"这里!这里也有!天哪!"

车丙三还没有说完,就听到伍栋兴奋的叫声。几天来,车丙三和小襄阳还是第一次看到稳如泰山的伍栋如此兴奋。

这无疑是一件大案。不仅仅是涉及几条人命,还可能是牵动整个武汉黑市经济命脉和华中战场局势的大案。

伍栋举着手电筒看字帖,越看越惊讶。

车丙三在一旁没有问话,也没有凑上去一起看,而是陷入了新的沉思。

良久,车丙三对小襄阳说:"我们该走了。"

伍栋从字帖中抽回视线,他用敬佩的目光重新打量面前这个穿马甲的小个子探员。他想说句感激的话,终究没有说出来。

"可是,我们还没……"小襄阳欲言又止。

"账簿是监狱长的家务事,里面或许还牵扯家国天下的军事机密,原本不在我们应该查看的范围。对我们来说,接下来的任务只有一个,就是缉拿凶手。"车丙三猜到了小襄阳的迟疑。

"我送你们。"伍栋慨然说道。

凯字营门口,之前的警戒已经处理完毕。这里已经恢复了正常秩序,新的门卫已经上岗值班,就像什么都没发生一样。

车丙三吐了一口气,对伍栋说:"其实你可能早就知道了,我不是什么巡捕房高级探员,我和小襄阳都属于候补探员,就是给法国人跑腿的。这个案子现在惊动了全武汉,涉及法国人和美国人的执法范围,接下来还会牵扯到日租界,案子既复杂又疑点重重,涉及各方的利害关系。如你所言,在利害面前,人们是不问是非的。我也说不好接下来案子会朝哪个方向发展,我能肯定的是巡捕房会派高级别的探员来接管我这边的工作,现在还说不好,最终是法国人、中国人还是美国人把这个案子破了。我想,终究会有个公道吧。"

"高级两个字好低级。车丙三能破这个案子。天道就是公道。"伍栋说了三句话。

车丙三一抱拳,说道:"后会有期。"

伍栋没有再说话,只是向车丙三敬了一个军礼。那右手看起来还是硬邦邦的,白色手套依然很扎眼。

10. 珞珈山

出了凯字营监狱，小襄阳问："查不到真相，你真会写个意外失火的报告，敷衍了事吗？"

"你觉得我会吗？"车丙三反问道。其实他自己也不知道答案。

"也就是说，我们还是要查下去的，是吧，我也学会给人的问题挖坑了。看你直接把那个字帖交给伍栋，还有你和伍栋说的话，我当时还担心你要放弃了呢！"小襄阳笑着说。

车丙三没有回答。心中暗想，或许就查到这里，才是最好的结果。可是，玛提欧神父为什么会卷进这个案子还没有结论，不查出真相，她会不会很失望呢？反正，接下来肯定有更多的人介入这个案子，自己能不能查下去，能不能将凶手抓到，这些都不是自己能决定的。

小襄阳问："那我们现在怎么办呢？回汉口吗？"

回汉口，可以理解为回巡捕房，也可以理解为回到同济医院，小襄阳问得很微妙。车丙三肚子咕咕叫了两声，他咽了一下口水，说："今天太晚了，马上就天黑了。我们去找康仔吃热干面吧，顺便路上你也和我说说武汉大学这一趟跑得怎么样。"

小襄阳说："都这会儿了，赶到珞珈山也天黑了，不如我们先去户部巷吃碗热干面吧。"

车丙三面有难色，终究还是说了："找康仔先蹭一顿饭……我身上没钱了。你上个月赌钱欠哥几个的还没还，估计手头也不宽裕……"

"其实，我今天中午刚刚找他蹭过饭，嘿嘿，不差这一顿了，晚上这顿算借你的光。"小襄阳天生乐天派，那就先蹭康仔的，在哪儿吃饭不都是吃饭嘛。这会儿，太阳已经西斜，没想到在凯字营花的时间还挺长，凯字营到珞珈山有十多里路，看样子赶到珞珈山要错过饭点儿了。

一路上，康仔介绍了今天中午的一些调查收获：确实一些信息和永和说的吻合，武汉大学的图书馆里面，有一个小型阅览室，全都是日文书，据工作人员介绍，这些书是日本一家出版社捐赠的，随书还有一些杂志和报纸，可是没有找到懂日文的人，康仔说他正忙着登记最后搬迁的化验室器械，等他忙完了帮助找一下懂日文的老师，除了这些，也发现了一些新的线索。

康仔为什么不和其他人一起搬迁呢，他还有一年多才能毕业啊，留守毕竟有不少危险，一旦武汉沦陷……看来要当面问一下了。

想到武汉可能面临的这场战火，车丙三又多了几分焦虑。

凯字营的调查，能够帮助回答"为什么谋杀"，关于永和这条线索的调查，很可能回答"怎么抓到凶手"。对此，车丙三深信不疑。一路上他都在听小襄阳说，自己几乎没有说话，他脑子在迅速转动，人在饥饿的时候，脑子转得更快，到了珞珈山，吃了晚饭，他就不想再思考了，这会儿他要尽可能想清楚了。

珞珈山就是武汉大学的所在地，武昌自古教化昌盛，每所大学占据一个山头，武汉又是盛水之城，几乎每座山周边都有一个湖泊，背靠青山，面临湖泊，大学校园自然风景宜人。两个人到了珞珈山的时候已然天黑，望着夜色中偌大的校园，车丙三忽然想到，这么大的一座山，又是晚上，去哪儿找康仔啊？

小襄阳心知肚明，却问道："请问法租界巡捕房首席高级探员车丙三先生，我们到哪儿能找到康仔呢？"

车丙三冷笑，想起下午的时候伍栋说的，高级这个词很低级。"如果是平时呢，我需要花一天的时间，才能够在这个大学校园里面找到康仔。但是，今天晚上嘛，原本这是个难为人的问题，但是我有个捷径，我有个兄弟叫小襄阳，他今天短暂见过康仔，应该可以很快给我答案的。"

"如果你的兄弟小襄阳这会儿不在呢，首席探员有什么办法吗？"小襄阳接着问。

"那只有找吃饭的地方了，找到吃饭的地方就能解决一大半问题了。"车丙三假装在认真思考。

"是因为康仔也需要吃饭吗？"小襄阳问道。

"不是，不是，找康仔既然是核心问题，肯定属于高难度级别的。我是说先找到吃饭的地方，然后就很可能找到我的好兄弟小襄阳了，相对于探案、赌钱，我这好兄弟对吃更专业。哈哈哈。只是这会儿啊，找到康仔也不难了，你看——只有一处灯还亮着。"车丙三指着前方一栋古香古色的建筑大笑。

老斋舍到了。

进老斋舍要先走百步梯，登上一百层台阶，就到了男生宿舍。"天地玄黄，宇宙洪荒，日月盈仄，辰宿列张"，这里按照千字文的开头来命名宿舍，十六个字对应十六列宿舍，每个字代表一列宿舍楼。

站在天字斋台阶上，向山坡下面望去，整个校园一片沉寂。看来这里的人已经基本搬走，留下来的人都在这里了。留守的人都会做一些什么呢？等待吗？等待灾祸的降临？

小襄阳带路，很快来到康仔住的天字斋宿舍。

将近三年没见面，车丙三觉得康仔变得文气了很多，以前的他还有三分匪气呢，不过，巡捕房的人，不都是那样吗？自己现在的样子，在康仔眼里也是三分匪气吧，或者远远不止三分呢。

小襄阳忍不住了，嚷嚷道："我们还没吃饭呢，你给搞一些东西来填肚子。"

康仔抿嘴笑。从书桌抽屉拿出两个草纸包，小心翼翼地递给小襄阳。小襄阳拿过来打开一看，原来是麻糖。"一个帮忙搬书的老乡送的。他帮我们干活，还给我们吃的，我们搬一次家，欠了太多人的情。你俩先吃一点儿，等会儿带你俩吃鱼。"康仔说着转头接着看起了书。

小襄阳一边大嚼着麻糖，一边问："你们不是已经停课了吗？应该也就没有考试了吧，你还看什么书啊？"

"我还要一年半才毕业，学校号召停课不停学，我还要毕业。你先不要和我说话，吃你的东西。"康仔背对着他俩轻声说。

小襄阳一脸不屑，车丙三却明显感受到，一个人开始读书了，他说话的声音就会变得很轻。自己如果读了大学会怎么样呢？不敢想象，自己都三十多了，这辈子没机会了。人一吃东西，就是喜欢乱想。

好长一段时间，宿舍里安静得出奇，只能偶尔听到车丙三和小襄阳嚼麻糖的声音。小襄阳有一些忍不住了，这样下去今晚还真得住这里了。车丙三伸出一根手指头，挥了挥，示意他不要出声。

最后，听到康仔合上书的声音。他吱地挪了椅子，站起身来，转过头——"哎呀，我把你俩忘了，该打该打。走，咱们吃鱼去。"说着就从书桌底下操起一根竹竿来。

"现钓鱼啊?你这大晚上带我们钓鱼去?"小襄阳问。

"你以为呢?你不去找鱼,鱼自己会跑到锅里把自己红烧好再把自己端上桌子吗?只是呀,我这不是钓鱼,是我和老乡学的'耍鱼',你看这竹竿其实很短,它只是绑上鱼线,鱼线上挂很多大鱼钩,看到没有,这鱼钩可比普通的大很多。除了鱼钩,你们看出来别的玄机没有?"康仔一脸神秘兮兮。

"鱼饵呢,没看到鱼饵。"小襄阳脱口而出。

"是啦,你还真没白研究吃的。这种耍鱼的办法,独特性就是不用鱼饵。这是东湖一线的船家捣鼓出来的打鱼的办法,把鱼钩尽可能远地摔进湖水里,然后这一端拽着竹竿在岸上跑,一边跑一边猛力耍起竹竿,每次发力都是一次冲锋——鱼钩向潜水的鱼儿的冲锋,只要够快,力道迅猛,用这种耍鱼的办法来打鱼,收获还是挺大的。而且啊,专门能耍上来大号的鲤鱼呢。现在粮食短缺,学校搬迁,后勤补给跟不上,我们留守的一些师生就得自己想办法找吃的。这个办法好就好在晚上也可以耍鱼,不耽搁白天的功课,借着东湖的月光,啪的一声,耍出来一条大鲤鱼,才叫过瘾。"康仔扬扬得意,说着就要拉着车丙三和小襄阳往外走。

车丙三却拦住了他。

"兄弟,我们其实有要紧事找你帮忙。吃鱼不着急。今天中午小襄阳找你了解了一部分日文书的事,这事关系重大,我还想多了解一些情况。还有另一件事,你曾经有个同学叫韩冰,他的父亲是湖北教育厅厅长,我们想打听一些他们父子的情况。"车丙三说。

"第一件事,我帮不上,但是我可以找到能帮上的人,他住半山庐，也喜欢吃鱼，我们可以找他聊聊耍鱼，顺便就帮你办了。第二件事，我知道得很少，韩冰和我同学时间很短。不知道能不能帮上忙，咱们路上说吧。"康仔说。

正是初五的夜晚，一轮新月爬上不远处的青黛山腰，月光洒在寂静的校园里，桂子的枝条间片片树叶闪熠着光泽，空气里飘散着淡淡花香，三人细碎的脚步声回响在林间小路，偶尔惊到小憩的鸟雀呼啦啦跃起，静谧夜空里人与鸟都多了一份惊喜。

车丙三和小襄阳整天奔波于武汉三镇，风吹日晒中查风信，面对着这样的校园风光，一下子呆了。有种忘记了身在何处的幻觉。

"是什么花香？怎么闻起来像荷花，这可是山上啊！"小襄阳好奇地问。

康仔笑着说："是荷花。这个季节也有部分桂花的香气，你喜欢这花香吗？拐个弯儿，是一个池塘，正好我们路过。说来有趣呀，这个池塘在山坡上，比较小，一直没有正式命名呢，有人说不如叫未名湖，可是，人家北大有一个未名湖。当年创立学校的时候，有位长者说，武汉大学不建则已，建就要建成南方最好的大学，就像北方的北京大学一样。就这样，这个池塘就更不能叫未名湖了，毕竟北大用过这个名字在前了，所以，它就真的成了未名的湖。"

车丙三心下一惊，他只听到了康仔说"你喜欢这花香"，后面的话就失了神儿，根本没有听。好像男人承认喜欢花香是一件难堪的事情。上次程慕白问自己是不是喜欢花，自己竟然不知如何回答，是了，她问的是"也喜欢"。这个细节一直让车丙三耿耿于怀。

"还是大学里生活安逸，怪不得你小子好好的探员不做要考大学。"小襄阳说。

"读大学确实很好，但不是生活安逸，读书也有读书的苦，我也挺怀念做候补探员的日子。和你们一起吃苦的日子，也挺好的。我读大学要感谢我的老乡沈先生，没有他的帮助，我还是跑风信的候补探员，就算考上大学也读不起。我没有瞧不起候补探员的意思，都是凭本事吃饭，在巡捕房跑风信也是凭本事吃饭。"康仔说。

小襄阳觉得心里有一些酸酸的，三年前康仔和自己一起跑风信，现在他都要大学毕业了，自己呢？三年过去了，还是风里雨里跑风信，说得好听就叫巡捕房候补探员，难听点儿就是给法国人跑腿儿嘛。偶尔还要给自己脸上贴金，自报家门的时候把候补两个字特意省略了。康仔也不是炫耀，他说的是实情，没有恶意，可自己就是觉得心里酸酸的。

车丙三插话问道："这么好的大学，很难考吧。"

"这几年四大名校统考，就是说四所类似武大这样的学校统一考卷，那就意味着全国的考生都在和你竞争，算是全国大考竞争最激烈、最难考的大学了。所以，能考到这里来的人都挺自豪的，学生也是来自五湖四海。虽然难考也还有机会，可巡捕房的候补探员却没机会成为探员，你看正式的探员都是法国人，到现在是不是还没有一个中国人呢？"

小襄阳说："你的老乡可真不少，有帮你搬书的，有教你耍鱼的，还有资助你读大学的……"

康仔听出了小襄阳的微妙情绪，笑着说："都是老乡，我在湖北，就把湖北当作家乡，送我麻糖的孝感师傅就是老乡，那位教我耍鱼的老师是湖南大庸人，那可是有学问的人，不光懂书本上的学问，还懂吃的学问。就沈先生是正儿八经的宁波老乡，他是我的恩人，也是武汉大学的恩人。"

"沈先生是做什么的呢？"车丙三对这位沈先生有一些好奇。

康仔一脸骄傲地说："二位跑遍武汉三镇，知道的事情可能比武汉市长还多，我来问问看。你们知道四明吧。"

小襄阳很是不屑。"你这是瞧不起人，四明银行当然知道了，全汉口最高的楼，足足七层，我经常以办案的名义进去，四明的电梯那才叫一个快呢，汉口那么大，也就四明有像样的电梯了。我下了电梯，就去隔壁巷子里寻找热干面吃。"

康仔接着说："那你知道璇宫饭店吧。"

小襄阳说："虽然没吃过璇宫，还是进去过几次的。全汉口最繁华的地方，五层楼高，那里面的松滋鸡最受洋人欢迎。"

康仔说："捷臣洋行呢？"

小襄阳说："全汉口最洋气的房子，据说有钱人家的少爷小姐做了新衣裳，都要从捷臣洋行楼下走一圈，这样才算穿新衣服见过世面了。"

康仔接着说："还有汇丰、金城、横滨正金、兴业、隆茂、利华、景明洋行、福新面粉厂……这些你也应该知道吧。"

小襄阳自豪地点头："那当然，我们干的就是活地图，你说的这些都是地标，不仅要知道，还要常去转悠。不光我知道，武汉市的百姓基本也都知道。"

康仔接着说："那我考考你，这些地标建筑物，是谁建的呢？"

小襄阳一时语塞，这个还真难住人了。

"难道是这位沈先生？"车丙三问。

康仔点头说道。"沈先生的营造厂叫汉协盛，全武汉最出名的建筑都是沈先生的汉协盛建造的。"

车丙三略作沉思，说道："都是洋人的房子。"

"不全是，除了洋人的建筑也有咱们武汉人自己的，其中就有一个非常了不起的建筑群，这个建筑群我刚才没说，就是武汉大学。二位现在看到的这一系列古香古色的校园建筑群，就是沈先生带领汉协盛建的。"康仔说。

"你的老乡确实很有本事嘛，他现在是不是早已经家财万贯了？"小襄阳说。

康仔迟疑了一下，说道："沈先生现在破产了。"

"他能够做成这么多了不起的事情，怎么会破产呢？我要是他，就开饭馆，就算开个小襄阳热干面也很好，我可以开十家，不，二十家，开二十家小襄阳热干面饭馆，人总要吃饭的。吃饭的生意最好做，做建筑肯定还是有经营风险的，就算做到沈先生这么红火也难以避免破产。"小襄阳说。

"几年前，沈先生接了营造武汉大学校园建筑的包工合同，他太想为中国人自己做一点儿事情了。所以，当时合同拿到手，他都没有细看就签字了，赚钱亏钱都在其次，只要能为中国人建一所好大学。沈先生没有读过多少书，对待年轻人的教育却发自肺腑地用心支持。可是，等项目开工的时候，沈先生才发现在整体预算中漏掉了一个重要测算。原来，建设这些校舍需要铲平半座狮子山。狮子山就是我住的老斋舍，还有它旁边的理学院，它后面的图书馆。这些建筑所在地几年前还是一座山。挖运土方的代价很大，工人们足足挖运了两个月。后续工程资金出现了紧张，学校这边王校长也非常着急，因为上峰要攘外必先安内，教育部的拨款被削减了一大半，已经不能再为武汉大学的校舍建设支持更多的经费了。眼看着工程要半途而废了。沈先生抵押了所有的财产，从银行贷款，就是这些贷款支持了学校最终建成。现在，从狮子山到珞珈山一线，拔地而起的古建筑群，就是沈先生汉协盛的大手笔。这期间，沈先生还资助了数名宁波籍的年轻人读书，其中也包括我。等到武汉大学建成了，沈先生也破产了，他现在还欠着银行的贷款，可是他有生之年估计也还不上了。"康仔说到动情处几近哽咽。

"他可……真了不起，我没有读过多少书，不知道还有什么话可以形容这样的人。沈先生既然有过那么多建筑经历，还是可以重新再来的。人总有一些起落，你说是吧。"小襄阳尽可能说一些鼓励康仔的话，他真没有想到康仔的这个老乡居然有这样的不凡经历。

"沈先生今年六十多了，以前特别操劳，学校没有建好前就已经双目失明了。他……应该没有机会……翻身了，他连亲眼看看自己建的学校的机会都没有了。他自己说，不后悔，为了洋人盖了一辈子房子，终于为中国人自己盖了一次像样的房子，这些房子用的都是最好的料，一百年，两百年后，给洋人盖的房子塌了，狮子山、珞珈山的这些房子都还会是挺得住的房子。"康仔说完，眼含热泪，使劲咬着下嘴唇。

车丙三忽然说道："康仔，你没有和学校一起撤离，是想留下来照顾沈先生是吧？"

康仔没有否认，继续说道："沈先生现在身体不好，需要人照顾。除此之外，他每个月都要来学校，看看校园。他其实什么都看不到了，双目全盲，每次所谓看，就是我扶着他在学校里晒晒太阳，即使这样，他也非常开心。"

"那你的学业怎么办？听说老师们都撤退到四川了……"车丙三说。

"刚才在宿舍你不是也看到了吗？自学。我还有一年的时间，自己完成毕业和论文。我的时间也非常紧张，如果日本人真的打进来了，学校会变成什么样子谁也不知道。你们说，会打进来吗？"康仔问。

"那你们明知道敌人可能会打进来，为什么还要留守呢？留守的人做什么呢？"车丙三问康仔。

"等待。等待灾祸的来临，等待胜利的到来。就算敌人打进来了，总会有被打退的时候吧，总会有胜利的那一天吧。那时候，回归学校的师生，他们最需要的是还有人替大家看家护院，还有家人欢迎他们的归来。"康仔坚定地说。

"对了，韩冰是个什么样的人呢？"车丙三问。

"韩冰嘛，其实我和他同学时间很短。虽然是同学，寝室离得很远，他住在桂园。他原本是经济系的学生，临时转到我们专业的。当时大家还很不理解，经济系是挺热门的专业，为什么要转专业到古代文学这种冷门专业。感觉他这个人挺激进的，在学校办过校内的报纸，上面也都是上海、北京及国外的一些事件和评论，据说报纸的主笔就是他自己。说临时转到我们系，是因为他在我们这里学习的时间也很短，然后就转学了。事后，我们才听说他的一些家庭背景。"康仔说。

小襄阳冷笑了一声："有权的人就是不一样，捅了马蜂窝就'转学'，掩人耳目。"

"学校氛围很活跃，大家也比较开明，他是他，他父亲是他父亲，而且他也从来没有炫耀过家庭背景，转系这种事情，学校是很宽松的，谁都可以根据自己的喜好提出来，像他这种从热门专业转到冷门专业的情况，就更不需要什么家庭背景来帮助了。捅了什么马蜂窝，我还真不知道，也没有听说。"康仔说道。

看来，关于死者韩冰，康仔能提供的消息确实很少，他的家庭背景特殊，转系这种事情不需要家里出面，但是捅了马蜂窝，家里出面也很正常，也由不得他。堂堂湖北教育厅厅长想封锁这些消息可能也不难。

"还有别的人知道韩冰的情况吗？"车丙三不抱希望，还是问了句。

"嗯……稍微能和他说上话的人不是和学校一起西迁了，就是毕业了。我想不到还能问谁，你也看到了，偌大个珞珈山，老师、学生、教工所有的人加在一起也就一百多人，除去一部分没有西迁马上要毕业的大四的师兄、师姐，也就二三十人了。"看来韩冰的线索，在珞珈山这边也就这些了。要查韩冰的直接线索，只能再回到他父亲那条线上了，可是他父亲职位很高，能不能直接搭上还两说。主要是韩冰这条线索看起来就像鸡肋，很可能与抓到上官园寺扯不上关系，时间如此紧迫，要不要继续花精力在这条线索上呢？车丙三有一些顾虑。

"那些日文书的事情，最好能让你的朋友帮忙，我们现在碰到的案子很可能和一个或者一群日本人有关系，并且来头很大。"小襄阳说道。

康仔伸手一指。"我们到半山庐了，你俩自己问尹教授吧。运气好，还能吃到他的烤鱼。"

在半山庐的别墅中，车丙三等三人见到了尹海信教授，说是教授，却年轻得很，也就不到三十岁，原来武汉大学大胆起用了一批年轻教师担任教授，从日本早稻田大学留学归来的尹海信只是其中一员。车丙三对于这么年轻的老师当教授没有觉得多少诧异，因为他也区分不了讲师、教师、教授的差别，反正都是大学里面上课的人嘛，但是让他诧异的地方还是有的——学校居然给年轻老师分配别墅住，待遇真是太好了。

尹教授对夜里突然有人来访不以为意，只是望着康仔微笑。"你小子还有啥没自学的吗，又有啥名堂？"

看来康仔的自学能力已经小有名气了。

"两个朋友，向教授请教一些日文书籍的问题，顺便看看有没有烤鱼的秘方可以传授一下，都是教学生，读书和吃饭需要兼顾，你就一起教了吧。"康仔笑着说。

"后厨水缸里有两尾新耍的草鱼，刮到了鳃，没有什么伤，鲜活乱跳，想着明天叫几个朋友聚一下呢，我一个人也吃不了，你们看看，说是住别墅，其实啊，就是看房子，一天天就我一个人晒着珞珈山南坡的月光，寂寞得紧啊！正好你们来，康仔搞一些豆豉烤来我们做夜宵。"尹教授热情招呼大家。

这平日里清净的半山庐，因为夜里三个访客的到来，一下子热闹起来。康仔去后厨烤鱼，车丙三就向尹教授请教疑问。

看来今晚时间充裕，车丙三并不着急，先聊起这别墅来。"教授这别墅环境真是不错，就是远了点儿。"

"这里是珞珈山的南坡，属于学校产业，具体说属于学校接待高级外宾的地方。"教授说。

高级这词让车丙三想到了什么，会心一笑。教授似乎也明白这微笑毫无恶意，眉毛一展，继续说起来。

以前，半山庐其实只招待极少数外宾。之前的住客是蒋先生和他的太太美龄女士，他们有数月的时间居住在这里，美龄女士只喝蒸馏水，所以校工把担来的山泉水再给她加热蒸馏一次，蒸馏的时候会热气腾腾，就像仙雾弥漫一般，所以，有段时间珞珈山的师生们把半山庐称为人间仙境。再之前的著名住客是周先生,周先生是淮安人,又善于演讲,在两个党派中都有很好的人缘,并且周先生交际能力超强,他住半山庐的时候,这里门庭若市,访客都快踩烂了门槛。要知道珞珈山毕竟还是山,爬半个珞珈山再和周先生喝一次酒,喝完酒再下山到东湖边吹一下小风,酒也就醒了七成,于是,大家都说登上珞珈山半山庐,酒量和豪情都倍增。这半山庐在达官贵人眼中还是惹眼的风水之地。

如今不同了。王校长发现有一些大人物对珞珈山情有独钟后,还是很忌惮的。曾经有一段时间,蒋先生夫妇常住半山庐,他们甚至很多办公都在这里完成,一些高层不得不从汉口乘船到武昌龙王庙码头,再转到珞珈山,一来二去学校里变得很热闹。同时,这些热闹带来了新的需求,特别是为了方便大人物而产生的需求。曾经武汉市邮政局的局长专门拜访王校长,说考虑到学校这么大,师生平时发电报写信比较多,为了便于对外开展学术交流和通信,打算专门为武汉大学建设一个邮局,而且这个邮局标准要高,规模要大。王校长进一步听了听邮局局长的介绍,感觉这里面有文章。局长声称,邮局要建成二层洋楼,一楼办公,二楼可以安排值班人员住宿,考虑到珞珈山、狮子山的山体结构和地质构成,经过专家测绘勘探,计划邮局选址在珞珈山南坡,距离半山庐一百米的地方。

王校长没有继续接下来的会谈,只是摇头,伸手摆出送客的手势,说了"请便"两个字。

王校长很不喜欢政客往来学校确实有他的道理,虽然他们也会给学校带来不少福利甚至捐赠,但是,王校长从来不以学校的名义邀请政客来珞珈山。

王校长曾经说,"半山庐很好吗?好的话,就让我们的老师多住一住吧。"

果然，时局变幻莫测。最近一年多，一些大人物不再来半山庐居住了，学校也在分步骤有计划地西迁四川乐山。王校长特意交代，安排留守的教师住半山庐。可是半山庐太远，离学生宿舍、教室和学校学习生活区都很远。只好选了年轻的教师住半山庐。住在这里既是一种待遇，也是责任，帮助学校照看学校产业的责任。好在这里离东湖比较近，方便耍鱼，尹教授欣然同意住进半山庐。

车丙三问道："教授怎么没有随学校一同西迁呢？"

"学校几千人，没有西迁、留下来的才一百多人，留下的人当中大部分是即将毕业的大四学生。真正担任护校任务的其实只有十一人，算上康仔半个人，那就是十一个半人，这十一个半人都是一个人承担好几项职责的。我是留守护校的人当中唯一会日语的。

"当然，耍鱼和会什么外语没有关系，哈哈哈。学校西迁后，我们这些留守护校的才发现，人是需要生存技能的，是需要学会养活自己的本事的。这些道理，饿过的人就会知道，没饿过真不会想到一天三顿饭才是天大的事情。"

说完，教授露出一丝苦笑。

车丙三说："听说教授从日本留学回来不久，国内正是和日本交恶的时候，选择这样的时候回国，而且回来就挨饿，会后悔吧。"

"中日开战，我应该和我的祖国在一起。我的妻子就是日本人，我从来不隐瞒这一点。我们的孩子要出生了，我希望孩子出生在中国，这里是我的国家。妻子很支持我，她现在在我的湖南大庸老家待产，她说那里也是她的老家。"尹教授说道。

"西园寺公望是个什么样的人？"车丙三试探着问道。

"我出国留学前,在武大读的是经济,到日本留学学的是法律,对政治关注得少。不过,像西园寺公望这样的人物,每一个日本人都知道,每一个在日本留学或者生活的外国人也应该知道,只是,同一个人,大家知道的是他不同的一面。你想了解这个人哪方面的信息呢?哦,忘了,你们是探员,探员和做学问其实是殊途同归。"尹教授说。

"什么乌龟?铜乌龟?"小襄阳问。

"就是做事情的方法路线不同,结局是一样的。我说做学问和做探员查案是一回事儿,就是搞清楚真相。就像……就像烧鱼,不管是耍鱼、打鱼还是钓鱼,都是方法不同,目的其实都是吃鱼。"尹教授并没有嘲笑小襄阳,只是对自己的这个发现颇为自豪。

"我想了解他和中国的关系,他的家族和中国的关系。"车丙三说。

"说来话长,啊呀,我能闻到烤鱼的味道了,嘿嘿嘿。"听尹教授这么一说,几个人也都闻到了烤鱼的香味了。只见康仔从厨下端进来一个大铁盆,看着他笑嘻嘻的表情,大家心里明白,他读大学除了学到了书上的东西,还学了一些生活本事。

教授抓起筷子,扯下一块鱼肚皮的肉,放进嘴里,赞道:"康仔你手艺不赖嘛。好吃不懒做,就是很好的活法,当然,它还需要一个前提——国泰民安,天下太平。"

四个年轻人,围着一个大铁盆吃了起来。

"你们发现没有,人多吃饭更香。其实这烤鱼要放一些豆干、茄子、青蒜更香。今天没准备,等下次,下次我给你们烤一条清江鱼。"说到吃,教授非常自信。

"厨房只找到了豆豉和辣椒,教授要的这两条鱼挺肥,没有别的作料，我自己对味道还是挺满意的。"康仔说。

车丙三和小襄阳只顾着吃，也不抬头，更不说话——你满意不满意我们不管，我们能吃到才算满意，吃不到不算。

尹教授原本吃过晚饭，带头吃鱼是让大家别拘束，吃了两口也就停下来，开始回答车丙三的问题。

"咱们国家历史上有一些能臣，像汉代的霍光，唐朝的徐懋功，明代的张居正，大清朝的张廷玉、曾国藩，这些能人之所以成为能臣，干出了一番事业，让后人记住了，除了他们自身的能力很强之外，还有个重要原因，就是他们掌权的时间足够长，有个词语叫三朝元老，这些能人都是三朝元老。在日本最近几十年，能够称得上政治能人的不少，但是能称得上三朝元老这种资历的就数这位西园寺公望了。西园寺辅佐过孝明、明治、大正、昭和四代天皇，堪称四朝元老。

"咱们国家在大清朝的时候就张罗变法图强，日本也在折腾类似的事情，他们叫明治维新。明治维新的大功臣就包括西园寺公望，那时候他特别年轻。明治政权稳定后，西园寺公望原本可以享受荣华富贵了，可是他没有，他把官职往旁边一丢，去了欧洲，这一去就是十年。一个政治家不在朝野十年，那基本就是退出政治舞台了，权力和他就没关系了。功成身退，这一点很多手上握有大权的人都做不到，西园寺做到了，那时他才二十二岁，让人难以想象。二十出头的年轻人，想的往往是建功立业，多数还在建功立业的路上茫然呢，而西园寺已经功成身退了。西园寺在欧洲这十年，我了解的情况不多，只是听说他接触了一些西方的思想，人都是受到环境影响的，我在日本留学几年，脑子里的东西也发生了很大变化，这些变化是和身处的环境密切相关的，这不是一个人在你面前讲多少道理可以帮你实现的。这就像一个人给你讲如何烧一道菜，说多少也没用，你自己去田间采摘，自己下厨房才算数，那才是真的。也像你们探案，关在屋子里怎么推理得天衣无缝，可是实际案子不是那么发生的，发生的情况就是不按照常理的。我可以理解西园寺思想的转变。

"西园寺回到日本后，直接开始了新的玩儿法，办报纸、办学校。办报纸，他自己亲自担任东洋自由新闻社社长，听名字大家应该知道这是个什么报社。思想自由是好的，特别能够和年轻人找到共鸣。我听说之前武大也有几个年轻人在学校里办报纸办得挺好，那很好呀，需要坚持，办报纸还是有很多难处的。强悍如西园寺这样的人物，最后也没能把东洋自由新闻社坚持到底，迫于日本天皇的压力，西园寺离开新闻业。他办的明治学校还好，坚持下来了，也就是今天的明治大学。办大学和办报纸一样，都是当今社会对未来影响非常大的事情，那些有见地的人物，都在支持办大学。武大能有今天这样的地位，也和很多有见地的人物支持有关。你们过来的路上，应该看到过一个古典建筑的体育馆，它的名字叫宋卿体育馆，那也是有见地的人物对武大的支持。

"说远了，继续说西园寺公望。在接下来的二十多年里，西园寺数次组建内阁，你们可能不清楚内阁这个词，相当于最高级政府。西园寺出任日本内阁总大臣。在我们国家辛亥年的时候，西园寺六十三岁，出任日本的唯一元老。这就要解释一下元老，日本总体来说还是贵族把持国家大政的，贵族在日本叫华族，华族的首领才能称得上元老。数名元老组成的元老院共同决定国家的大政策，这其中也包括任命首相，虽然名义上首相是天皇任命的，但是首相是需要元老院提名的。等到辛亥年前后的时候，和西园寺一同担任元老院的其他元老已经先后故去了，就这样，西园寺在最近将近三十年的时间一个人担任元老，控制日本首相的提名权，他的权力可想而知。

"但是，事情也不是一成不变的。就在两年前，日本发生了大事件，这件大事改变了日本的政治，也改变了国家的前进轨迹，日本的对华策略发生了显著变化，而西园寺本人还差点儿丧命。事情的起因是保皇派军官向内阁夺权，军人做事更简单粗暴，他们直接杀害了前首相以及部分政治人物。据说，原本西园寺也在暗杀名单上，但是他在日本的地位太高了，他和天皇又是相互矛盾、相互依赖的关系，所以，保皇派军官没有对他下手。这件事得算最近二十年日本国内最大的政治事件之一，那些保皇派军官上台后，正式开始了对外的军事战争。我们华北乃至武汉现在可能面对的战火局面，根源可以说也在这里。

"西园寺这人在经济上也是个高手，最明显的例子就是铁路国有。我们国家在将近三十年前出过一个大事，就是'保路运动'，这件事的缘起就是清政府要'铁路国有'，只是它这个'铁路国有'是假的，是当时的邮传局想借着这个名义，把四川、湖广等地的民间铁路控制权抢到手，抢完之后呢，送给洋人，当然这是政府被洋人逼出来的对策。可是，四川的袍哥势力太大，人心又齐，居然有人挑头造反，这造反非比寻常，是袍哥带头想逼着四川大将军一起造反，以前的历史是官逼民反，这段历史有点儿民逼官反的意思。再加上革命党放了几个炸药，这下子不得了了，整个四川有二十万袍哥和川民围了成都城，局面几近失控。朝廷慌忙从湖北调新军入川驰援。结果，大家都知道的，大武汉守备空虚，年轻的军官们擦枪走火，一声枪响，武昌首义，接下来就全天下揭竿而起，改天换地了。大清朝一个'铁路国有'的举动，牵一发而动全身，最后改朝换代了，诸位想想类似'铁路国有'

这样的经济政策可能带来的全社会的撼动和震荡多么厉害！

"西园寺在日本推动的铁路国有和咱们国家二十多年前的国政还有不少差别，但是难度也差不了多少。西园寺遇到很大阻力，但是他毕竟还是力挽狂澜的狠辣人物。他从经济、国防两方面考虑，制订了周密的方案，最后完成了铁路国有。这个国政，使得日本的经济得到极大的提升。铁路是经济的动脉，我们的铁路修得还是太慢。"

车丙三觉得脸上有一些热，他们三个人一味吃饭不说话，就让教授一个人讲实在不妥，现在肚子里有一些垫底的东西，眼睛也不昏花了。于是他咽下嘴里的食物，问道："那看起来这个日本狠人西园寺公望，应该年龄挺大了吧。他对华战争的态度怎么样，他的家人或者后代是什么样的人呢？"

"西园寺现在应该八十多岁了，政治上参与的可能少了。西园寺的政治理想是宪政，说直白一些就是让贵族集团来管理国家，限制天皇的权力，他其实是反战的。现在的战争是军队里面的军官们发起的。他的家人嘛，其实我知道得不多，我知道他应该有不止一个儿子。其中大儿子最近出了状况。"教授说。

"他大儿子年纪也不小了吧？"小襄阳吃鱼间隙插话问道。

"不，我知道的他大儿子也就三十岁左右，叫西园寺公一。应该还有几个子女，做什么的，具体我不记得了。

"小西园寺受父亲影响，有欧洲留学的经历，他到欧洲游历遇到的时局与老西园寺那时候已经大不相同了，一个人成为什么样的人，往往和结交的朋友关系很大，所谓人以群分。小西园寺有个朋友叫佐尔格，他是个德国人，在整个欧洲都很活跃，欧洲也不是多么大的地方。这个人对小西园寺影响比较大，后来两个人一同回到了日本。像西园寺家族长子这样身份的人物，他们的一举一动在日本还是很受关注的，小西园寺的行为也被军方的对头看在眼里，经过一番精心的布控，还是抓到了他的把柄。原来他的这个朋友是苏联的间谍，在欧洲、日本从事赤化间谍秘密工作，他的德国人身份给他提供了伪装帮助，而西园寺家族的朋友这个身份估计也给他获取情报提供了诸多便利吧。

"小西园寺本人同情底层大众，对苏联的一些做法也是认同的，不能说他有多冤枉，并且在佐尔格暴露身份的情况下，小西园寺还是帮助他逃离了日本。

"后来日本的媒体曝光了这件事情，在社会上引起轰动。老西园寺并没有出手搭救自己儿子，他一辈子都在强调建立民主的日本、世界的日本，他自己不能亲手毁了规矩，这件事就发生在保皇派杀害前首相事件前后，经过这两件事，老西园寺基本淡出了人们的视野，我猜测佐尔格事件对他和他们家族的打击还是挺大的。关于西园寺一家的情况，我知道的大致就这么多。这些也都是媒体公开披露的，其中是否还有其他隐情就不知道了，你想更多查证有困难啊，毕竟日本离我们很远，就像我站在东湖岸边耍鱼，就算技术再高也要不到南湖的鱼一样。"尹海信教授说道。

车丙三略作沉思，问道："我请教一个问题，听说日本很多人习武，人们称之为武士，像西园寺这样的政治人物，他的儿孙或者其他亲戚会习武吗？"

"忍者、武士，这些阶层在当今的日本都不算贵族，社会地位没有那么高。类似西园寺家族这样的出身，应该是不屑习武的吧。而且老西园寺公望一辈子都在践行西方的民主和政治生活，应该不会提倡自己的后人习武的，如果是接触手枪或许还有可能。"教授说道。

车丙三赞叹说:"教授真是有学问,你这么年轻成为教授,还是有道理的,听你这么一说,长了很多学问。"

"学问是什么?学问就是眼界。一个人出国后,确实会长很多眼界,再回看自己生活过的世界也会不同。我比你们也大不了几岁,希望你们有机会也出去看看,看看外面的世界。我最大的学问啊,还是吃,不过现在天下不太平,个人温饱得失都不是我们该去多想的,应该置之度外了,我们的学问里得装下家国,否则读书做什么,还不如上战场做个小兵。"教授说道。

车丙三听教授这么一说,黯然神伤。教授也是在国外生活过学习过的人,他接触到的世界毕竟和自己有很大的不同,在他的眼里,自己应该就是井底的蛤蟆吧。想到这里又自己恼火,破案进度搞不好就要烂尾了,怎么还有心思去想这些,自己真的是眼界和心胸太狭窄了。

车丙三稍微理了一下思路,说:"这些消息,在武大的图书馆里面能查到吗?我是说武大现在的图书馆里面。"

"嗯……应该可以查到。不过现在的图书馆也谈不上是图书馆,就是一个房间,个别图书是留给大四将要毕业的学生用的工具书参考书,留守的几名老师的参考书,还有一部分是岩波书店赠送的日文书,对了,岩波赠送的日文书或许能查到不少这方面的资料,其实这些资料也不用专门去图书馆查阅,书籍中介绍事实的毕竟还是少数。如果能查到最近两年的报纸就更好了,可是报刊也是明眼人才看得懂的,指鹿为马的事情,这些年日本的报刊也没少做。"教授说。

康仔终于从烤鱼盆里抬起来头,放下筷子,擦了擦额角汗水咧嘴笑着说:"自己做的,容易吃多,嘿嘿,我一个人就吃了一半。"

车丙三瞄了一眼康仔吃剩的鱼骨头，这家伙真能吃。他无意间看到了康仔放下的筷子，忽然想到一个细节，问道："教授，你在日本生活过，我想请教你，日本人用筷子和中国人有什么区别吗？"

尹教授想了一下说："好像没什么吧，我妻子用筷子就和中国人一样的。"

车丙三皱起眉头，感觉哪儿不对。难得拜会尹教授，他不想错过机会，于是追问道："那日本的筷子和我们的筷子完全一样吗？比如怎么用筷子？什么材料制作筷子？或者任何日本筷子与中国的不同之处？"

"你这么一问，我还真想起一个细节来。在日本吃面条的时候，吃面的声音会更大一些。"尹教授神秘地说道。

"那是为什么？"提到吃，小襄阳被戳到兴奋点上了，赶忙追问道。

"他们有个风俗，说是吃面的时候，觉得面做得好，就要大声地吃出声音来，这样才是对店家的尊重和褒奖。这种情况在中国会让人觉得粗俗没礼貌，这是和我们截然相反的。"尹教授说。

三个人都觉得诧异，还有这样的风俗。

尹教授接着说："在我看来，这个细节还真和筷子有关。说到这里，我想起来了，日本的筷子和中国的筷子形状上有细微的不同，中国的筷子前端更平正一些，因为中国人忌讳用筷子扎，用筷子直接扎食物被认为是没有礼法的蛮夷做法，中国的筷子也就不会做成尖尖的前端了。日本的筷子略细，前端是尖尖的，为了让前端更尖又不至于伤到嘴巴，前端都会做成又圆又尖的样子，这尖容易理解，是为了扎东西吃，也就是说日本的筷子用法中有刺这种用法。但是圆圆的肯定就会滑，所以夹面条的时候，他们的筷子就没有我们的好用，自然就会产生哧溜哧溜的吞咽声音了。你看一双筷子，中国人和日本人都在用，细微差别，却能够显示出中日两个国家之间文化的微妙不同。"

车丙三听着点头，心中的一个疑团一下子解开了。

教授长出一口气说："你们要常来，这半山庐也能热闹一些，时局很不乐观，一旦日本军队打进来还不知道会怎么样。"车丙三看到，教授年轻的脸上写满了焦虑。

出来半山庐已然是后半夜，三个人推辞了教授的留宿邀请，毕竟已经打扰教授的休息了，读书人最需要的还是清净。

小襄阳说："我现在看谁都可疑，看谁都像上官园寺。"

车丙三说："你是成天想着抓住凶手想出癔症了，自古大奸大恶的人也常伪装得忠厚贤良，忧国忧民。不过，有一点你和尹教授很像，你们都喜欢美食，一个人喜欢吃，应该没办法成为杀手的，顶多成为耍鱼的高手。"

三个人在康仔的宿舍稍微凑合休息一下，车丙三睡了几个小时，当清晨东方的天空刚刚露出鱼腹白的时候，他就悄悄叫起小襄阳，已经是案发后第四天了，抓捕凶手的时间太紧张了，不敢耽搁，他看了一眼酣睡的康仔，心说，看来一个人吃多了还是挺容易睡觉的，等醒来你就好好读书吧，不要像我一样每天只能和坏人打交道。

两个人走到珞珈山脚下，望见一个石头水泥做的牌坊立在学校门口，车丙三心头一酸，牌坊上写了六个篆书大字，这弯弯曲曲的字体真高深，自己居然只认识一个"工"字。再走两步就到了牌坊的正面，呀，牌坊的正面却是端端庄庄写的六个楷体字，

"国，立，武，汉，大，学"，小襄阳用手指着逐字念出来。他心中想的和车丙三一样——正面这六个字全都认识！小襄阳第一次因为自己认识几个字而异常兴奋。当他看向车丙三的时候，却看到一张十分诧异的脸，车丙三盯着这牌坊上的字整个人都呆了。

"怎么了，你这是？"小襄阳问道，车丙三这个表情昨天在凯字营出现过。

"国立武汉大学。我知道了，我知道了，确实是国立武汉大学。"车丙三自言自语说着，然后猛地拉着小襄阳的衣袖就往回跑，一边跑一边兴奋地嚷着："是国立武汉大学，我知道了，是国立武汉大学。"被拖在身后的小襄阳觉得自己都快成了风筝了。

车丙三刚一出宿舍康仔就起床了，他有晨读的习惯，留给他的学习时间不多了。清晨躺在床上瞄着车丙三和小襄阳两个人熟睡，自己忍了忍没有起床打扰他俩，继续假装睡觉。他非常清楚做巡捕房的候补探员是多么苦的差事，饥餐露宿是常有的事情，能多睡一会儿也是好的。

他才洗完脸，车丙三、小襄阳两个人就撞进了宿舍门。

"我问你，民国二十五年的大考试题是不是四校联考的。"车丙三急促地问道。

康仔面对这去而复返的两个人正纳闷，这突如其来的问题更是让人摸不着头脑。车丙三见康仔发愣了，一把抓住康仔的脖领子就要使蛮力，一旁的小襄阳急忙拉开。"你又来了，又犯病了！"小襄阳嘟囔着，他自己也不知这里面是怎么回事，这个搭档又中了哪门子邪。

康仔冷静了一下，说："这几年都是啊。四校招生联考全国都知道啊。"

"这四所学校是哪四所大学啊?"车丙三接着问。

"啊,这个嘛,有武汉大学、北京大学——"

"浙江大学和中山大学,是吧?"车丙三打断他的话。

"你怎么知道的?"康仔问。

"确切地说,是国立武汉大学、国立北京大学、国立中山大学以及国立浙江大学,是这样的吧?我应该想到。"车丙三兴奋地说道。

十一年前,汉口、汉阳和武昌这三镇正式合并为武汉市,同时成为中国第一个直辖市,以原来的汉口市为核心班底组建武汉市政府。两个月后,国立武昌中山大学正式命名为国立武汉大学。人们平时称呼武大或者武汉大学,国立两个字除非正式文件,平时基本省略了。

"想到什么?"康仔和小襄阳问。

车丙三从马甲口袋里拿出一个小盒子,然后打开盒子,又从另一个口袋里拿出一个镊子,把盒子里面的两片残损不全的纸片夹了出来。

"还记得这两张纸片吗?这是凯字营案发现场找到的唯一物证。伍栋曾经暗示这是一个过了保密期的文件,如果我推理正确的话,这几张碎纸片是二十五年的时候四所国立大学的考试卷。我做过测量,过火面积不大,所以当时的会客厅的角落里堆积的就是考试卷。这些考试卷过期了,所以也就过了保密期了。但是,上级部门没有发通知,循章办事的伍栋就没有处理这些试卷,也没有向我们解释说明引起火灾的易燃物品到底是什么。就是这些过期的考试卷啊。如果我没猜错的话,那些看起来让上峰不高兴的言论,对,就是这句,将介石这句……应该是考题之一吧。"车丙三用镊子夹起碎纸片中字数多的那片说。

康仔接过镊子和纸片端详。

车丙三拿出一把折尺，不停敲打自己的脑壳，然后在局促的宿舍里踱步。走了十多个来回，也不知脑袋壳被敲了多少下，车丙三突然停下脚步，立在当地说："原以为凯字营的线索没法再查下去了，因为所有的线索都指向袁新华，袁新华的账簿那就是凯字营自己的事儿了，甚至牵扯到高层，我们更没法插手，所以我连账簿都没打开看一眼。我说过凶手不在凯字营但是破案的重点在凯字营，我们还要再去一次凯字营，只是这次我们要充分准备一下。韩冰，韩冰，韩冰这条线索很可能会成为新的突破口。"

听了半天，小襄阳才搞清楚车丙三说的是什么，不过他还是不解，就算搞清楚这大火是因为上官园寺点燃了考试卷，那这些和抓住凶手以及破案到底有啥关联呢？还有，如果伍栋是可信赖的话，那么伍栋已经再三强调韩冰和本案无关了啊。

小襄阳说出了自己的疑惑。

"所有的事情都是有关的，韩冰是我们唯一可以再去凯字营继续查案的理由，这个理由我们要谋划好，再打出这张牌。"车丙三非常确定地说。

"韩冰的死怎么也和凶手联系不上啊，而且我们能推测到的无外乎他因为政治言论被抓进凯字营，他就像火灾中被牵连的，伍栋案发之前和韩冰父亲的会面也只能让人联想到自己儿子在伍栋治下监狱服刑，身为厅长的韩天河出面请伍栋吃饭打点一下关系啊，仅此而已嘛。"小襄阳说道。

车丙三却笃定这是突破口，只是不说出具体道理，也不知道是他没想到还是需要暂时保密，两个人都忽略了康仔，康仔此时脸色大变，惊讶地问道："你们说什么，韩冰死了？怎么可能！"

两人此时才意识到说漏了嘴，案情是不应该当着其他人说出来的，只是康仔几年前还是一起跑风信的搭档，他俩习惯了这么当着康仔面讨论案情。

"韩冰怎么可能进了监狱呢？我怎么不知道啊，再说他怎么会……你们说的是真的吗？"康仔痛苦地问道。

小襄阳面有难色，还是点头承认了这都是事实。

车丙三却眼前一亮，问康仔："你为什么会怀疑小襄阳说的话呢？"

"上个月还收到韩冰的来信，他因为挂念学校西迁，不知道学校现在怎么样了，因为他不知道还有谁在学校，所以收件人写的是中文系，我看寄信人是韩冰，就拆开看了，还替大家给他回了信，只是我们往来不多，回信写得很简短。"康仔说。

小襄阳说："凯字营也会准许犯人写信的吧，这没什么稀奇的嘛。"

车丙三神色复杂，插话说道："不，你们说的不是一回事儿，康仔不用说话，他的表情已经告诉我了他收到的信的邮寄地址绝对不是凯字营，我没猜错的话，连武汉也不是，是另一个城市。"

"嗯，中山大学。地址是广州的中山大学。我和他交往很少，只是知道彼此，他在我们系短暂学习过，好像因为办报纸的事情被迫转学的，因为考进来的时候是四校联合考试，所以理论上他是可以申请转学到另外三所国立大学的，只是这些申请比本校调专业申请麻烦一些。等他调走了，我才听说他家里人是教育厅的领导。"康仔说。

如果最近半年，韩冰一直在广州读大学，那么凯字营监狱里的韩冰又是谁呢？康仔和小襄阳一脸困惑，而车丙三则立在当地，牙齿紧紧咬着下嘴唇，折尺举在半空，也忘记敲打脑瓜壳了。

良久，车丙三将折尺往掌心一拍，连说了三句"很好"。

车丙三转头向康仔说:"我们赶时间,这次真的得走了,没想到这次珞珈山之行收获这么大,这个案子除了复杂还很重大,案情还是不和你详说为好,现在局势复杂,战火也很可能烧到武汉,康仔你一定注意安全,也希望你的书没有白读。另外,提醒尹海信教授注意安全,特别是和日本人打交道,不管是官方军方还是普通的日本人。

"对了,学校大门的牌坊背面那六个字是什么意思?"

"那六个篆书吗?是文法理工农医六个字,说的是武大要办就要办成文法理工农医学科齐全的综合性一流大学。"康仔说。

"那个医字你能写给我看看吗?"车丙三说。

"你要做什么?"康仔好奇,这个小个子前同事又有什么新花样。

"我就是考考你,看看你是不是真的认识这蝌蚪一样的文字。"车丙三坏笑着说。

康仔拿出一支毛笔,蘸了墨汁,写了个篆书"医"字,然后又一笔一画地写了一个正体字"醫"。"篆书我写得不好,再写个楷书给你看看吧。"写完医字,康仔接着一口气写了文法理工农五个字。

文法理工农医,哪个学科都能成才,程慕白就是学医的从事医生职业的,我算什么呢?车丙三不由得呆了。

11. 喜欢花的男人

凯字营纵火杀人案已经过去三天了。第四天早晨，武汉大学的宿舍里，在和康仔的交谈中，车丙三发现了被害人韩冰的新线索，原本这条已经被搁置的线索重新浮出水面。车丙三当即决定对凯字营进行第三次探访，这一次他打算做足准备，因为他知道这次不能彻底破案的话，他可能没机会再次进入这个军事管理监狱了。

从珞珈山上下来，车丙三和小襄阳兵分两路，小襄阳探查教育厅厅长韩天河，搜集汉口各码头街巷中人力车夫的风信，这些风信曾经给案件推进带来帮助，希望接下来还能查到有用的线索，按照计划，小襄阳还要走访一下日租界，看看能否有上官园寺的蛛丝马迹。车丙三负责同济医院这条线，看看程医生那边化验结果是否有新的进展，以及神父这条重要线索，用车丙三的话说，神父和亨利是最后用的牌，现在是时候开始打出这两张牌了。然后，八月初七的上午，两个人再依照老规矩在凯字营会合，一同拜访监狱长伍栋。

在八月初三凯字营纵火杀人案案发前，车丙三每个月会来一两次同济医院，不为看病只为看病人，看假装生病的秋水爹。可最近三天，自己已经是第三次来到同济医院了。他知道，只要看到他来，秋水爹就很开心，不管是不是专程为了看望这个疯爹。

今晚一定抽时间去看看他，一个人喝酒很容易会去想不开心的事情，就算心大如秋水爹这般的人也不例外，车丙三暗自下了决心。

车丙三想着心事，不觉间竟然走到了同济医院的化验室门口。是了，原本这就是第一站，好在今天没有带花来，不用伤脑筋想理由，想到花，就又想到在酒馆里秋水爹催自己大胆行动追求姑娘。秋水爹真是了不得，他年轻时追求那么多姑娘，真不知道是怎么找理由去搭讪的，他的那些风流韵事都能够算爱情吗。车丙三心想，一个姑娘已经让人头疼，一群姑娘，秋水爹是怎么做到的……哎呀，自己竟然又走神儿了，车丙三摇头苦笑。

化验室的门虚掩着，隔着门缝看进去里面并没有人，之前的凶手信息画像还戳在墙角。车丙三看着这个画板皱起了眉头，怎么有一些不对劲呢？有人在这个画板上涂鸦，画了一个叉，画的叉底下还画了一张坏笑的脸，这笑脸寥寥几笔却非常传神，谁这么捣蛋呢？

背后传来急促的脚步声，人离自己还有十多米远，就听对方说："你可回来了，这次好险！"听声音正是外科医生程慕白，车丙三转过身来，四目相对的时候，车丙三没有说话，程慕白的神色说明又出了大事情了，只是这里不是说话的地方。程慕白快步进了化验室，从抽屉里取出了什么东西，车丙三正犹豫要不要跟进去，程慕白已经出来了，随手关好门，她低声说，跟我来吧。车丙三点了点头，匆匆跟在她身后。一个惊恐的念头疾如闪电划过脑海，难道又出人命了……

在上次的病房门口，程慕白停下脚步，推开门示意车丙三一起进去。车丙三眼珠在眼眶中左右摆来摆去，就是站在原地不动。

程慕白白了车丙三一眼。"伤口都包扎好了,你看不到流血的,你以为我们做医生的喜欢看到流血吗?"

车丙三扮个鬼脸和程慕白进到病房。病床上躺着的人,脑袋缠了几道白纱布,脸朝向床外,身体半卧倒在床上。这让车丙三首先想到了上官园寺。上官和车丙三唯一一次见面时,就假扮成重伤的袁新华,连一张脸都没有给人看到。这位病友还没有伤到脸,幸好没有伤到脸,这白净清秀的书生毁了容就不好看了。等看清这张脸,车丙三差点儿笑出来,他也知道笑出来实在不礼貌,毕竟人家受伤了。

床上的病人正是程慕白的师兄啊,就在昨天,这位医生还在这间病房给自己打麻药,他当时可是啥毛病没有,风度翩翩呢,当时躺在病床上的是车丙三,这才一天的工夫两个人换了位置了。见此情景,车丙三痞子气陡涨,说道:"哟,这位患者好面善,如果不舒服的话,我给你打一针镇静剂,多睡一会儿就忘了疼了。镇静剂很贵的,一般的患者我可舍不得用,主要是看你和我有缘,这张病床本人刚刚加持过,床板可平整了,你安心躺着吧。"

他刚说完,就感觉右臂像被马蜂蜇了一般刺疼,转头一看,程慕白咬着下嘴唇,正使劲在车丙三的胳膊上拧肉呢。车丙三疼得龇牙咧嘴,就是不发出声音来,双手直比画,让程慕白停下来。

程慕白拧够了,说了句:"活该。"

她怎么也和我一样,喜欢咬下嘴唇呢?想到这里,车丙三心里荡起一丝甜蜜蜜的感觉,马上又觉得右胳膊被锥子扎的一样刺痛,拧人的时候,她就是一只马蜂,这个程姑娘下手可真狠。车丙三心想。

床上的麻醉医生闻声睁开眼睛,支撑着身子,张口说道:"是他,是你要抓的人,一定是他……"

"我要抓谁呢?"车丙三不紧不慢地问道。上一秒他还在龇牙咧嘴揉着胳膊,下一秒他就像什么都没发生过似的。

病床上的麻醉医生一时语塞。

"你别不识好歹,我带你来就是想让师兄说说经过,他可是亲眼见到过那个人的。要不是为了帮你破案,我师兄这时候还需要休息呢,他才包扎完伤口。"程慕白说话语速比较快。

"看来那个人跑了不久,我还能追上吗?哦,应该来不及了,没人看到他往哪个方向逃跑的,当时麻醉医生就像刚刚被打过麻药,半昏迷呢。应该给医生来一束花,这样他康复得快一些,一个人看到自己喜欢的东西心情会好很多,心情好康复得就快,这可是镇静剂取代不了的。"车丙三说着风凉话,假装不看程慕白。

程慕白又要伸手去拧车丙三的胳膊,病床上的麻醉医生说道:"他说得对,我确实没看清他往哪个方向跑,我甚至都没看清他的脸。"

"那你怎么知道这个伤到你的人就是我要找的人呢?"车丙三问道。

"筷子。我当时看到了一根筷子,你去一趟化验室看看墙角,就知道了。"麻醉医生说道。

"我可不懂化验,我也没说过要找一个喜欢用筷子的人。"车丙三言语甚是傲慢。

程慕白气得脸色铁青,就要发怒。

麻醉医生却说:"我有一盒山楂片在抽屉里,也许在化验室的抽屉,不在的话就在办公桌的右边抽屉里,慕白你帮我取一下，这两天胃里又胀气疼得慌。"说完苦笑着望向程慕白。

"你抓不到凶手，以后就别来同济晃悠，看着碍眼！"程慕白狠狠瞪了车丙三一眼，愤愤地走出病房，帮她师兄找山楂片去了。

"你再气她，她也不一定主动出去，我想还是我请她离开一会儿吧。你说吧，你想单独问我什么？"

这人蛮聪明，居然知道自己的套路，还有，他居然又叫她"慕白"，车丙三心中暗想。

"说说你是怎么受伤的，关于那个人的一切，他如果刚离开不久，他给你留下的印象应该还是新鲜的。"车丙三说。

"你说'如果'，就好像怀疑或者不信任我说的一样。不管你信不信，我都会说。抓住这人，也是为了给神父报仇。早晨，我路过化验室，看到了一个陌生人。他当时背对着门，没有穿医生的衣服，我对这个背影没印象，而且能够早起去化验室或者通宵在化验室的人，全医院也没几个人，感觉这个人不像同济的人。我就开口问：'你是谁？'

"那人并没有回答我，他只是呆立在化验用的画板面前，他好像在喃喃自语，我没有听清楚他说什么，声音的大小应该是自己和自己说话，不像是对我说话。我见这个陌生人不理我，就走进了化验室。"

"他不理你，有可能是想让你走近，他理你，你就看到他的脸了。他不理你就逃跑，那不是他的个性，他高傲得很哪……"车丙三像是自言自语。

"被你说着了。我确实没能看到他的脸，等我走近了他都一直在看那个画板，很聚精会神的样子。"

"那他是在听，听你的脚步离他还有多远。"车丙三说。

麻醉医生点头，认同车丙三的分析，接着说道——

"我还没有感觉这人会有危险，伸手拍他的肩膀，我根本没能搭上他的肩，就觉得眼前一晃，那人不知道怎么就溜到了我身体的右后方，然后抓起我的后脖领就把我往墙上撞去。我都没来得及叫一声，就昏了过去。这就是事情经过，早间程师妹到化验室的时候才叫醒昏迷中的我。"麻醉医生说道。

"这人有可能是从门进来，从窗户逃跑的。"麻醉医生补充说。

"何以见得呢？"车丙三问。

麻醉医生说："我进化验室的时候，门是虚掩的，所以他应该是从门进来的，程师妹发现我的时候，我躺在化验室门口，身体堵着门，化验室的门是向里开的，所以我想他应该是从窗户逃跑的。"

车丙三说："这人确实很猖狂，也很傲慢。他进了化验室并不关门，杀人放火，肆无忌惮，可见他多么猖狂，连别人的一只手都不可以搭上他肩膀，可见多么不把人放在眼里。所以，他伤了你之后，也很可能是气定神闲地离开的，不是'逃跑'。只是有一件事情我还没想清楚，他那么骄傲，为什么要走窗户？"

"你说的筷子又是怎么一回事呢？"车丙三继续问道。

麻醉医生说："程师妹叫醒我，当时看到我头磕破了，流了一些血，以为很严重，我自己知道没大事，行动没啥影响，只是那人已经不见了踪迹，急忙问快看看化验室丢了什么重要东西没有，一检查也没查到少了什么，只是有一件事情很奇怪，化验室的骨骼模型被做了手脚，具体来说是化验室的人体骨骼模型被人'杀'了，一根筷子从模型的脑袋穿了过去，看起来挺恐怖的。想到之前的谋杀案的手法，所以我判断他就是你要找的人。"

"你是路过化验室对吧，不是特意去的？整个同济医院有可能会通宵待在化验室的人有几个？一个还是……一个？就程医生一个人吧？她当时不在也算是幸运了。"车丙三说道。

"我老远看到灯亮着，以为会是程师妹，所以才过去看一眼。同济能通宵泡在化验室的医生，可能也就是她了。以前神父有过。唉，神父……"麻醉医生说道。

"神父的秘密程医生不知道，我想，你知道一些吧。"车丙三问。

"秘密？你是想问这个问题，所以才想要支开我师妹的是吧？"麻醉医生苦笑着说。

"事实上，是你支开她的。不过，也确实是我的想法，你帮了一点儿小忙，我领情。凯字营谋杀案的秘密，我已经猜到八九不离十了，还差一环才能把同济医院的谋杀案和凯字营的谋杀案串联起来，这关键的一环就是神父的秘密。"车丙三说得很自信。

"天底下光明正大的事情，不算秘密。神父是有信仰的人，没有秘密。神父确实有一些事情知道的人很少，像程师妹这样神父一手教育大的医生也不知道，这一点我承认。他不让别人知道，相信也是为了别人着想，不论这人是程师妹还是其他的人。可是，据我所知，这件事和神父被杀扯不上关系，和凶手上官园寺也扯不上关系。我不能说神父不愿意让别人知道的事。希望我说的这些能帮上你。"麻醉医生揉了揉自己的脑袋说道。

这件事……看来确实有个秘密，并且是一件事情，他说的是"这件"不是"这些"。凭上官园寺的身手，想杀死麻醉医生简直易如反掌。看来，他到同济来不是为了杀人，那难道是为了找东西？车丙三脑袋里飞快闪过这些念头。他把手伸进马甲口袋里，他想掏出折尺来，这时候得用折尺敲打敲打自己脑袋，可是他望着床上头部缠着纱布的麻醉医生，伸进口袋里的手停了下来——

人家头部刚受伤。我不能刺激这个医生，一点点都不能，我就算和他竞争也要堂堂正正的。越是单独和他在一起的时候，越要光明磊落，不能被自己的对手瞧不起，不管是上官园寺还是麻醉医生。

"我说过凶手叫上官园寺吗？你怎么知道这个名字的？"车丙三好奇地问。

"全医院都知道啊，巡捕房和武汉警察局联合发的公告，缉拿凶手上官园寺，难道你还不知道吗？哦，对了，这个案子已经闹得这么大了，是不是有更多人参与破案了？"麻醉医生说。

长了猪脑子的官僚啊！车丙三心中骂道。自己破不了案就发告示，生怕凶手不了解我们的进展一样，好像在案发地贴个告示案子就能破了一样。

车丙三没有回答麻醉医生的问题，说道："没有搞清楚神父这一环的秘密，就算抓到凶手，案子也只破了一半。我想有一天你会和我好好说说神父的故事的，今天时间也来不及了，我得走了，一会儿程医生又要回来拧我胳膊了。对了，医生，你叫什么名字？"

"楚三湘。"麻醉科医生楚三湘回答。

"楚医生，你喜欢什么花？"车丙三问。

"啊？"楚三湘被问得突兀，一脸茫然，没能回答车丙三的问题。

"对了，你让程医生取山楂片，你到底把山楂片放哪儿了？"走到病房门口时车丙三说道。

"我没有山楂片。"麻醉医生笑着回答。

上次慌忙逃跑时，杀了三个人。这次一个人也没杀，原本有杀人的机会呀……只能说明上次不是为了逃跑，而是专门为了杀人，而这次，原本就不想杀了谁。那这次来同济医院是为了什么？应该不会是为了看一个告示吧。按理说，上官园寺一个人大白天跑到同济医院来很容易暴露自己的，是了，楚三湘看到他的时候是早晨，他也可能是半夜来的医院。能让他甘心涉险的一定是重要的事情，会是什么呢？还有，这个人既然这么骄傲，为什么要从窗户逃走呢？

车丙三一边观察着化验室的窗户一边盘算着。窗外就是浩浩荡荡的长江，有两个闲人蹲在长江边钓鱼。车丙三心中一惊，这里居然有人钓鱼，自己之前怎么没有注意到呢？上次从病房中醒来的时候，自己就应该好好看看这个医院的位置，病房在二楼，看得更远也更清楚一些的。原来同济医院背靠长江，临长江这一侧是化验室和病房，这里相对偏僻，从沿江一线进出同济医院很不方便，需要绕个圈子，但是这样岂不是更隐蔽？

车丙三打开窗户向外看了看，窗台离地面不算高，一个成年男人一跃而出不成问题。窗台上没有明显的痕迹，离窗户不远处倒是能够看到脚印，一下子看不出是几个人的。

"那窗户平时是从里面锁着的。"背后一个清悦的声音说道，不用看就知道是程慕白。

"你找到山楂片了吗？"车丙三问。

程慕白瞪了他一眼，没说话，言外之意是，你能这么问，明显是早就知道答案了。

"从这里出去能通向哪里呢？"车丙三知趣地问道。

"你瞪大眼睛看不到吗？出去就是长江啊！"程慕白就是这样，你问她，她偏不好好回答，你不问她，她还替你着急。

车丙三没有去理会程慕白的情绪，而是望着窗外发呆。程慕白走近，顺着他的目光望向窗外——什么都没有，却听车丙三小声嘀咕："不对呀。"

"哪里不对？师兄受到袭击后，这里没人来过，就算是案发现场也没人破坏过。有什么不对的？"程慕白困惑地问道。

"这里，就是这里不对。按照楚三湘医生的介绍，这人应该是上官园寺无疑，上官在这里留下了三个痕迹，我说的是痕迹，不是证据，因为这些痕迹说明不了太多问题，对于抓住凶手也没有什么直接帮助。"车丙三缓缓地说。

"哪三个痕迹，我怎么只看到两个？"程慕白说。

"第一个痕迹是筷子。能把筷子当作武器，这是上官园寺的手法，能够徒手把筷子插进骨骼模型的脑袋，可能只有上官园寺才能做到了。他这么做是故意的，故意让办案的人知道他的厉害。也说明他应该已经知道，我们知道了他的杀人手法。这是他的痕迹，谈不上证据，这个痕迹是向我们正式宣战：既然彼此都知道了，那就看看我的筷子的厉害吧。

"第二个痕迹是画板。这是个目中无人的举动，他在向我们暗示，我们至少有一个地方错了。只是我们还不知道具体的错误是什么，但是我相信凭他的自大傲慢，这一点应该是实情无疑。他不介意向我们泄底，就看我们能不能找到自己的错误了。这一点他没有留下什么证据，只是留下了第二个痕迹罢了。"

程慕白打断了车丙三的推理："这些我也看得出来，而且我还看得出来这些只是他特意留下来的挑衅痕迹而已，他真正的挑衅或者向我们的正式挑战应该马上就会跟上来的。"

车丙三点头认同。看来不用担心找不到凶手了，他自己找上门来了，就看我们有没有本事抓到他了！

程慕白忽然意识到自己用了"我们",不知什么时候开始,自己已经不自觉地和车丙三站到了一块儿。明明是他来破案,现在变成了自己和车丙三一起破案了,难道是因为楚师兄受到了袭击,还是因为自己着急替神父报仇,还是因为……

　　她忽然觉得脸颊发烫,一时间不好意思再想下去。

　　程慕白忽然面有怒色。"快说第三个痕迹是什么,别搞得就像只有你一个人聪明,别人都是笨蛋一样,你也是事后诸葛亮。抓不到凶手你以后就别来医院晃悠了。"

　　车丙三并没有察觉面前这位女医生心思的细微变化,只是感觉她发脾气真的是找不到规律。他只是嬉皮笑脸地说:"我不是来医院,是'回来',你刚才在化验室门口看到我的时候也说'你可回来了',我没记错吧。至于说第三个痕迹,很值得琢磨,也让人感觉哪里不对。"

　　见到程慕白又要发怒,车丙三马上接着说:"你看,窗户前后根本没有痕迹。这个痕迹就是——没有痕迹,上官园寺身手了得,从这里经过居然没有痕迹。楚医生被他摔到门口,他随手杀害楚医生轻而易举,但是他没有,他要借楚医生这张口一用,借楚医生的口转告我们他来过了。来过归来过,你还找不到他的痕迹,这就是他厉害的地方,这就是他的挑衅,这就是他的痕迹。"

　　程慕白咬着下嘴唇,杏眼瞪着车丙三。她心下暗自佩服车丙三的推理,可是嘴上却不服软:"那又怎么样呢?你自己不也说'不对'吗,说得这么明白不一样还有搞不清的地方吗?"

　　车丙三伸手进马甲口袋里掏出一把折尺,程慕白看着他拿出折尺还以为要量什么东西,车丙三只是用折尺敲打自己的脑瓜壳,一边敲一边说:"是的,不对,确实不对。上官园寺既然是这么狂傲的人,肯定不屑于'逃跑'。按照他的性格,他应该从门口光明正大地走出去，就像什么都没发生，走出去的时候，心里还会正儿八经鄙视一下从他身边经过的人——你看看，凶手就在你们身边，你们这智商啥都发现不了！这才是上官园寺的处事风格，这才是我们要抓的凶手，他就是这么骄傲的人。可是，他却跳窗户逃跑了！这不是说不通吗？"

程慕白觉得车丙三的话有道理，可是这一层推理有一些深奥，凶手真的会想到这么多、这么细致吗？

车丙三继续自言自语道："三个痕迹，没有证据。没有证据不等于没有线索。这第三个看不到痕迹的痕迹，恰恰说明一个问题，凶手就是从这里进来的。看不到痕迹是上官高明的地方，但是也正好说明了他是从这里进来的。之前，楚医生说的话留给我们的线索就是凶手很可能是从窗户逃跑的，可是我一直在留意，凶手是从哪儿进到医院的呢。推想到他是从化验室的窗户进来的，这真是一件让人一身冷汗的事情——"

"哟，你胆子小，我差点儿忘了。"程慕白是暗示车丙三晕血。车丙三也不理会她的嘲笑，继续说——

"确实是一身冷汗。凶手上官园寺晚上或者是凌晨从化验室外面的窗户进到化验室，我们可以查到他做了三件事：画板涂鸦、模型插筷子、偷袭楚医生。可是这三件事情分明不是他来同济医院的目的。他是来杀人吗？肯定不是，他没有杀楚医生，也没有对其他人下手。那么他来同济做什么呢？向我们挑战吗？没有发现专门的挑战书之类的物证，他画板上留下的笔迹、骨骼模型留下的身手，算是挑衅，但这些只是临场发挥罢了，他事先并不知道化验室里面有什么。所以，他进入化验室只为了一件事，那就是——找东西。

"你能告诉我他在找什么或者这个房间里丢失了什么吗？"

车丙三注视着程慕白问道。一个人在撒谎的时候，眼睛最难掩饰，车丙三不希望面前这个自己喜欢的女医生对自己撒谎，但是他还是不由自主地注视着她。

程慕白茫然摇头。

车丙三心里一块石头落了地，虽然不知道上官园寺找什么，但是程慕白没有对自己说谎，车丙三心里还是挺美的。

"这个房间里有什么东西是玛提欧·利奇神父的吗？或者有什么东西和神父有关系吗？"车丙三继续问道。

"没有。"她轻声回答。

他看到程慕白眼中有一汪水波动了一下，她要么是触碰到伤心事了要么是在撒谎。她说没有，自己要不要再进一步逼问一下呢？

"同济医院也不小，那人也可能去别的地方找过了，只是碰巧在化验室被楚师兄撞到了。"程慕白说道。

"嗯。你说的也有可能，不过另一种可能性更大一些，等回头我再和你核实。说到楚医生，我想问一下他有什么喜好吗？"车丙三问。

"难道你在怀疑楚师兄吗？"程慕白眉毛一挑反问道。

糟糕，这是个敏感问题，所有和楚三湘有关的问题都应该更光明磊落一些，都应该更爷们儿一些，就算他们彼此倾慕又能怎样呢，我车丙三就做了什么见不得人的勾当吗？

"我没有怀疑任何人，或者说抓住凶手前，任何相关的人都应该按照程序排除嫌疑，这是对所有当事人负责。对楚医生，我只有感激，在我晕倒昏迷的时候，他帮助了我。我问问他喜欢什么不过分吧，对了，你上次说他喜欢化，他喜欢什么花？"车丙三有一些顾此失彼，硬着头皮扯一个和楚三湘有关的话题。

"喜欢花？我可没听说过楚师兄喜欢什么花，怎么，他和你说过喜欢花吗？"程慕白诘问道。

车丙三略显尴尬。"就上次，我给你带了一枝花，你说'你们男人为什么都喜欢花'，这里的'为什么都'应该不只是说我——虽然，我……我……我是为了讨某人欢喜，那'你们''都'这样的字眼说的应该不是我一个人，应该主要指的是你楚师兄了吧？"

程慕白略显茫然地问："我说过吗？不记得了。楚师兄原来喜欢花，我怎么不知道！"

车丙三偏偏要显摆一下他的超常记忆力，说道："你当时的原话是'我就纳闷了，你们男人为什么都喜欢花'，一共十六个字。"

车丙三有些气愤，她为了帮助师兄圆场，竟然不承认自己说过的话，虽然自己谈不上喜欢花，可是，就算楚三湘喜欢花有什么丢人的吗？你还要替他打圆场遮遮掩掩！

程慕白并没有发现了车丙三神色中的细微表情，好像在凝神回想自己说过的话。

车丙三心说，我记性好着呢，哪天高兴可以把刚才在病房里你和你师兄说过的话都背诵出来给你听，让你见识见识。转念一想，这样太显小家子气了，在她师兄这件事上，自己还是要尽可能大度。

程慕白眉头一展。"想起来了，我说的是伍栋，你和那个监狱长都喜欢花，想起来了。"

"你认识伍栋吗？"车丙三心中一凛，凯字营谋杀案缺少一环，这一环就是凯字营和同济医院是怎么构建起关联的，车丙三一直觉得这层关联最终肯定是在神父这里，而且既然程慕白不知道这里面的情况，而楚三湘说了一个开头，这样很好，从楚三湘这里能够突破神父的秘密，一直更让他心里踏实的是这些事情和程慕白都没有关系。可是，听程慕白亲口说伍栋喜欢花这件事，他心中还是很吃惊的，更不愿意看到程慕白和这两件谋杀案扯上关系。

车丙三这些内心的思绪只是瞬息间的事情，而程慕白好像有意看看车丙三会怎么想，自己也不回答，只是瞪着水汪汪的大眼睛看着车丙三，然后再眨眨眼睛，继续看着车丙三。

车丙三被看得心里发毛，脸上发烫。终于鼓起勇气又问了一遍："你是怎么认识伍栋的？"

"我不认识他。"程慕白回答得清脆响亮，看眼神一点儿不像在撒谎。

"那你怎么知道他喜欢花？"车丙三有一些好奇。

"不喜欢花？不喜欢花他种了那么多花干吗？"程慕白理直气壮地说。

"你说什么？他种了许多花？你进过凯字营监狱……"车丙三脸色大变。

"没。我也很忙的，再说哪有机会到监狱里溜达呀，你个巡捕房侦探也不动动脑子。我只是碰巧看到的。"程慕白滴溜溜转着眼珠子说道。

车丙三感觉到事情的严重性。他伸手扣住程慕白的右手手腕，问道："在哪儿？你是在哪儿看到伍栋种的花的？"

程慕白伸出左手一根食指，轻轻指了指头上的天花板，嘴里哎哟叫着："疼，疼，你小子捏疼我了！"

车丙三顾不上理睬程慕白的呻吟，缓缓抬起了头，望向天花板，白色的天花板，白色，就是没有颜色。

原来同济医院的布局是中国传统四合院的形状，只是这个四合院太扁平了一些，而建筑则是二层洋楼。这样中西合璧的建筑坐落在长江北岸，它朝南的一面临着长江大堤。但是，同济医院又是一块飞地，附近没有什么其他建筑，也没有居民商贾，稍微有一些农田，这里的农田只是农民拾荒小规模种植的蔬菜，怕是担心长江水患不敢花大本钱播种。站在这医院洋楼的二层顶上，车丙三才看明白这所医院的建筑和布局。

原来，程慕白说在楼顶上见到伍栋种的花，车丙三抑制不住好奇心拉着程慕白上天台，让程慕白指给自己看，这伍栋怎么跑到同济医院种花了？

天台上只有呼啦啦的江风，江风把天台吹得光溜溜的，倒也干净。这么大的风，根本不适合种花。

车丙三刚想质问，只见程慕白努了努嘴——看吧，天台的一角。

一门大炮？顺着程慕白的手指方向看去，一个器具像一门大炮一样蹲在天台的角落。

车丙三不认识天台上的这个器具，但是他知道这东西肯定不是花。

程慕白说："有一年神父请在美国的朋友采购一批医疗器具，美国运一次东西到武汉要三个半月，所以神父的采购清单上的东西比较多，他的朋友其实是一个旅居美国的华人，这位朋友很热心，看到清单东西比较多就找来更多朋友帮忙采购。可这位朋友对英语的专业词汇不熟悉，于是，你看到这玩意儿了吧，神父要采购的是医学显微镜，我们收到的时候才发现给弄错成了远程望远镜。医院里实在用不上这东西，还占地方，就把它临时安置在这里了。有的时候无聊，我就会一个人跑到天台上看望远镜，其实也看不到什么。凯字营发生火灾之后，我才听说凯字营其实就在我们的对岸,你看看,长江对面的大堤上那一片片红的、粉的,应该是种的花吧,野花不会这么一大片的。你说伍栋是监狱长,他不喜欢花种这么多花干吗?所以,我说他喜欢花没错吧。至于你喜欢不喜欢花,我就不知道了,我自己收到的花还是不错的。"

说完,一抹红霞飞上程慕白的脸颊。

车丙三伫立在望远镜前,整个人呆了。

12. 艄　公

　　车丙三从化验室的窗户一跃而出，滔滔江水声掩盖了他的落地声音。沿着同济医院的墙根他走了两个来回，这里就比邻大堤，风太紧，见不到一个人影。上官园寺进出同济医院为什么要走这里呢？

　　当他走上长江大堤的时候，心中一下子明白了。

　　青苔的石头台阶下面，十多个渔友在垂钓。看样子这里是一个废弃的小码头，正因为曾经是码头，石头台阶方便垂钓者近岸纳凉放钩，这还真是一个钓鱼的好去处。在垂钓者的不远处，两个小舟停靠在岸边，船头支起的渔网说明船家是打鱼的，临时在这里小憩一下，看看别人钓鱼，自己也歇一会儿。是了，既然是废弃的码头，就不会有专门的轮渡船了。

　　这些人会知道上官园寺的线索吗？

　　不，抓住上官园寺已经不是当务之急了，如果同济医院有上官园寺要找的东西，那么凯字营也应该有上官园寺要找的东西。得在上官园寺之前找到这个东西，找到它，就等着这家伙上门吧。是这样的吗？

　　车丙三想证明一下自己的推理。

　　车丙三走到一艘小船前，船身里没人，望了一眼周围，近处没有人。自己就这样把这船开走了,是不是不好啊?

他又走到第二艘船跟前。艄公在船舱里剥菱角,看来挺闲。车丙三喊了两声,人家没理睬自己,菱角吃得正香。

车丙三再喊,旁边垂钓的搭话了:"别吼了,他又聋又哑的,你莫把我的鱼儿喊跑了。"

真是大侦探出师不利啊,车丙三心说,我是应该偷一条没主的船呢还是请一个聋哑的艄公帮忙呢?他有一些犯愁,自己最后二十元法币给了卖花的小姑娘了。

他看了看那条没主的空船,在水波中晃啊晃的,把它划出去,算不上偷吧?自己那二十块钱不买花就好了,买花送给程医生也不见得她欢喜。可是,程医生如果知道我偷着划出去一艘小船,她会怎么看我呢?没读过书就是没出息,鸡鸣狗盗之徒?

他看向剥菱角的艄公,心一横,将手伸进了马甲的口袋,身子一跃,跳上了聋哑艄公的船头。

车丙三原是游民,对于市井中的言语甚是熟悉。车丙三比画几下,艄公明白了车丙三的意图,要去对岸,然后办完事再回来。

艄公指了指太阳,不住摇头。

车丙三从马甲口袋里拿出一枚银圆。法币已经发行三年多了,银圆属于禁止使用的货币,但是最近一年多法币发行量太大,物价上涨厉害,银圆再次成为硬通货。车丙三有两枚银圆,属于压兜的,从来没有用过,今天事情紧急也顾不得了。

他用拇指和中指的指甲夹住银圆,凑到嘴边用力吹了一下,然后再放到耳边。虽然艄公又聋又哑,可是车丙三的一举一动还是看在眼里,听不见银圆破空的声音还是看得见车丙三这个举动意味着什么。

172

车丙三将银圆在掌心掂了掂，然后郑重递给艄公。

那艄公想必整日里在江上风吹日晒，面容黝黑，看不出年纪，见车丙三递上银圆，他眼中精光闪动，上前接过银圆，步履甚是矫健，紧接着转身摇动船桨，几个回合的捭阖，一叶扁舟已经迅捷地划向江心。

人一旦某个器官有缺陷，其他的器官就变得异常好用。聋哑艄公的手脚协调非常流畅，盯着波涛起伏来借力用力，看样子要不了多久就能到对岸的龙王庙码头。

车丙三却做手势给艄公看。艄公顺着车丙三指的方向望去，冷笑摆手。然后又指向船尾的铁锚，摇头。

车丙三心下一横，一不做二不休，他伸手进马甲口袋掏出来另一枚银圆，阳光下银圆光彩熠熠，车丙三向艄公晃了晃银圆，又指了指凯字营的方向。

船到江心再讨价还价果然不同，如果是上船前艄公知道去凯字营，估计压根儿不会开船吧。

那艄公停了船桨，看了看车丙三，又看了看银圆，再望向凯字营的方向，又望向车丙三，他看着船上这个小个子年轻人半晌，才微笑着点了一下头。他没有急着去接银圆，车丙三暂时把银圆放进了马甲。

不到半炷香工夫，小船已经停靠在长江南岸。这里不见商贾往来，也没有船舶停靠，临近长江大堤处是另一处废弃的小码头。原来凯字营也有一个废弃的码头。只是这里是军事管理监狱，平时没有人会靠近。车丙三弃舟一跃登上岸来，他转身向艄公拱手，然后指了指太阳，指了指船头，郑重伸出右手食指。

那艄公冷笑一下，进船舱继续剥菱角去了。

车丙三再次转身，眼望着长江大堤的瞬间，心中豁然明白，这里为什么没有船舶停靠，没有人来。凯字营监狱靠近长江这一侧修筑得立陡，根本没有上去的通道。

车丙三哼了一声，这有何难，他伸手向自己的马甲口袋掏去……

其实，煮熟的菱角比生的好吃，烧烤的菱角要比煮熟的好吃。但是，对于生活在船上的人来说，吃什么、怎么吃只能依据现有条件从权了。艄公的手上早已生满老茧子，干粗活的人的指甲也比普通人结实很多，他剥起菱角来灵巧得很，丝毫不会受伤。剥了一会儿菱角，他拍了拍手上的菱角屑，停了下来。艄公站起身，将船头的铁锚霍的一声往大堤掷去，只听砰的一声闷响，那铁锚居然戳进了长江大堤。他从船舱里找出来一支香，点燃了起来，他抄起一只大个的菱角，用力掰下一个角来，然后把香插进菱角，再把菱角卡在船头。做好了这些，他又好像想起来什么，从怀里掏出车丙三给的那枚银圆来，看都不看一眼，径直抛向身后的长江，虽然是岸边，这里原是码头，水很深，银圆抛进长江只溅起些微的水花就不见了踪迹，看样子捞都没法捞出来了。

做完这一切，艄公坐回船舱，对着燃香的方向，双膝收拢，闭目打坐起来。

太阳偏西的时候，金晖洒满碧绿的长江，深壑大堤下，扁舟一叶静泊其间，船头一缕檀香烟雾升起，自有一番诗情画意，只是凯字营码头无人欣赏此情此景罢了。

大堤的崖壁上方细细簌簌盘下来一根绳子，然后是小个子探员车丙三顺着绳子滑了下来，他的脚下麻利地钩着绳子，脸上写满得意。

艄公闻声睁开了眼睛，目光所及，船头那支香只燃烧了一半。半炷香的时间能做什么事情他似乎心下已经了然。

回程的水路走得似乎更快，看来太阳落山前还能够赶回同济医院，车丙三心里有一些激动。同时暗自窃喜，幸好自己没有贪小便宜去偷船，自己驾船的工夫这会儿也就才到凯字营吧，这艄公手艺不赖。他不经意间看向艄公，艄公铁青着脸也在冷冷地看着自己，哦，对了，车丙三想起还欠人家一枚银圆呢。市井生活经验告诉车丙三，迟早要给的钱要提前给，这样人家心里痛快。他从马甲口袋里掏出银圆，走上前去，郑重递向艄公。那艄公也不谦让，顺手就来接银圆，可是他的手没有去拿银圆而是抓向车丙三的手腕，车丙三忽然遭遇偷袭，还没来得及应变，已然被艄公大力抛向脑后。那艄公也不回头看一眼，只是闷哼一声，胳膊夹着船桨一摆，船身霎时横了过来，原本将要跌落到船头的车丙三径直往长江中落去。车丙三万念俱灰，完了，一切都完了。在半空中车丙三看到艄公黑漆漆的背影和江上的一抹余晖，他知道，这是这个世界留给他最后的画面了，紧接着他听到了扑通一声落水的声音，那是自己掉进长江的声音，也是这个世界留给自己最后的声音了。

13. 一个重要器官

世上有一种人，但凡还有一个疑问没有解答，就难以入睡。程慕白就是这样的人。所以，她也是化验室晚上的常客。凶手居然明火执仗地进到同济医院，这件事还需要继续保密一段时间，但是，这也太猖狂了吧。车丙三说凶手可能到化验室找过什么东西，不管这个凶手找什么，找到没有，都应该多少留下一点儿痕迹，只要有一丁点儿痕迹就可能找到。这个想法就像发了芽儿的黄豆，一旦冒出个头来就会不停地向上拱，拱得程慕白心中痒痒，一夜都不愿意等。

虽然，车丙三问的时候，程慕白一口咬定化验室里没有和神父有关的东西，没有凶手可能感兴趣的东西，可是，凶手对什么感兴趣谁又知道呢？

窗户，没有留下痕迹，之前检查过，也不能大意，再检查一遍——和原本知道的一样，没有痕迹。门呢？车丙三推理说凶手不是从门进来的，也不是从门出去的，那也要再检查一遍，车丙三也可能百密一疏啊。程慕白又拿起放大镜对着门把手看了又看，没有什么特别之处。化验室里的所有抽屉，对，一个人如果找东西最先下手的就应该是房间里的抽屉。这些抽屉平日里自己用得最多，还有楚三湘师兄偶尔用，其他医生用得非常少。程慕白有个习惯，不在化验室放私人物品，所以这些瓶瓶罐罐她日常用得多了，哪个瓶子在抽屉的哪侧，哪个罐子里面的化学试剂还剩多少，她心中十分清楚。程慕白戴上了胶皮手套，右手捏着一柄放大镜，屏住了呼吸，一个瓶子一个罐子排查，车丙三能做的事情我也能做。

看起来好像所有的瓶子、罐子都没有被挪动过呀！

不对，凶手进来找东西不可能找一个瓶子、一个罐子，就算和它们有关系也是找瓶子、罐子里的东西。程慕白想到此处异常兴奋，应该查一遍每个瓶子、罐子里面的东西少了没有，嗯，不光是查少了没有，还要逆向思维，查一查多了没有！

不觉间，天已经黑，化验室已经被程慕白折腾了两个来回了，也没见什么地方有异样。窗外偶尔会传来江水拍打堤岸的声音，看来今晚风不小，无风的夜晚听不到这么大的江水声。凶手既然来过，怎么没有留下痕迹呢，程慕白不想就此放弃，那个发芽的黄豆还在心里继续拱啊拱的。

啪啪……啪啪啪……是什么声音？

好像有什么东西在敲打窗户，是的，没有听错，中间会间隔一小会儿。就像黄豆粒打在了窗户玻璃上，是生的黄豆，不是自己心里发了芽儿的那粒黄豆，敢于自己一个人在化验室工作通宵，程慕白也是有几分胆量的，可是听到敲窗的声音，心中还是吃了一惊——白天从这里逃离的人还敢再来吗？

程慕白环视了一下，化验室里面没有刀，没有铁棍，没有一件看样子能防身的武器。唉，自己怎么从来没想过，这时候跑恐怕来不及了吧。她觉得手心有一些潮，赶忙两只手搓了一下，武汉就是这样潮湿的城市，不是我紧张，不是。

咚咚咚，一声响过一声，这次不是敲窗户的声音，只有程慕白清楚，那是自己的心在狂跳。她想起上午剪开一包阿莫西林，用的是一把剪刀。在哪个抽屉来着，不能出错，来不及了。

她迅捷地拉开右手边的抽屉，天哪，它还在，太好了。

咚咚咚咚……程慕白右手抓着一把短剪刀，感觉剪刀都是湿漉漉的，为什么摸到哪里都是潮乎乎的呢？有了防身武器心跳并没有平缓下来，她感觉还应该再用力一些，这样剪刀才不会掉到地上。

我有剪刀了，来的人会带什么武器呢？

想到这一层，她感觉双腿有一些绵软了，上官园寺不需要用武器，他徒手就能把楚师兄撞晕。是了，他的武器是筷子。

想到筷子，她就想到击穿太阳穴四厘米脑浆会迸裂，不用担心，依照上官园寺的手法，他会保证不让自己脑浆迸裂的，化验室会很干净，只是多了一具尸体。早上他没有下手杀师兄，是的，他根本不是冲着师兄来的，是冲着我，我才是他的狩猎目标。车丙三说上官园寺进化验室不是为了杀人，是为了找东西，可是我找了一晚上也没发现他究竟要找什么，那就对了，他根本不是为了找东西，他就是为了找我，因为我是神父最亲近的人。

但是，我还有一次机会。他并不知道我手上有一把剪刀。

窗户被缓缓打开，声音很轻微，进来的人动作很慢。

程慕白心中默默计算着来人和自己的距离。她左手把一个药剂瓶特意举得很高，从背后看一定以为她在观察瓶子里面的药剂，那是一个清澈透亮的瓶子，里面其实是蒸馏水。她的右手横在腹部，从身后看不到，那里藏着她最后一击，藏着她的一线生机。

来人蹑脚走上近前，却停了下来。

难道被他发现了？程慕白感觉到额角湿漉漉，天气怎么这么热？对了，我一直这么举着瓶子看起来不合常理。我需要稍微放松一下啊。

她稍微收起左手，就在这时，对方已经起身欺近，他发招之前哼的一声清了一下嗓子，不能再等了——

程慕白猛地转身，剪刀破空刺出。

明天就来不及了，今晚就要告诉车丙三。小襄阳原本和车丙三约好了，明天上午在凯字营会合。但是，这个消息十万火急，他等不到明天了。这时候车丙三应该和秋水爹在百万庄小酒馆，秋水爹在更好，还多一个人商量，他吃的盐比自己吃过的米多，说不定秋水爹还真能帮上忙。

小襄阳猜对了一半，只秋水爹一个人在，据秋水爹说，车丙三已经有两天没露面了。

"那小子不泡到个像样的姑娘，没脸来见我的。"秋水爹干一杯酒，红光满面对小襄阳说。

"为啥要泡一个襄阳的姑娘？"小襄阳问道。

秋水爹看着小襄阳，说道："姑娘、酒和襄阳，你已经懂三分之一了。"

小襄阳哭丧着脸说："如果襄阳能够保得住，我这辈子不要那三分之二也行。"

"此话怎讲？"坐着喝酒的秋水爹问站着找人的小襄阳。

"我也来不及细说了，先得找到车丙三，他得知道巡捕房现在要他停职，还得知道上官园寺可能马上就要离开武汉了，还得知道死了儿子的韩厅长最近活得很开心。"小襄阳都快哭出来了。

"你这娃，动不动就要哭，着急个么事嘛。我和你一起去同济医院找找，好赖我在同济也是常住病人，就算他在停尸房我们也能找得到。"庄秋水说着放下手中的酒杯。

小襄阳觉得这句话不吉利，但是秋水爹是长辈，也没法和他计较了。

庄秋水长期住在医院，门路熟悉，但凡还亮着灯的地方，庄秋水都陪小襄阳找过了，最后只剩下化验室了。他们并不知道化验室今天曾经发生过陌生人袭击楚三湘医生的事情，因而对化验室并不在意。

"就剩化验室了，化验室是医生做临床试验的地方，车丙三这小子不会在那里吧？"庄秋水说。

小襄阳一击双掌说："是了，程医生，我怎么没想到呢，找到程医生就能找到车丙三了。我们这些房间找下来也没见到程医生啊！我知道，上次程医生通宵在化验室帮助我们做检查报告。"

"你小子泡姑娘挺上道啊！"庄秋水说着和小襄阳奔向化验室。

来到化验室门口，还没来得及敲门，只听到房间里程慕白"啊呀"一声惨叫。

程慕白一剪刀刺出，使出了浑身全力。对方猝不及防，剪刀刺破外衣，直接戳进来人胸膛。力道用尽时，也看清了来人，原来却是车丙三，想收住劲道却为时已晚。

车丙三疼得直摇头，嘴里却叼着一枝娇艳欲滴的鲜花。

"Oh my God！"程慕白情急之下说了句英语。

车丙三想起就在白天里，程慕白拧他手臂的时候，他疼得龇牙咧嘴就是没叫出声音来，和现在的情景多么相似。

车丙三微蹙眉头,轻轻摇着头,这样或许能够缓解疼痛。他从口中取下鲜花,深情地递给程慕白。

程慕白红着脸,不去看车丙三的眼睛。

"我给你带来一个器官。"车丙三说。

"啊?"程慕白瞬间明白,之前她说过花只是植物的一个器官,想到这里她更是羞红了脸,花是植物的什么器官又怎么好意思说出口啊!

"这不是一个普通的器官,你帮我好好看一眼。"车丙三郑重说。

"人家又不是没看到。"程慕白瞄了眼鲜花,岂止娇艳欲滴,简直就是直滴水珠啊,煞是好看。

"不,你没看到。你好好看看,这是什么花?"车丙三说。

"嗯……不是玫瑰花,玫瑰花有刺,嗯……也不是郁金香,它比郁金香妖艳,是……难道是罂粟花?!"程慕白惊道。

"我不认识,猜想可能是罂粟花。我其实还采摘了一枝带果实的,可惜掉进长江了。"车丙三说。

"长江,怪不得这花湿漉漉的,呀,你怎么浑身也湿透了。"程慕白初见车丙三既惶恐又惊讶,又见到罂粟花,先是害羞后是惊奇,这才意识到面前站着这位小个子探员俨然就是一个水里跑出来的水人。

"回来的船上出了点儿小意外,还好我的马甲有一个隔水层,就像一个气球。设计的时候只是想到万一掉到水里,我自己都忘了,没想到这万一还真有一次。是你提醒了我,你说伍栋一定喜欢花。我很纳闷,伍栋这么刚烈的军人怎么会喜欢花呢?再说,我去过两次凯字营,也没看到凯字营哪儿种了什么花啊?可是,从你的望远镜里面看到的凯字营沿江一线果然是姹紫嫣红的,不仅仅是种了，而且还种了很多呢，只是凯字营的位置特殊，除非进到凯字营的后院，否则看不到沿江种的花。正是因为同济医院有个闲置的望远镜，还真得要感谢那位英语不好的华人，没有他，凯字营的秘密我们可能永远都破解不了。"车丙三感慨道。

"你要感谢他的话，有困难，他在美国，路上要坐一个月的船，如果掉海里，你的马甲恐怕不够用，不过你运气好，有个简单的感谢途径，你可以感谢我，我和他比较熟。"程慕白骄傲地说。

车丙三听着程慕白的说笑心下开心，不由得哈哈笑了一下，紧接着脸色骤变，"哎哟"一声捂着胸口。

程慕白这才发现，剪刀还戳在车丙三胸口。她急忙往外拔出剪刀，却看剪刀尖头一片殷红，她"哎哟"一声，登时晕倒，接着只听到啪的一声响，左手中的药剂瓶子也滑落在地，摔得粉碎。

一个人在高度紧张的时候，如果情绪起伏，再紧跟着一次高度紧张就很可能会晕倒，这是正常情况。车丙三在一些案发现场经常遇到类似情况，这种晕倒和自己的晕血不一样，一种是生理上的刺激，一种是心理上的影响。

他急忙去掐程慕白的人中，这时候，就听化验室的门被推开了，门口站着两个人，却也正好是他急着想见到的两位。

程慕白很快醒来，这样的场景难免让人误会，车丙三红着脸想解释又不知该从何说起、怎么说出口，心一横，被误解也很好嘛，想到此处心中却一阵狂喜。

庄秋水毕竟见过各种风月场合，微笑着说："我和小襄阳走错了房间，原本是找你小子喝酒，哎呀今天也不早了，明天再喝吧，喝酒也不是什么着急的事情。"说着就要拉着小襄阳往外走。

程慕白心中叫苦，这可真是说不清楚了呢！她瞪着车丙三就要大吼，却看见车丙三一脸坏笑——这小子挨了一剪刀居然没事儿，再仔细看手中的剪刀，剪刀尖上戳着一绺红布，原来马甲湿透了韧劲很大，这一剪刀刺过去没能戳伤车丙三，只是钳下来一块马甲的内衬。

你车丙三挺大个爷们儿穿个红色内衬的马甲！程慕白心中怨念。

车丙三一边眨着眼睛一边假模假样地揉着胸口，程慕白又是害羞又是气愤。

只有小襄阳是真的着急，他没心思去理会刚刚到底发生了什么，甩开秋水爹的手腕，说道："车丙三，好消息只有一个，坏消息有一车，都是急茬儿，你想先听哪一个？"

"坏消息你应该烂在自己肚子里，不过一车坏消息恐怕要累得你肠穿肚烂了。你还是先把一车坏消息卸货吧。"车丙三说。

小襄阳定了定神，注视着车丙三说道："你得撑住了。"

第一个坏消息是车丙三被停职了。凯字营的大火案侦办中发现此案越来越离奇，从失火变成纵火杀人案，而且现场被杀的人是四个，实际上比开始知晓的还多一个人。作为案发第二现场的同济医院，在第二天竟然也发生了谋杀案，有三人当场毙命，其中一人是美国籍玛提欧·利奇神父，这让武汉警察局很头疼，原本凯字营的案子刚刚推给法国巡捕房，接连又有外籍人士被害，美国领事馆已经照会武汉市政府，要迅速侦办此案缉拿凶手，武汉警察局推诿说，同济医院这块地原本属于军事管辖区，后来是一块空地。玛提欧神父擅自在这块飞地上建设了医院，事前没有和中方打招呼，事后医院的运营也没和武汉警察局有过备案，它的治安情况武汉警察局一概不知，这种情况也请美方做出解释，同济医院被谋杀的三个人当中还有两个人是中国公民，同济医院要对整个事件负责。就在中美双方焦灼斡旋之际，武汉警察局接到湖北军区的通知，凯字营监狱又发生了谋杀案，而法国巡捕房也被迫介入武汉市警察局和美国领事馆的沟通中来，事件的起因是凯字营监狱纵火杀人案，涉案一名法国籍博士遇害，三方得尽快破案。中美双方就问巡捕房，那你们之前的侦破进展是什么样了啊？法租界领事到巡捕房一过问，才发现，整个案子发生四天以来，基本还是候补探员车丙三在执行侦破，凶手还没抓到，具体情况车丙三还没向巡捕房汇报。这还了得，责令雷霖总探长亲自督办此案，加派探员人手，三日内破案！雷霖接到烫手的山芋，但是也无可奈何，他首先要想的是谁来接手这个案子。之前，曾经派人通知车丙三回巡捕房汇报情况，然后安排新的探员接手此案，可是巡捕房派去凯字营的人没找到车丙三，派去同济医院的人回来报告说车丙三已经住进了病房，通知也没送达。接下来的时间里，巡捕房连续接到消息，车丙三在凯字营监狱、武汉大学、武昌高等艺术学校等地以巡捕房高级探员的身份在办案。这还了得，侦破工作还没交接，新的探员还在外围了解案件，那边车丙三还在满世界招摇破案子，他满世界说自己是高级探员还在其次，他去过的地方总会发生命案，现在武汉警察局吓破了胆子，已经加强了武昌高等艺术学校和武汉大学的巡逻，以防发生新的命案。所以，这次是真的要正式宣布车丙三停职了，而且宣布的人就在路上了，可能今晚，也可能明早就到，停职通告附带还有一句，如果车丙三本人不执行通告，所有巡捕房的人都有权逮捕车丙三。

小襄阳说到这里，非常气愤地说："可这是我们的案子，凭什么说不让我们管就停职啊！"

车丙三一直在听没有说话，小襄阳说完这第一个坏消息，他心想还有其他的坏消息等我呢，只是淡淡说："雷探长能把这么大的案子交给我们已经不错了，他能坚持三天，我也领情了。你的第二个坏消息是什么呢？"

小襄阳说："看来你还撑得住，第二个坏消息是关于上官园寺的。"

提到凶手的名字，整个化验室里一下子鸦雀无声了，看来凶手又有新动向了。小襄阳说了第二个坏消息。

小襄阳专门跑了一趟日租界，怕人数不够，他还找了几位跑风信的哥们儿，在日租界拉了一遍网。"拉网"是跑风信中最大范围的筛查，就是对特定区域的所有街巷做一遍纵横筛查，按照跑风信的规矩，拉网就要顺荏逆荏在所有街巷走一个来回，相当于对一个地区做两遍全方位侦查。结果让人有些失望，没有上官园寺的消息，也没有"西园寺"这个姓氏的人的活动消息，但是，拉网的过程中有新的发现：日租界的日本人在准备撤离武汉。据说西向的日军已经逼近南京，而南向的日军已经快到达襄阳了。政府为了隐瞒战局失利，一直在说"战略转移""争取和平谈判砝码"，其实攻破襄阳也只是时间问题，襄阳是武汉的北大门，襄阳沦陷了，武汉就直接推到前线了。日本人要在武汉成为战场前，保护本国的公民，要把他们撤离武汉，他们称之为"撤侨"，据说撤侨的事情已经开始半年多了，最近襄阳战事吃紧，他们也不再遮遮掩掩了，现在公布的消息是七日内全部撤离武汉。据说，全武汉的日本人有六七万之多，他们多数居住在日租界，也有类似尹海信教授的妻子这样的日本人，他们住在武汉的其他地方。虽然号称是民间自发自愿的行为，但是据说日本人是派了军舰在武汉关接撤侨的，而且看样子绝大多数日本人是选择撤离的，他们虽然号称撤离，却像是要过年一样开心，日信、横滨正金、铃木这些洋行的职员都在开心地准备停业，停业他们就会暂时停发工资甚至失业，可是他们很开心，有人甚至叫嚣，很快会回来的，回来的时候这里就不是租界了；从山崎、大正、永清以及歆生路、鼎安里，日本人在准备烟花，他们宣称如果撤离之前拿下了襄阳，他们要好好庆祝一下。这种好战的情绪还在蔓延，除了日租界，日本人在其他地方也频频现身，法租界里泰源、柏昌的钟表已经卖疯了，日交易量比整个春节还多。德租界的西门子商行邮递业务猛增，都是从武汉发到东京、奈良的邮寄包裹，拿不走的好东西，日本人选择了邮寄。在俄租界，这里原本最大的交易是武汉人卖给俄国人茶叶，现在新泰砖茶厂门口也多了新的国际大买家日本人。最夸张的是日清汽航株式会社，他们正欢天喜地地拆房子，他们要把建在永清街上的办公大楼拆了。

日本人要买下武汉。能带走的都要带走，带不走的邮寄，邮寄不了的，毁了它，等将来重新建，重新建的时候他们就是这里的主人了，重新建还是用武汉的劳工建。

这些交易当中，他们除了使用法币、银圆，还直接使用了鸦片作为硬通货。日租界原本就是鸦片的泛滥之地，日本人对武汉的鸦片交易睁一只眼闭一只眼，因而这些年下来，武汉成为整个华中甚至全国鸦片交易最猖獗的地方，而武汉鸦片交易的中心就在日租界山崎街。

日租界的动向其实不是新消息，既然决定撤侨，那最近半年肯定都有动作的，只是最近把"撤侨"摆上了桌面，那就明火执仗地干吧。可是，撤侨就意味着西园寺家族的上官园寺也很可能会撤离武汉，在几万日本人的撤退大潮中根本没有办法找到一个相貌普通、名叫上官园寺的年轻人，这就意味着，即使搞清楚了案子的来龙去脉也没机会抓住凶手了！这就是小襄阳带来的第二个坏消息。

小襄阳说罢，车丙三陷入沉默——自己确信有把握抓住凶手，而且还想把这个复杂案件的来龙去脉搞清楚，现在看来抓住凶手的机会太渺茫了，并且自己其实已经被停职了，凶手就算在眼前，自己也没有权力履行抓捕了。

就在大家沉思的间隙，忽然听到窗外响起了爆炸的声音，轰隆轰隆隆半边夜空瞬间被照亮。

小襄阳健步走到窗前，推开窗户往爆炸火光处望去。接着又是轰隆轰隆隆两声爆炸声音响起，在窗外右前方沿江汉口一侧，夜空中绽放起五彩缤纷的烟花，不是爆炸，是烟花。小襄阳确信，那里就是白天自己刚刚跑过风信的日租界码头。

"襄阳，襄阳……"小襄阳热泪滚下，口中已然说不出话来。

看来，襄阳沦陷了，日本人在庆祝攻克襄阳，之前的奉天、北京、上海、济南、郑州，进攻中的南京，占领全中国，只差"全中国最后一座大城市"武汉了。

这时候，车丙三忽然想起伍栋说的话，"你应该上战场"。岂止上过战场的伍栋，就连拿着画笔画画的永和也在质疑车丙三为什么不参军，"作为一个侦探，你太年轻，侦探应该是上了年纪的人做的事业"。

车丙三心想，如果不是晕血，我会上战场吧，我会吗？他望着庄秋水，希望从他的眼里找到答案。

庄秋水一脸严肃，绝无往日玩世不恭的样子，郑重说道：

"三个月前，政府把首都迁到了重庆，两个月前，武汉大学搬到了四川，这个月有人在动议把湖北的首府搬到宜昌，迁府的事儿说得挺多，看来政府是已然决定了。学生、老师要搬家，那也是为我华夏存续一份文脉，官员有什么脸搬家啊，人家都欺负到家门口了你还要躲，你是不是家里的主人啊？我老头子漂泊了大半辈子，上过大将军府的厅堂，下过洗面桥的牢房，当初我出川经过宜昌的董市镇，捡到了车丙三这小子，我就说我们爷俩也得找个地方落脚扎根，这辈子不回这落魄漂泊之地，到了汉口，我就没打算再换地方住。我岂能跟着那些官僚搬回宜昌呢？这一身老骨头和武汉共存亡，我哪儿都不去。小襄阳，你记得，襄阳是你的故乡，早晚我们中国人还要拿回来。眼下，你和车丙三都没机会上战场，可是，也得争口气，我们的敌人就是这个上官啥啥的，用了一个中国姓的日本人，你们把他逮住那也就是寸土必争了，他以为武汉马上就是他日本的吗？只要还有一天，还有一刻，还有一秒是中国人，就不能任由他猖狂杀人放火。"

庄秋水的话说给小襄阳也说给车丙三，车丙三一下子觉得秋水爹真的是懂得自己所想，关键时刻毫不含糊。

车丙三说："不会有更坏的消息了，你把坏消息都说了吧，我接得住。"

看到烟花的时候，小襄阳心里一直绷着的弦儿一下子就断了，连日来的担心突然就集中到了一个极点爆发出来，等他哭过了，也听秋水爹说完了，反倒内心冷静踏实了，这就是现实，这就是需要直面的现实。

小襄阳接着说："第三个算是半好半坏的消息。"

原本小襄阳和车丙三兵分两路，小襄阳领走了两份任务，一是去日租界查寻上官园寺的下落和信息。可是这一项进展只有坏消息，非但没有查到上官园寺的下落还听到了撤侨的消息。另一个任务就是打探韩厅长最近的状况。

韩厅长在案发前一夜和伍栋在一起，韩厅长的儿子韩冰死于凯字营谋杀纵火案，按理说他和此事的关系很大，虽然伍栋一再坚持称韩冰和此案无关，可是车丙三直觉认为不可能无关，伍栋就算没说谎也可能有他不知道的内幕。等到在珞珈山和康仔的交谈中，车丙三无意间了解到，韩厅长的儿子韩冰在数月前转学到广州了，那丧命凯字营的到底是不是韩厅长的儿子韩冰呢？

小襄阳在案发的第二天晚上就撒出去了风信，他的主要风口来自黄包车师傅，这几天陆续收到汉口的黄包车师傅的线报——

案发的前一天，韩厅长以家宴的方式招待了凯字营监狱长伍栋，当晚酒席安排到很晚。凯字营案发当天上午，韩厅长闭门不出，估计是前一天喝酒喝多了在休息。中午的时候，他乘坐小汽车来到咸安坊，从咸安坊步行到了教育厅办公室。他在教育厅吃了午饭后，带着一名秘书步行到宝润里，那里停着他的小汽车，司机把他和秘书送到了江城小学一里地远的地方，然后他和秘书再步行走到江城小学，下午江城小学有一个文艺汇演，韩厅长要致辞。最近，全武汉的类似会演很多，主题就是慰问前线抗战将士，韩厅长可谓亲力亲为，他不仅督导排演好文艺会演，还亲自编了一段相声让学生们演，这个相声就是讽刺山东某军阀没文化，在军队训话的时候总是出丑，因为这个相声是开长官的玩笑，又是军队题材的，几次会演效果都非常好。

接下来的三天里，韩厅长还去了琴台中学、首义学校、晴川阁中学，基本都是这样的行程，上午在家休息，中午到办公室吃饭，完成一些文件的签字，然后下午找个学校演讲一下。每次出行都是步行，然后中途换乘小汽车，然后再步行到目的地。

韩厅长的家里，这几天没有操办过丧事，也没有对外发布什么噩耗，基本上很安静，连买菜的用人进出家门也比往常少一些。

小襄阳介绍了这么多收集的风信，就停了下来。车丙三问："你说说看，怎么算半好半坏的消息了呢？"

"我们原本是追查杀人纵火案，现在看来，韩厅长是个伪君子，一个不作为的官僚，他还以权谋私找人顶包坐牢。我们破案能顺便挖出来这个毒瘤，也算是半个好消息了。只是他这人非常谨慎低调，根据以往经验，接着查下去短期内怕抓不到具体证据，我们又赶时间，这条线索终究看着有肉啃不下了啊，所以也是半个坏消息。"小襄阳说。

车丙三说："你分析得有道理，时间确实紧迫，这条线索我们花时间可能耗不起，但是这条线索很有用，特别是用在伍栋身上。接下来我们可能没机会像今晚这么周密商量，你我随时可能被抓回巡捕房，不能继续破案，我们几个人也需要分一下工，能不能抓住凶手也就看这一两天了。"

车丙三接着说："我知道大家的困惑，等我把这个画像的线索都列出来，你们就知道凶手下一次出现的大致时间地点了，我们不知道他是谁不要紧，我们可以布一个局来抓住他。"

车丙三转向庄秋水说道："在完成线索画像前，我要请你看看这个。"说着，他把那枝花举到了庄秋水面前。庄秋水脸色大变，举拳就要打车丙三，口中骂道："你个小犊子，记性被狗吃了吗？你是怎么对老子发誓的！"

车丙三连连后退，说道："误会误会。有一些误会没机会解释，这个误会要解释一下。这是证据，涉案证据，你别破坏了证据，我们可是讲法律讲证据地办案。这个案子之所以这么复杂全都是因为它，所以，秋水爹，你还真得出马陪我们舒活一下筋骨。"

庄秋水眼睛瞪得圆圆的，他要看看这到底是个什么案子，也要搞清楚自己这个义子有没有涉毒。

车丙三望向程慕白："画板，是时候再用一次你的画板了，现在我们要把这个凶手画像补全了。"

庄秋水和小襄阳对车丙三的自信有一些惊讶，我们还没搞清楚凶手的目标，也不知道凶手的行踪，怎么到他那儿好像很快就能破案了呢？

程慕白点头去拿出画板，她愿意相信眼前这个小个子，他总能出奇制胜。

14. 禁　闭

已经是凯字营纵火杀人案案发第五天了，车丙三等四个人对凶手的线索做了一整夜的画像，又是一夜未眠，连日来紧张的侦破工作实在让人吃不消。和大家演练完最后一遍推理线索，车丙三终于有一些放松下来。江边的清晨自有一番清爽气，刚想犯瞌睡的车丙三打了一个喷嚏。

小襄阳望向车丙三，那眼神好像在说，是时候上路了。车丙三苦笑着乖乖伸出了双手，摊在面前。小襄阳掏出一根筷子粗的麻绳来，麻利地把车丙三的双手捆扎好。然后笑嘻嘻说了句："用力试试。"

"疼。"车丙三真的用力去试着挣脱，捆得太结实了，勒得手腕疼。

"不疼怎么显示我是专业的呢？辛苦几个弟兄在外守了一宿，不能让他们为难，还是我亲自来绑了你吧。"说完，小襄阳打开了化验室的房门，四个年轻人在门口站得笔直。

原来巡捕房的其他几名候补探员一直在化验室门外守候着，他们想等里面的人商量完事情再办案，毕竟是整天一起厮混的熟人。而小襄阳一直知道他们在，不愧是采风信的高手。车丙三暗自佩服自己这个搭档，平时光知道吃，关键时刻帮自己争取到了难得的一晚侦破时间。

总探长雷霖非常焦虑,来自领事的压力和全巡捕房的舆论让他开始怀疑,车丙三这个闲棋子是不是用错了?他给下属留下最多的印象还是背影,站在办公室,背对着门,对车丙三停职羁押的通告是他亲自签发的,可是,四天前也是他自己亲自任命的车丙三负责这个案子。按照昨晚的风信报告,今天中午前就能把车丙三抓回来。风信报告说中午前,那估计就是早晨,中国候补探员们很懂向领导汇报的艺术:早晨抓的人,如果说早晨带到巡捕房,那是正常工作效率,可是早晨就能抓到人报告说中午可以,实际上午给你带回来了,你是不是觉得效率很高呢?雷霖对这种伎俩不去深究。只要结果还在掌控范围就好。只是这次事态严重,结果已经不在自己掌控之中了,会怎么发展,能不能破案都很难说了。好像美国人也被牵扯其中,法租界巡捕房是最早介入这个案子的,能在这里取得突破是所有人的心理预期。这个心理预期就像早晨还是中午把人带回来一样,已经预先有了期望值,你总得差不多。可是,这个凶手真的那么好抓的话,也不会连续作案,这个凶手真的是寻常之辈的话,也不会太岁头上动土,敢去凯字营这样的军事管辖区作案。

当然,除了抓凶手根本没谱之外,雷霖还有个小焦虑——怎么面对车丙三,他并没有失职渎职。有时候做领导的就需要脸皮厚一些,但是他焦虑之处在于究竟把脸皮厚到什么程度,车丙三这枚闲子已经动起来了,用他还可能把巡捕房的多数人调动起来,继续破案。不用他,闲子就是弃子,弃子就只能用来背黑锅,现在看还没到那个地步。现在得找一个人接这个案子,如果是候补探员，一眼望去都差不多，看不出谁更像能够胜任的样子，就像当初在一堆人名当中选了车丙三，也不是自己对这个人多熟悉、多认可，只是觉得他名字特别罢了，又恰好排在花名册第一位，也不知道这花名册的名字是按照什么排序的。用候补探员就意味着多数人会继续如饥似渴一般跟进这个案子，方法就是跑风信，看似乱拳打倒老师傅毫无章法，实则有可能奏效，但是，来自总领事以及法国籍探员们的压力会很大，毕竟这么大的案子可不是当初看起来只是一个失火案子那么简单，找到一个失火的理由就行了。如果接下来把案子交给法国探员呢？上面应该可以安抚住，内部的法国探员们会觉得天经地义，这就是他们原本的期望，而候补探员们会很失望甚至会不配合，原本是他们捡到的大案子怎么就被法国人抢走了呢，"原本"是个天经地义的期望值，就像娘胎里带来的一样。双方积怨多年，不仅仅是利益冲突，此事会加深彼此的隔阂。

电话铃声打断了雷霖的思考，电话那头说车丙三已经抓回来了，比原计划整整提前了半天时间。雷霖心中冷笑，提前？小伎俩。

"先把他关禁闭吧，晚些时候定下来谁接这个案子的时候，再安排工作交接。"电话中雷霖说。电话真是个好东西，有时候可以让你省了很多事情，比如说省了面对。

他昨天已经通知过，车丙三带回来，不用来见自己——他没想好怎么去面对这枚棋子。真的需要把闲子当作弃子的时候，自己能够做到脸皮足够厚吗？

背后的走廊里又响起轻微的脚步声，投射在房间里的光线有些晃动，雷霖也不回头去看，只是皱了皱眉，最近这种情况有一些频繁了，探听风信原本是对外查案子的手段，用到自家门口了，却让人厌恶。原来自己带的人做的事情就是这么让人厌恶啊——雷霖忽然开始质疑起自己的职业了。

接下来，让谁来负责这个案子呢？在回答这问题之前，他知道必须先去一趟"瓜子会议室"——平时候补探员们汇总风信、嗑瓜子、吹牛皮的地方，车丙三关了禁闭，其他候补探员会炸锅的。他一转身，走廊里响起细细簌簌的快步小跑的声音，那声音渐渐远去，却在雷霖心头挥之不去。

毕竟是市井中摸爬滚打出来的，身上都还带着江湖气，二三十名候补探员聚拢的瓜子会议室俨然是梁山聚义厅。今天的瓜子会议室比往常还喧嚣，只是没人在赌钱或者嗑瓜子，嗓门大也没人听你一个人说话，所有人都想先把自己的情绪倾泻出来，至于到底说给谁听各自心里并不那么清楚。

押送车丙三的四个年轻人站在人群中，一路上车丙三和他们通了气，彼此交换了各自掌握的最新情况，现在这些共享信息也成了全屋人暴躁情绪的爆裂点。他们四个除了气愤还有一些失望，这么多人聚到一起不也就是发发牢骚吗？没有比一群人聚到一起发牢骚更糟糕的事情了。

这时候，总探长雷霖推门进到瓜子会议室。人群安静了许多，说话、嘀咕的声音还有，但是毕竟小多了。

牢骚归牢骚，没人愿意首先站出来替车丙三说句话，都不想率先点火，都想着随大溜儿续一下柴火。

雷霖太了解这些人了。

"我给过车丙三机会，你们也看到了。这么大的案子，啊——我首先也是交给他办的。这可是从来没有过的事情。现在，这个案子是烫手的山芋，让车丙三交出来未尝不是好事。只是，禁闭还是要关的，凡事有利弊，关禁闭的人至少杀手也没机会追杀他了。"雷霖一边说着一边看着每个人的脸和眼睛,一个个看过去。他们一个个眼睛里流露出的厌包样子实在可悲,看来这些人当中没人能接这个案子。

没有人回应雷霖,人群中有人小声嘀咕,看不到是谁在说话。

这时候要说一些安抚的话,也要说一些狠话,雷霖很清楚。"我知道,自打车丙三接了这个案子,大家在后台没少帮助他,各种风信源源不断地传过去,没有哪个案子是一个人能破获的。大家这种精诚团结的劲头特别好,我非常赞赏。"

"就是一盘散沙,精诚个屁呀。"人群后面有人说,虽然"屁"字声音很小,众人还是清楚听见了。至于是谁看不到,或者是有人故意挡住了说话的人。

雷霖假装没听见,继续说道:"现在是非常时期,大家也都听说了,襄阳的战事不乐观,能活命就不错了,人人处在朝不保夕的状态。我们巡捕房还算是凑合,相当凑合的工作了,兄弟们都有一碗饭吃——"

"还保个屁夕啊!饭碗早晚得砸了。"人群后面又有人低声说,只是听口音像是换成另外一个人了。

雷霖面露不悦,总探长也需要有总探长的官威,这个瓜子会议室自己很少来的,今天来这里也只是摆出亲民的姿态,防范群情激愤。

雷霖接着说:"巡捕房这碗饭是众位兄弟的,谁要不想吃现在就可以提出来,我不会为难他,马上放行恭送出境,可是谁要是不想在这混饭还想砸了其他兄弟的饭碗,我姓雷的不会善罢甘休。"

"人活一口气,不光为了吃饭。"人群中又有一个新的声音在说话,看不到是谁。紧接着有人说:"成语太多,听不懂啊。"

还有人说:"十三年就这么一次机会,干一个正式探员就这么难吗?"

接着就看到十几张嘴巴在说"对,对""不是光为了吃饭,还得要脸""人家马上要逮到凶手了""这时候下黑手,摆明是不想给这个机会嘛"……

雷霖特别不喜欢和一群人说话,特别是一群候补探员,他们永远和你说的不在同一个轨道上。这时候,他犯了一个错误,没能克制住情绪,说道:"好话我也说了,你们想怎样?"

"你们"二字说出口,他立刻后悔了,他原本应该找出牵头说话的人,各个击破的。但是,为时已晚。

一个年轻人张口说:"车丙三的进展确实已经很快了,而且他抓住了两个重要线索,他的推理非常了不起,我们只想帮助他。"说话的人是去同济医院抓车丙三的四个人之一,雷霖一下子想不起他的名字,是啊,候补探员的名字他原本也叫不上几个来的。

另一个年龄较大的候补探员说:"自打有巡捕房十三年了,十三年来一个中国人都没能成为正式探员。我们真的就这么差劲吗?压根儿就没给我们机会上手大的案子呀,这个案子起先也是当作失火案侦办的,现场又不在法租界,现在案子捅破天了,全武汉都闹起来了,说到家那也是车丙三给捅破天的呀。我们兄弟几个这几天,天天晚上汇总风信,就是指望着哪条线索能帮上车丙三,帮上车丙三就是帮巡捕房几十号候补探员啊。"

又一个年轻人说:"我们出门办案,一自报家门就声称是'巡捕房高级探员',我们是什么高级呀,我们是候补,要我说高级、候补都一样,都很低级,一个是人家往我们脸上抹黑,一个是我们往自己脸上贴金,都是丢人现眼。可我就没听说哪个候补探员说自己是'巡捕房探员',这个词是专门属于法国人的。虽然咱们总探长是中国人,可是,可以办大案子的探员都是法国人,他们才是正儿八经的探长!人和人就这么几个头衔就区分开了,中国人天生就是贱民,我们给人家查风信,最后案子算人家侦破的。"

大家越说越激愤,有人甚至高呼:"饭碗不要了,也要陪车丙三破案。"

雷霖感觉局面失控,看来他不应该来瓜子会议室,让他们自己嚷嚷啥名堂也搞不出来,自己一安抚,他们反倒不知天高地厚了。

"你们,你们!不识好歹。"他气愤得摔门出去了。

众人一下子没了叫嚣对象,一时间熄了火,毕竟车丙三还在关禁闭,也没人牵头张罗如何帮助车丙三破案,都傻眼了。

就在这时候,雷霖昂首阔步走了回来。他郑重地说道:"巡捕房总探长需要执行法租界总领事的命令,接下来的程序,总探长要把案件移交给法国籍探长接手。"

说到这里,他顿了顿,红着眼睛看着竖起耳朵听他讲话的众候补探员们。"可是今天,我想可以破例一次——去他妈的总探长!去他妈的总领事!去他妈的巡捕房!去他妈的探长!"

只听得刺啦两声,雷霖伸手把制服上的两枚肩章扯了下来,黄铜纽扣摔到地上叮叮直响。"从现在开始,我来带大家一起正式接手这个案子!我就是一个普通的候补探员,和大家一样。跑风信!"

瓜子会议室一下子鸦雀无声,雷霖总探长的言行出乎所有人意料。大约三秒钟的空气凝固之后,会议室爆发出巨大的欢呼声!

再次从会议室走出来时,雷霖觉得脸上热辣辣的,他觉得自己今天出格了,可是很爽很过瘾。他忽然想仰天狂笑。如果当初刚从法国回国的时候,也能这么痛快地做出这样的决定,自己的人生会不会不同呢?

豪言壮语说起来痛快,可是案子毕竟云山雾罩无从下手。车丙三暂时只能关禁闭,案子怎么侦破呢?

就在雷霖焦虑的时候,电话铃声再次响起。雷霖想不出,都焦头烂额了,还有什么着急的事情需要自己亲自处理。

原来有访客,访客自称是凯字营监狱长伍栋。

于是,巡捕房总探长雷霖在自己的办公室里接见了来访的凯字营监狱长伍栋。雷霖还想寒暄几句,伍栋都没有坐下,站着说明来意,直奔主题——有一名自称巡捕房高级探员的车丙三先生,在过去的两天里多次出入凯字营监狱,其中至少一次是非法闯入监狱的禁区。鉴于凯字营是军事管辖地区,还不清楚车丙三先生是否窃取了军事机密,我要把他逮捕回去审问。

雷霖笑着说:"是有一个车丙三,他不是什么高级探员,只是候补探员。"

"那他又多了一项犯罪指控——利用虚假身份欺骗国家安全人员谋取不当利益罪!"伍栋板着脸说。

雷霖没听清,问道:"什么罪?"

"利用虚假身份欺骗国家安全人员谋取不当利益罪!这只是他的第二项犯罪指控。"伍栋说。

罪名还挺长,他两遍说的居然一样。雷霖心里嘀咕。

"这是法租界,你不能随便在这里抓人。而且,你说的这个人,刚刚已经被我逮捕了,你还要再逮捕一遍吗?"雷霖问来客。他注意到这位监狱长戴着白手套,他的一只胳膊一直僵硬不动,应该是残疾,他的经历可能非比寻常,这也让雷霖对伍栋多了三分忌惮。

"法租界抓法租界的人,我们抓我们的。车丙三在中国的地盘上犯法,犯的是中国的法律,犯罪事实清晰,犯罪行径非常恶劣,我依法将他逮捕,你支持我们依法办事吗?"伍栋问。

雷霖瞪大眼睛,张开嘴巴愣了半天,这种事情还是第一次碰到。他呆呆地回答两个字:"支持。"

"车丙三曾经是这里的员工,听说是临时工,犯了错误临时工就自动解聘是吧?他曾经是这里的人,你们巡捕房不会是因为这个,就打算徇私枉法吧?"伍栋义正词严地问。

雷霖张开嘴巴愣着,点了一下头,又马上摇头,赶忙补救说:"是,人是我们这儿的。不,不会徇私枉法。"

"犯人车丙三呢?我要带走。"伍栋话里充满威严。

"啊?关禁闭呢!"雷霖说。

就这样,巡捕房候补探员车丙三创造了一个新纪录,最短关禁闭纪录——只关了一刻钟。等他稀里糊涂从禁闭室被牵了出来,也是一脸茫然,怎么伍栋和雷霖这两个大人物同时出现在自己面前了?

"车丙三,你涉嫌利用虚假身份欺骗国家安全人员谋取不当利益罪和非法闯入军事禁区盗取军事机密罪,被中国军方正式批捕了。你没话说是吧,好的,你跟我走吧。"

伍栋自问自答,就算正式向车丙三宣布了逮捕令,巡捕房的所有人也是一头雾水,以前都是巡捕房出去抓人,这次居然有人到巡捕房抓人,而且还是抓走了一个探员。车丙三不小心又创造了一个纪录。

一刻钟前，监狱长雷霖还气势如虹，这时候忽然如霜打的茄子，他感觉在全体探员面前特别没有面子，可是又不知道该如何发作。这个断了一只手的监狱长，真的下起手来指不定多黑，看来惹不起。可是他实在觉得需要说点儿什么，于是，他清了清嗓子，看了看伍栋，伍栋一瞪眼，他又看了看其他探员，大家呆若木鸡，没有和他进行眼神交流。他大吼一声——

"车丙三！"雷霖这一吼，所有人都看向他，想看看他有什么重要吩咐。

雷霖又看看伍栋，伍栋这次眼睛瞪得更大了，他看向手下的探员们，大家在等着他说话，于是，他又吼了一声——

"车丙三！你，你记住了，武汉警察局和领事馆说定了，这个案子的破案时间是七天，七天是从案发当天算起的。你要是没啥大事儿被放出来，还得抓紧时间继续破案啊，整个巡捕房都会帮你，你能够破案，我就升你做正式的探员，破不了案……"雷霖顿了顿，又看了看伍栋和众人，这次伍栋目光柔和了许多，他接着说，"破不了啊，你还给我回来关禁闭！"

伍栋看了看车丙三手上的绳子说："不用解开了，巡捕房高级探员帮我绑好了，我省事儿了。走吧，车丙三探员。"

15．我们不是朋友

"你真的是要逮捕我吗？"一路上伍栋都没有说话，车丙三一直在找寻说话的时机，眼看着就要到法租界码头了，从这里上船之后，就算离开法国人管辖的势力范围了，车丙三忍不住问道。

"要不然你觉得是怎样？中国是讲究法律的国家。"伍栋冷冷地说。

"我以为，我们已经是朋友了。"车丙三苦笑着说。

"我们不是朋友。"伍栋看了车丙三一眼，接着冲码头的一群船舶招了一下手。

车丙三心下一惊，伍栋居然带了这么多的船来抓我？

一艘旧的小船在众多船舶之间摆了两摆，竟然两三下就划到了岸边。是了，抓我这样层次的犯人，一艘破船足够了，看来是自己想多了。

可是，伍栋也忒胆大了，带了一个警卫和一艘破船就直接跑到法租界巡捕房把自己给擒了。眼见着船已经靠岸，车丙三一个念头突然跃起，这时候还不逃跑更待何时？在法租界里面，伍栋不敢有啥大动作。他瞄向伍栋，这时候，伍栋也正盯着自己。

伍栋说："有段时间没用过枪了，以前野地里打个兔子啥的，说打左耳朵都不会偏到左屁股上的，要不在战场上怎么能保得住性命。今天出来不方便带枪，但是，你如果逃跑的话，随便捡个石头也可以打得很准的。你没机会跑的，别浪费了。"伍栋说的明明是兔子，车丙三逃跑的念头却被吓回去了。

如果能不上船最好，只要耗在法租界就还有逃跑的机会，上了船就是奔着凯字营去的了，那地方也就上官园寺这么狡猾的人才有机会脱身，而且也就一次吧，他连第二次机会都不会有的，别人就更别提了，伍栋守监狱和守阵地差不多。

"最近晕船，我最近太疲劳了。"车丙三蹲下来说。

伍栋还是扬着那副水泥脸，说道："战场上，有的兵会怕鬼子的火力，这些兵往往是从战线上刚刚溃败下来的，怎么鼓舞他们，他们就是振奋不起来，什么招儿都没有用的，他们已经吓破了胆，反倒第一次上战场的新兵和赢过的老兵不怕，只是赢过的老兵太少了。输过的兵，心里怕，帮助他们只有一个办法，那就是派两个敢死队的带他们再冲锋一次。"伍栋看着江水就像在自言自语一般。

"再冲锋一次就不怕了吗？"车丙三心说，晕船是假的，但是晕血是真的。败下来的兵，再冲锋一次，会不同？

"前面敢死队的人不怕，后面败下来的兵跟着再冲一次，无外乎两种结局——赢了，他们的胆量就找回来了，输了，就死在阵地上了。没有胆子的兵上战场，战死，算是对他们起码的尊重。我现在要就带你，再冲锋一次。"伍栋注视着车丙三认真地说。

车丙三想不明白这些话是什么意思，直到抬头时看清了面前这艘破船和船上的艄公，这不就是昨天把自己扔进长江的艄公吗？伍栋要干什么？再扔我进长江一次吗？

由不得车丙三细想，伍栋一只手提着车丙三的脖领子，还没等车丙三挣扎，三个人已经踏上了黑脸艄公的小船。

伍栋立在船头一言不发望着长江水，随从离他一米远恭候着。车丙三蜷缩在船舱，他一只手握着栏杆，有个抓手总是好的，不至于再被人家随随便便就提起来扔进江里了。

那黑脸艄公只管撑船，看也不看船上的几个乘客。这下子，一艘船上四个人都不说话，各想各的心事。

小船行到江心，此时风不大，江面平阔，一眼望去天高水远，车丙三不由得心胸为之开阔。忽见不远处浪花翻滚，波涛几个起伏间形成一个极大的漩涡，然后一个大波浪翻腾，浪花溅起数米高。

"水鬼。"车丙三惊呼。最近，时常有水鬼的传闻，害得往来江上的商旅、行人都非常惊惧，选船家的时候，都要问问是不是经常行船的船家。

伍栋冷冷地哼了一声。

"是江猪。"跟随伍栋的警卫说道。

"原来是江猪啊，那怎么会有这么多水鬼的传闻呢？"车丙三问。

警卫没有回答，他很清楚，刚才那句也算是多嘴了。

伍栋慨叹道："这大好河川马上就要易主了，国人还有小心思造这种谣言，打得一手小算盘。"

车丙三立刻会意，马上接口道："是啊是啊，就是有这样的黑心人，为了自己那点儿小生意，造谣说有水鬼。哪有什么水鬼啊？洗脚水还有波浪呢，何况江猪翻个身呢。"

随即车丙三走出船舱，站在伍栋身后，猫着腰，用手半掩着嘴角动作甚是夸张地闷声说："这船家是三代单传做陶瓷的手艺——祖传造'窑'的本事，监狱长可要小心了。"

他原本背对着艄公，说话间却猛地转头看向艄公，只见艄公侧着身子，正一脸轻蔑地冷笑。

车丙三忽然朗声大笑，然后用手指点着黑脸艄公说："我就说嘛，你原来是装聋作哑。"那艄公见自己的身份被车丙三用个小伎俩就戳穿了，也不去解释，只是冲车丙三眨眨眼，继续撑船。

车丙三觉得背后有声音，急忙转身，摸了一下自己的后脖领子，还好，这次没有被伍栋提起来，只是伍栋已经走近，看着自己。

"他不是装，是真的重听，只是还没到聋的地步。打牧野的时候，日本人的一颗炮弹在他耳边炸了，他算运气好的。"伍栋原本的水泥脸忽然变得有一些激动。

"那他不仅算运气好，还算是个没被吓破胆的胆儿大的兵喽？"车丙三说道。

"他不是兵，那时候，他是一名营长。他如果造谣，那造的可就是景德镇的瓷器——官谣。"伍栋慨然说道。

"营长？艄公？那昨天是谁把我扔进长江差点儿喂了江猪呢？"车丙三看了一眼艄公，又看了一眼伍栋诧异说道。

"是营长也是艄公，还是一名少林寺俗家弟子，这些身份对他来说都差不多，你喜欢被哪个身份扔进长江呢？你觉得有差别吗？"伍栋补充说。

"反正营长、艄公以及少林高手，都听你的，你让把谁扔长江里就扔谁是吧？怪不得你说，我们不是朋友。"车丙三说。

"那时候，他不知道你是谁，刺探军事管辖区，是敌非友的面儿大，把你扔进长江也是临敌应变，扔长江都灌不饱你，看起来你确实是个潜在威胁。"伍栋微笑着说。

"我说监狱长大人，你听说了吗，日租界在撤侨，十日内撤完，现在已经过去三天了。你知道这意味着什么吗？"车丙三问道。

"这意味想抓住上官园寺，最多还剩七天时间。"伍栋伸出右手拇指食指和中指比画了一个数字七。

车丙三眉毛一挑，没说话，你知道就好。

"我还知道，这个数字远远小于七，武汉警察局和法租界给巡捕房的时间只有七天，其实已经过去五天了，你还有两天时间。"伍栋说着用中指和食指比画了一个数字二。

"你说的是我还有两天时间了，不是我们。看来这真的是我一个人的案子，和你无关，你真的不在意能否抓住上官园寺。"车丙三语气中有一些失望。

伍栋凝视着车丙三半晌。"为什么这么说呢？"

"你在乎破案就不会对我有所隐瞒，害得我多花了那么多时间。"车丙三抱怨说。

"你第一次去凯字营，我也是公事公办，能和你说的也都说了。你找到了袁新华，戳穿了凶手李代桃僵的计谋，我还是挺钦佩你的，闭着眼睛就知道走廊夹层里面是袁新华的尸体，隔墙猜人的本事不简单，这让我看到一丝希望，抓住凶手的希望，我整天待在凯字营是没机会抓凶手的，武汉警察局会以军管区的借口推脱责任不去抓凶手的，你的出现，特别是露了一手之后，让我多了一丝希望，凯字营杀人纵火案，我需要给上峰一个交代，给凯字营一个交代；你第二次去凯字营，赶上钟仁民被杀，感觉有人和我共同面对新的敌人的冲锋，让我瞬间有种回到战场的感觉，作为监狱长，我需要抓住杀钟仁民的凶手给死者家属和下属一个交代，那个袁新华的账本，真是神机妙算一般的推理，现在回想起来还让人暗自称奇，我当时就想这个案子肯定能破，因为有你；第三次去凯字营，你的行为很危险，私闯军事禁区。我当时不知道你的刺探，有长江天险在，平时我们对凯字营的北线确实不做站岗执勤的，只是安排一下巡逻，估计你昨天躲过了。说实话，我当时如果知道你私闯禁区的话，真的不知道该拿你怎么办好，送你一颗子弹是不是太冤枉了，子弹不是应该送给敌人的吗？我想不通你是怎么发现这个秘密的，但是能想到刺探凯字营，仅凭这一点，你的胆识真不赖。还是第一次去凯字营送你那句话，你不上战场可惜了！我们彼此有过误会，我想这些误会不少已经解开了，剩下的需要信任和默契。你说我对你有所隐瞒，你想知道的其实已经都知道了。"伍栋深情地说。

自从认识伍栋，车丙三还是第一次见他这么动之以情地说话。

"你天天不出凯字营，好像什么都知道。你所知道的那也是有人报告，有证据证明，有可靠风信。可是，我的部分知道，还只是推理，需要印证和确认的，你也说时间就剩不到两天了。你就帮我确认一下，也帮你自己一下，怎么样。"车丙三说。

伍栋注视着车丙三，没有否定。

"韩冰、亨利和范鸿儒，在你看来他们都和此案无关，可是，在我看来，他们都和此案关系密切，就连李士北和钟仁民也是，你也认为他们和此案无关，可是你想过没有，李士北、钟仁民是无缘无故丧命的吗？他们和本案的关系就是一根头发，这一根头发关键的时候牵一发而动全身。这艘船上就四个人，这里既不是法租界也不是你凯字营的地盘，你甚至连军装都没穿，说过的话，可以就当我过耳不留被江风吹走了。我也不多问，你只需回答是或者不是就行。你要向那么多人交代，他们是领袖，是领导,是军烈属,是国家的战士,是军纪,是监狱长的威严,我其实只想给死者一个交代,他们是法国人还是中国人还是美国人,是博士神父还是厨师,是艺术家还是牢头,是护士还是鸦片鬼……这些身份符号统统没有意义,在活人眼里统统都被称作死人,在阎王爷面前也不会去问是江猪送来的还是水鬼送来的,是一颗子弹送来的还是一根筷子送来的。但是,这世界总还有个公道吧,我这个候补探员就讨一个公道,替死了的人讨个公道。"说着车丙三一抱拳向伍栋深深一揖。

伍栋面有愧色,面前这个穿马甲的小个子探员,也只是一个街头混混出身,没有读过什么书,不明什么大义,说出的话却让上过战场的自己汗颜。他伸出右手去扶车丙三,手掌在车丙三肩头拍了三下。"如果你不明底细,我可以详细回答你三个问题,尽我所知,希望对你有帮助。"

"第一个问题。凯字营案发时,那个叫韩冰的人是个替身,这一点我已经知道了。"车丙三不客气地说道。

伍栋没有说话,因为车丙三是陈述的语气,他也就眨了一下眼睛,默认这个事实了。

"表面的事实是你找了人,替韩冰顶包,而且案发前一天,你还接受了韩天河的宴请,案发后一再替韩冰开脱,甚至不惜以自己的人格担保,所以,你徇私枉法就更加能说得通了。韩冰曾经的同学声称,韩冰是犯事儿了,但是他半年前转学了,根本不在武汉,并且,韩厅长的儿子死于非命,好像并没有找你这个责任人的麻烦,而他自己好像也看不出悲伤,家里就像什么都没发生一样平静。这些都指向死者并不是韩冰本人,只是一个替身。这些都不重要,我要强调一下,韩冰是个替身这个肯定不是秘密本身。这里有个矛盾的地方,凭你的为人,不会趋炎附势到为了巴结韩天河而替他儿子顶包。这里面唯一的矛盾就在于这不符合你的做人原则。这是困扰我最久的一个问题。"车丙三注视着伍栋说道。

"谢谢你看得起伍某人。"伍栋淡淡地说。

"让我解开这个秘密的却是你自己说过的话。"车丙三自信满满地说。

伍栋很纳闷:"难道,我说了什么……"

"你说了两次,担保韩冰和此案无关,而且还是'以人格担保'。想到这里的时候,我忽然受到钟仁民被杀的启发。假韩冰瞒过了很多人,但是会不会根本没瞒过凶手呢,假如,凶手要追杀的目标就是这个假韩冰呢?想到这里,我开始重新看待这个案子。等到发现袁新华的账本的时候,我开始动摇了这个想法。种种迹象都表明,凶手是冲着袁新华去的,鸦片才是这个案子的核心,而且,你也说了,以人格担保,韩冰和此案无关。你的这句话反复出现在我脑海的时候,我发现了这里面的微妙之处。你说的是以人格担保,韩冰和此案无关。听到这话的人,很自然想到你说的是韩冰,可是你自己想的却是韩冰的替身。凯字营监狱长可能从来没见过真的韩冰,怎么会以人格担保呢。只能说明一个问题,这个替身,这个假韩冰,和你的关系非同寻常。你不是随随便便找了个替罪羔羊,而是找了个和你关系非常紧密的人,你对他那么了解,所以才会以人格担保。"车丙三陈述道。

伍栋的随从虽然没有说话,但是他在一边听得仔细,说伍栋徇私枉法怎么可能呢,说伍栋找了一个亲密的人到监狱做替身更加不可思议了。他不能理解,不能接受这样的近乎胡说八道的推理,他望向伍栋——只要伍栋稍有暗示,他随时都可以把这个小个子扔进长江。

伍栋听得睁大了眼睛，露出异常吃惊的表情，但是却没有否认车丙三的推理。是啊，车丙三说的是事实。

车丙三接着说："我认为，这是凯字营的所有秘密中最让人不能理解的，我相信这个谜底也会非常耐人寻味。这是监狱长心底的秘密，他保护得这么好，甚至不惜背负徇私枉法的罪名，就是为了把这个人藏在凯字营监狱。可是，这场大火太意外了，监狱长想隐藏的人和其他三个人一同被杀了。如果我没猜错的话，这个人和军方有关系。原本我可以不去揭这个谜底，既然监狱长宁可背负污名也要藏好这个假韩冰，我应该尊重他这点隐私，可是，我想尽办法也排除不了这个假韩冰就是谋杀目标。"

伍栋皱起眉头，眼睛却红红的。

"为什么假韩冰有成为谋杀目标的可能呢？现在种种迹象都指向上官园寺，一个打着西园寺家族旗号的日本人。可是，西园寺家族对华态度是友好的，不管是西园寺公望还是西园寺公一。那只能说明，是有人想借着西园寺家的名义做与他们家族相悖的事情，这看起来特别像日本军方一石二鸟的阴谋。但是，如果这个凶手不是日本人，而是中国的军人呢？这个猜想有个原因，就是监狱长你曾经的一个动作。"车丙三说道。

"除了说话，连动作也能暴露秘密吗？看来我太不谨慎了。"伍栋说。

"你很谨慎，记得你送我和小襄阳出凯字营的时候，向我们敬了一个军礼。这个动作让我有一种很奇怪的感觉，说不清楚，只是觉得僵硬，后来我忽然想起一个人，那个在同济医院满头缠着纱布的人，他没有和我说过话，我和他只是对视过，他做出了拒绝的手势，他的手势当时我也觉得特别的僵硬，现在想来，他的动作和监狱长的动作都不是僵硬，是手掌特别地用力，五指并拢。对了，只有职业军人才会这样，他们经过严格的军事训练，即使在无意识的情况之下，举手投足也会这样用力，这用力在没有当过兵的外人看起来就是僵硬的。大胆推测一下，凶手来自军方，很可能是日本的军方，也有比较小的可能是来自中国的军队。如果来自中国的军队，那么假韩冰也很可能来自中国的军队，和他有着极其亲密关系的监狱长也是刚从战场下来不久，这就很能让人无限联想了。基于这一点，我排除不了假韩冰是谋杀目标的可能。"车丙三叙说到这里望向伍栋。

伍栋一直在认真听，他看了一眼黑脸艄公，那艄公已经把船横在江心，几十米长的缆绳拴的铁锚也被放入江中，小船只是以非常缓慢的速度在随波下行，而艄公自己盘膝坐在船尾闭目打坐，身边香烟袅袅，不知何时已经燃起了一支佛香，对于车伍二人的谈话浑然不察。

"你说的看起来有个矛盾，如果是中国军方的话，没必要绕这么大个弯子冒风险搞暗杀，凯字营也是军管区。"伍栋说道。

"这是普通人该有的疑问，这样推理起来也很正常，我之前也是这样想的。小襄阳的风信中有个细节引起了我的注意，让我再次怀疑军方这条线索。他说韩天河厅长视察学校的慰问演出准备情况，韩厅长亲自写了相声的脚本，这个相声就是讽刺山东省前主席的，说来巧合，这个主席也姓韩，据我所知道的，韩主席还是战场上的能手，在山东战场上和日本人打了几场硬仗，我还知道，韩主席在山东的时候对鸦片可是明令禁止的，他对抗鸦片和林则徐有得一拼。就是这样的人，不知何故，下台了，现在居然要写相声侮辱讽刺韩主席。从军方到地方，看来也不是那么干净的，可能派系斗争也很厉害。想到这里，我还真没法排除军方谋杀假韩冰这种可能。我知道，说出这个秘密，很为难监狱长。

如果不想说，我可以直接进入下一个问题。"说完，车丙三望向伍栋。

伍栋沉默地低下了头，良久，等他再次抬起头的时候，已然是泪流满面。这个在战场上炸断胳膊都没流泪的军人，这个平日里惯于水泥脸示人的男人，悄然泪流的样子不能不让人为之动容。

"韩主席不是下台了，是被军方秘密枪杀了。在半年前，就在武昌平阅路。"伍栋说道。

车丙三大吃一惊，这么大的人物居然也能被秘密枪杀？关于他的音讯，外界一点消息都没有，连自己成天跑风信的人都不知道，而且就在武昌。

"就像你说的，韩主席在山东也是战功赫赫的，他禁鸦片的手段可真是严厉，贩卖鸦片一两以上就要枪毙，而且枪毙一个鸦片犯人要开三枪，他说一颗子弹是要结果了这个王八蛋，另一颗是要警示旁人的，还有一颗是警醒后人的。他说鸦片最害人，轻则废了一个人，重则废了一个家、一代人、一个民族，在他治下的山东算是最干净的时期了。从山东到河南，很多场对日本人的硬仗也是他指挥的。后来，他和上峰意见相左，上峰是以开会的名义将他骗捕的。抓了他之后，河南的战场换了指挥官，接着河南的战斗连连失利，不难想象，这些失利最后都扣到了韩主席的头上。在河南抓的人，在武汉囚禁的，实在找不到理由，就在军事法庭上加了河南山东战场失利的责任，然后，在武昌执行的枪决。临刑前，韩主席说河山未收复，何以家为？自己祖籍就是武昌，生在武昌，现在死在武昌，死得其所，只希望后来人光复河山，自己才真的算走得踏实。"伍栋说道。

"其实，你和韩主席并不熟悉，甚至可能都不认识。"车丙三说。

"你说得对，不认识。可你怎么知道的？"伍栋疑惑。

"战场上负了伤，对军人来说前途基本断了，如果是与韩主席往来密切的人，可能下场会很惨，根本没机会到凯字营做监狱长。"车丙三说。

"确实如此。平心而论，战场是特别公道的地方，有本事你就能赢，有本事三军将士都服你。我很钦佩韩主席，他是中国军人的榜样，只是我无缘与他共事，也没见过他。"伍栋解释说。

"所以，假韩冰是个军人，他刚好认识韩主席，不，何止认识，他应该是韩主席身边的人，了解他的为人，知道他的底细，这个人也是上峰需要顺带除掉的人。恰好，这个人和监狱长又交情不浅。"车丙三推理说。

伍栋沿着车丙三的逻辑说道："所以，我要保护他。他和我也确实交情匪浅。年轻时我在西安从军，后来我的部队也是从西北开到中原的，再后来西北成了友军的地盘，我就算常驻河南，对抗日军，他的队伍是在韩主席的带领下，从山东几场硬仗下来，退守到河南。于是，我们两股军队在战事胶着的新乡被日军打成了一股军队。在新乡牧野的一场战役中，一枚炮弹炸掉了我的一只胳膊，失血太多整个人都是半昏迷的，敌人的炮弹也炸昏了我的一个营长，后来他右耳朵聋了。现在这两个伤员都和你在这艘船上，但是，当时的情景可没现在这么悠闲，一轮炮弹轰炸后，敌人发起了疯狂的冲锋，他们用上了化学武器，阵地马上就变成了焦土。像这种情况，撤不下来的人直接就上阵亡名单了，都没必要再核实。有一个人拖了这两个重伤员，在敌人把阵地焦化前撤了下来，他就是后来这个假韩冰。"

伍栋望了一眼船尾打坐的艄公，接着说道："保护一个被追捕的人，我能想到的最好的办法就是把他藏在凯字营，作为一个特殊犯人藏在凯字营。恰好，这时候韩天河找到了我，他的儿子韩冰犯了政治错误，希望我能够帮忙抹平了。说来，韩冰的政治错误也有他父亲的责任。原来，各省高考的试卷每年都要报给教育部考试院审核，审核通过了再安排，但是考试院比较官僚，人手不多还架不住懒，于是就把审查权下放各省教育厅，让教育厅自查代替审查。审查完了，再安排秘密印刷，为了保密，印刷考试卷的地方一般戒备很严。以湖北省为例吧，这个印高考试卷的地方就很秘密。"

"是凯字营监狱吧。"车丙三说道。

"你这人太聪明，这样别人和你交朋友都会有戒心。"伍栋说。

"我又不是你的朋友，你不用有戒心。所以，我找到的两个碎纸片，其实只是过了保密期的考试卷，凶手纵火的时候巧合成了燃料。"车丙三说。

伍栋接着说："这些考试卷一般会多印刷一些备用，过了当年考试，原本可以根据通知销毁的，但教育系统现在啊太官僚，效率低，甚至一拖再拖，它还号称机密文件，你还拿它没有办法。我说的考试卷的审查自查，也有例外，几所著名的国立大学组织联考，它们的试卷是跨省通用的，这样每个省对联考的试卷就默认没问题，反正别的省份会审查。教育部考试院没有叫停，那就印刷呗。有两年，联考的试卷题目出得就很尖锐。这些大学主张学术自由，精神独立，出敏感尖锐的考试题也没什么，大家不去热议它也就过去了。可是，韩冰很好奇，居然编了一套历年大学考试卷尖锐敏感题目的集子，他用这个集子，在武汉大学传播激进思想。武大原是思想活跃之地，只是不巧，这个集子流传到了考试院的人那里，一翻，哎呀不得了，原来各个省教育厅自查形同虚设啊,这还了得,再一查,这个集子就是湖北省出来的,编这个集子的人居然是教育厅厅长的公子。于是考试院上报教育部,陈述以湖北省为典型的教育厅不作为。韩厅长位高权重,而且和政界多有往来,平时低调谨慎,稍微有点儿风吹草动马上察觉。于是,他主动做个姿态给教育部看,就想到了苦肉计,让自己儿子进一下监狱给上边看看他的决心。可是,他又不想真的把他儿子弄进来,此时还不能走正常的法院审判程序,那样就弄假成真了。于是,他找到了我。我正在头疼,如何才能没有痕迹地把我的兄弟藏进凯字营,于是,就弄出个假韩冰。其他的事情,你自己也说了,我就不用多讲了。为了这样的兄弟,我个人背负一点不好的名声算得了什么呢?"

如果不是因为查案子,自己会不会对伍栋和假韩冰的关系刨根问底呢?车丙三内心翻来覆去,他因为逼问伍栋说出假韩冰的秘密而懊恼,有些秘密不要去触碰,碰就会碰到伤疤。车丙三推测到假韩冰和伍栋的关系非同寻常,可是没想到其中有这样让人心痛的原委。

"我连他真正的名字都不知道,这个秘密,我会烂在肚子里的。很庆幸,我们始终都没提到他的名字。"车丙三向伍栋拱手,伍栋是真爷们儿。

车丙三接着说道:"说第二个问题之前,我还是想强调一下,如果你不想回答或者不方便回答的问题,可以不说。"

"不能说的事情就是见不得光的事情,如有不光彩的地方,不妨付之东流。你尽管问就好了,今日也不妨破例,见识一下伍某的为人。"伍栋慷慨激昂地回答。

车丙三点头,说道:"哈哈,今日所言可付之东流,好,好,若有冒犯可过耳不留。凡事都有破例的情况。你知道吗,你也曾经在被怀疑的名单上。凯字营是你的地盘，想自导自演这样一部火灾剧也不是不可能。灭了袁新华，所有见不得光的事情都可以推到他身上，连和他有关联的范鸿儒、亨利也顺便灭口。这些事情不用你亲自出面，不在场证明都可以安排得天衣无缝。对上面和对外只需要说是意外就行了，反正在你的一亩三分地上。"

伍栋的随从一脸厌恶地瞪着车丙三。他随时准备把这个小个子扔进长江喂鱼喂虾喂王八。

伍栋少有地微笑说道："那怎么就把我从嫌疑人的名单上撤下来了呢？是你的嫌疑人名单太长，写不下了吗？如果我真的是凶手呢，你提前就撤下我的嫌疑岂不是太武断？"

车丙三说："不预先设定谁不可能犯罪，这是我的职业对我的要求。第一次去凯字营的时候，你身上的疑点挺多，谁让你这个监狱长太讲原则呢？不在现场不等于不能犯罪，不等于不能操控谋杀。这个案子中，你能调动的力量最大，被怀疑也不是啥意外。"

"那你和我这样的人同处一条船，还是挺危险的，怪不得不想和我走，要赖在法租界。"伍栋说道。

"如果我有危险了，那不恰好证明你的嫌疑。我只是想试试你要带我回凯字营的决心，顺便看看有没有人跟踪。"车丙三辩称。

"那为什么不再怀疑我了呢？从什么时候开始不再怀疑我了呢？还没有证据证明我不是凶手呢，你就不再怀疑了，真是不讲原则啊。"伍栋好奇地问道。

"没啥，我说了，凡事总有例外，破例一次也很好。也有比原则更重要的事情，那就是是非。也有比是非还要紧的事情，那就是大义。你做的事情，介于是非和大义之间，而我做的，大致能算得上原则和是非之间吧。说到怀疑你的时间，可能你刚说完韩冰替身的事情，就不想再怀疑你了——如果你谋杀一个人，那一定是那个人该杀，而且是在是非大义的层面该杀，那已经超越一个巡捕房候补探员能管辖的范围了。"车丙三回答。

"候补探员比高级探员真诚。"伍栋调侃道。

"工作需要，撒谎和虚伪也是工作需要，你说这工作有多坏吧。"车丙三答。

"我比你略好一点点，一旦需要被迫撒谎，我就以军事机密搪塞，搪塞比撒谎稍微好一些。对军人来说，谎言和虚伪真的是多余的，我不是说军人就多高尚，军人更单纯。"伍栋说。

"第二个问题是和范鸿儒有关。"车丙三说。

"有一些意外，我以为他的事情你都清楚了，还有什么疑问吗？"伍栋说。

"你的为人光明磊落，我是个混混，但也不是什么下三烂的混混啊，虽然跑风信不得不做一些鸡鸣狗盗的勾当，底线和分寸我还是有一点点的，偶尔也会装一下正人君子。我确实算是查清楚了范鸿儒的底细，但是，你清楚不清楚呢？还是问问吧。范鸿儒教授的绘画水平，你了解吗？"车丙三说。

"我从来没想过这个问题，挺让我意外的。他热衷于画画，而且教犯人做艺术创作确实是很好的点子，如果他不是正人君子，我想并不影响凯字营请他来授课，贪财好色原本是天性，鼓吹道德也容易出现伪君子，虽然我是一个军人，做事简单粗暴，但还是有胸襟容许自己不熟悉的做法在凯字营去试一试的。我一直觉得，能给犯人讲授艺术，那是有很高的道德境界或者审美的人才会去做的，范教授能接受来凯字营给犯人教课，单凭这一点，他就值得钦佩，他还说服其他美术老师也这样做，在其他老师渐渐退出的时候，他还独自坚持，这些都让我佩服。我确实忽视了他画画的水平,就算想去甄别他的艺术造诣,凯字营恐怕也没人能做到吧,反正我做不到,只知道他画的猫挺像的。我想修为这么高的人,艺术涵养势必很了不起。这有什么问题吗?"伍栋反问道。

"你亲眼见过他画画吗,比如说他画的猫?"车丙三问。

"没有,有两次他是把画好的猫带到凯字营的。他自己说,这样的作品创作一次要很长时间。所以就不得不在画室画好再带到凯字营。"伍栋说。

"原来如此,看来之前的猜测是对的。"车丙三说。

"什么猜测呢?"伍栋对这个问题有一些意外,自然有三分好奇。

"现在回头看,范鸿儒是一枚棋子,他的一举一动都是背后的上官园寺策划的。范鸿儒带上官园寺混进凯字营监狱,进而谋杀、放火,都是上官园寺做的一个局,为了这个局,他至少准备了半年的时间,甚至更久。"车丙三说。

"棋子?做局?你是说,凯字营的谋杀案是提前很长时间就开始准备的了,而且,范鸿儒在一开始就被当作棋子,一枚迟早要被舍弃的棋子?"伍栋感觉惊讶,凶手为了这次行动要准备这么久。

车丙三点头,推理道:"想想看——凯字营能给范鸿儒几个钱,他随便卖一幅画的价钱都是一个月工钱的十倍或者还不止。他来凯字营授课绝不是为了工钱。为名吗?这件事情做得很低调,没有哪个报社记者报道过,他自己也没在什么场合宣扬过。按理说,监狱的犯人跟随美术教授学习画画,这是个很好的话题新闻。为艺术献身吗?这个理由听起来很有说服力,可是,了解了范教授在学校的表现就会知道,他也不是那种单纯为艺术的人。他确实是被连带谋杀的,或者说是受牵连的,但是他不是什么良善之辈,他和上官园寺是一路货色,只不过上官是直接做生意,他只是做掮客。联系到他和袁新华、上官园寺的关系,我们不难看出,他还是为了钱,只是这个钱不是凯字营给的,却和凯字营关系重大——他来牵线和出面,替上官园寺和袁新华做生意。"

"原来如此。"伍栋慨叹道。

"可是这个生意,在袁新华那儿是鸦片秘密交易的生意,在范鸿儒这儿是掮客的小算盘,在上官园寺那儿只是前期做局的诱饵。"车丙三说完注视着伍栋。

伍栋听着,心下觉得惊讶,原来竟然另有隐情,他看到车丙三注视着自己,马上会意——"你是想问,我是否事先知道范鸿儒是个掮客是吧?如果知道,就意味着我对鸦片秘密交易事先知情,或者说我很可能也参与了袁新华的勾当,他的账簿我也有份儿。"伍栋说。

"我觉得,你不做探员可惜了。"车丙三笑答。

"你推理得对,但也不是全部。这和第三个问题关系很大,一会儿说第三个问题的时候,你就知道了。"车丙三补充说。

"我到凯字营的时间只有半年,开始两个月我自己还特别不习惯。战场上我面对的是敌人,心想着他们都是该杀的坏人。到了凯字营呢,颠倒了,坏人不能杀,只能教育、感化。等我开始想做一些事的时候,发现我对自己的治下很不熟悉,袁新华也确实不配合我。之前,我只是觉得他有一些小算盘,没想到……你找到的那个账簿……确实数额很大。也让我想明白了一些事情。明确告诉你,我之前并不知道范鸿儒是个掮客,在发现曹全碑隶书字帖藏着账簿之前,也不知道袁新华的勾当。这如果是当初韩主席的地界,他们俩每人可以吃三颗枪子儿的。你这个问题问得不够磊落,明明是想问更深的问题,却拐弯抹角问了个看似无关紧要的问题。"伍栋回答说。

"这不是怕你不方便回答吗?"车丙三笑道。

伍栋指着滚滚东流的长江水说:"世上不能说的事情,无外乎昨日之水,总归都会付之东流的。眼看大武汉会成为中国最后沦陷的大城市,这些看似干系重大的秘密,与家园故国的沦丧相比,实在不值一提。"

"虽然你之前没见过袁新华的账簿,但是现在应该很清楚钱从哪里来,鸦片往哪里去了吧?"车丙三问完伸出三个手指示意这是第三个问题。

伍栋冷笑了一声。"说问三个问题,主要是嫌你话多。我在凯字营一个月都不会说这么多话。前期应该是挪用的公款,后期不用挪用了,他袁新华靠卖鸦片赚了一大笔钱,只是这些钱他一分都还没来得及花在自己身上。我查了一下,开始的时候,他从外面买进鸦片——按你的推理线索和逻辑,购买渠道就是范鸿儒和他背后的上官园寺了,基本是卖给凯字营的犯人和工作人员,没想到他把生意做进了凯字营监狱里面。后来,应该是比较了他拿货和市场上的差价,范鸿儒给他的价格确实比较低,那就转手批发给了外面的黑市,等他赚了钱就不再需要挪用公款了,而且我到凯字营之后,他挪用公款就不方便了。这中间,应该还有帮手。"

"李士北是吧,后期他需要经常外出,索性离开了监狱,表面上做给凯字营送菜的小买卖,实际呢,每天进出凯字营帮助送货。可惜死无对证,只能推测了。"车丙三说。

"你知道的确实挺多,多得有一些……过分了,这事儿我也是昨天才查出一些眉目。"伍栋越来越佩服这个小个子探员了。可是，当他望向车丙三的时候，却发现车丙三一脸坏笑正看着自己。

伍栋先是心里一惊，坏了，是不是又着了这小子的道了，看来又给我挖了一个连环问题的坑。可细想也没觉得哪里不妥啊。

"你不觉得哪里不对吗？"车丙三试探着问。

"哪里？"伍栋不解。

"如果如你所说，袁新华赚了很多钱，他的钱哪儿去了？他赚钱了，那上官园寺作为他的上线，应该也赚钱了呀。那上官园寺没有理由费尽心思谋杀袁新华呀，那不是自断财路吗？"车丙三问。

"那钱还没找到藏在哪儿，只找到了账簿。你是怀疑我吞了这笔钱，或者说我指使袁新华干的这些事？"伍栋困惑地问。

"我说了，你不在我的怀疑范围。之前，我们经过各条线索的侦查，认为这个案子的诱因就是上官园寺想杀袁新华，因为其他几个人要么和上官没有交集，比如亨利，比如假韩冰，要么没有谋杀动机，比如可以随时在监狱外面杀掉的范鸿儒。又因为找到了账簿，所以，想当然认定谋杀袁新华是主要原因，其他几个人都是陪葬的。可是，回头来看，恰恰是袁新华被谋杀的原因说不清楚，既然你也明确了，袁新华很可能有一笔贩卖鸦片的钱，也有账簿，那就正式证明了袁新华和此案直接关系最大。可是，我们找不到谋杀袁新华的动机。"车丙三同样是一脸困惑地看着伍栋。

"这动机我们上哪儿查去，只有抓住凶手上官园寺，审问一下他，才能知道。"伍栋辩解说。

"就怕还没抓到凶手，他先一根筷子又向你戳过来了。"车丙三说。

"你什么意思?"伍栋问。

"凶手确实很厉害很狡猾,但是,百密还有一疏。范鸿儒是他早就谋划好准备放弃的棋子,假韩冰是误杀的,亨利是陪葬的,难道袁新华就不能是吗?"车丙三说。

"你……你是说这些人全都是误杀的?"伍栋大吃一惊,问道,这一层他没有想过。

"也包括钟仁民。但是,李士北、党笑笑和神父他们三个虽然是突发,事实上我认为他们倒真的在凶手的必杀名单上,只是神父是早在名单上,其他两个人是当天才上的名单。"车丙三自信地说道。

"费了这么大工夫,冒这么大的风险,就是为了转道同济医院谋杀另外三个人吗?"伍栋问。

"有的人命大,运气也还行,这会儿还在船上吹江风,大谈别人的生死。"车丙三讽刺说。

伍栋恍然大悟,原来车丙三指的是自己,原来自己才是谋杀目标,难道真的是这样吗?凶手费了这么大周折,处心积虑布了一个局,就是为了混进凯字营谋杀自己?

就因为自己挡了他的财路?这样想下去,凶手的谋杀动机才能说得通,如果是那样,袁新华也是帮凶了?真的是这样吗?伍栋望向车丙三,希望从他的目光中找到答案。

车丙三微微点头,是的,不用怀疑,你就是真正的谋杀目标。

"你知道吗,坏人从来不觉得自己是坏人。你觉得自己光明磊落,做的事情天经地义,可是在坏人眼里可能就是绊脚石,就是拦路虎,就是另一个坏人。你不会发现自己成为谋杀目标,因为在你的逻辑里面你就是正义,但是坏人并不这么认为。你能接受这个事实吗？"车丙三问。

伍栋稍作沉思，点头。

车丙三却朗声说："我不能接受这个事实。我也不认为这就是真相。"

伍栋刚刚明白一个道理，却又要面对新的颠覆，车丙三思考问题的速度远超过自己想象。"还有什么说不通的吗？既然人家要杀我——幸好我现在还活着，我自己都能接受这个事实，你有什么不能接受的呢，难道上过战场的人就不能被别人惦记着性命吗，在战场的时候，别人天天惦记着我的小命呢，习惯了。"

"你是谋杀目标，只能说明凯字营几条命这个案子，可是，这是一个连环杀人案，后面还有先后丧命的李士北、党笑笑、玛提欧神父以及钟仁民，以及差点儿丢命的门卫老夏。你应该不是谋杀目标，或者只是谋杀目标之一。人家不是冲着你来的，希望你别失望啊。"车丙三不忘和伍栋开个玩笑。

"那上官园寺的目标是什么呢？"伍栋问。

"这个案子第一次让我觉得有大的突破的时候，不是发现了真的袁新华，不是永和说了上官园寺的线索，也不是程医生的化验报告，而是在珞珈山上一位教授和我说的话，一个微不足道的线索。第二次让我眼前一亮的时候，还多亏这位少林高手，他撑船带我到凯字营临江废弃的码头。"说着伍栋用手指向坐在船头打坐的黑脸艄公。

他接着说："当我看到凯字营在大片种植罂粟的时候，心情特别复杂——我既看到了案子爬上了一个坎儿，又担心下面是个深沟，而且特别不希望这个深沟是我敬重的人亲手挖的。我提醒自己，要冷静，不能意气用事，还有不少线索没有厘清，破案不是抓住一个凶手那么简单，凶手背后可能还有主谋，主谋背后还有动机。很多案子就是在抓捕时凶手被击毙了，然后匆匆结案了，其实，那不是破案，那只是合法使用了一颗子弹。离破案还很远，离真相还很远，死了的人真的是死不瞑目。只是这些活着的人轻松了，没人计较了，因为问题不是被解决了，是制造问题的人被消灭了。当想到你也不是直接谋杀目标的时候，困扰我的问题实在让人想不通，我就反复告诫自己，凶手不在凯字营，但是破案的关键在凯字营，我就把前前后后三次进出凯字营的经过拼命回忆，每个人说过的话，每个人说话时候的语气，我都在回忆，再仔细掂量，哪句话背后到底可能藏着什么信息，这就是我的风信，这就是最重要的风信。后来，还是你说过的一句话让我找到了答案。"

伍栋冷笑道："我以为自己说的话足够少，却暴露了这么多线索。我一会儿成为谋杀目标，一会儿人家又不想杀我，到底杀不杀，你得给我一个说法！我自己都不知道，我说过的话怎么就给你答案了呢？"

"你说过两次，要破案，给上峰一个交代。我不知道你的上峰是什么人，但是肯定不是法国巡捕房、武汉警察局，你说了两次给上峰一个交代，我忽然回想起来，你其实重复过的话不多，这个算是一句，而且是不经意的一句，我就琢磨是谁的死，需要你出来给上峰一个交代？我之前一直以为是韩冰的死，因为他是权贵的公子，可是，后来已经知道他只是一个替身，并且这件事你需要给自己交代，不需要也不愿意上峰知道；等袁新华的账簿出来，袁新华的死就变得很复杂，可他的命还不至于惊动上峰，范鸿儒就更不必提了。当推理到上官的真正谋杀目标是你的时候，我感觉柳暗花明了，但接着排除了你是首要谋杀目标的时候，我才意识到这山穷水尽真是有趣啊，答案明明很早就摆在面前了。我终于明白了，应该是亨利的死。因为，我需要给我的上峰交代的也是亨利的死，所以我开始就忽略了这一点，我默认只有自己关心亨利的死，因为我的最初任务就是搞清楚亨利的死因。上官园寺的谋杀目标就是亨利，次要谋杀目标是玛提欧神父和监狱长你。凯字营的秘密确实挺多，但是，我相信，最大的秘密不是犯人学画画，不是牢头贩卖鸦片，不是政府通缉的假韩冰藏在了犯人中间，也不是凯字营自己偷偷种植罂粟，这些都是监狱长关心的，不是凶手真正关心的。凶手真正关心的是亨利，亨利才是他真正的狩猎目标，他为了这次狩猎布了半年甚至更久的局，这里面范鸿儒、袁新华都曾经是他的棋子，他舍弃时估计眼睛都不会眨一下的，相反心里会很畅快，准备了这么久就是要等到弃子这一刻，鸦片交易也是他的手段，他打进凯字营的通行证，这些只为了确保万无一失，就是要保证一击即中。这个局就是要在同一个时间内将他的猎物一网打尽。"车丙三一口气说完，望着伍栋。

伍栋又恢复了水泥脸。"你没有提问，只是在陈述，你想问什么呢？"

"我已经问了三个问题。这个问题我问下去就会有人回答我吗？不会的。凯字营的军事秘密，嘿嘿，动辄军事秘密，我想凯字营印刷高考试卷不算什么军事秘密，凯字营种植罂粟不算什么军事秘密，凯字营的军事秘密只有一个，就是和亨利有关的这个，也就是凶手谋杀亨利的原因。世上哪有那么多秘密，一个足够了。"车丙三既是回答伍栋的话，也是在自言自语，他知道，这是个很可能没有答案的话题，他也不想因为之前伍栋表示会敞开心扉就刨根问底，问这个让伍栋为难的问题。

伍栋望着长江水默不作声，他的随从像个木头人呆立不动，艄公还在打坐——别人的谈话属于另一个世界，他已经进入禅定。哗哗的长江水翻滚波涛，在眼前流淌，在耳畔拂过，最后，在心底什么都没有留下。是的，这些都随水东流，明天也会成为微不足道的小事儿，人们会很快忘了这些，人们还在战火中逃命，一个人的生死，一件事情的真相，在一个民族的颠沛流离中真的算不了什么。

车丙三听着长江水出神，猛一抬头，小舟静默，两岸间的大武汉却在向西退去，战争要来了，人们撤退了，城市怎么办，也要撤退吗？不，不是城市在撤退，是小船在走，原来那艄公不知何时已经将铁锚提起，无人掌舵，随波逐流，任凭小船自行向下游漂去。

这是要漂向哪里？

车丙三正在诧异，伍栋却挥手指着江北岸说："知道那是哪里吗？"

隐约间可以辨认是同济医院的方向。"同济。"车丙三低语。

伍栋说："五十年前，那里是大清朝的江北大营，在当年的军事序列中编号称呼'魁字营'。如今大家很少说这个名字了，更多的是称呼它'同济医院'。你可能会觉得，这很正常啊，其实，如果没有同济医院呢？它仍然不会被叫作魁字营，因为它是一块空地，江北大营没了，啥都没留下，连个名字都没留下。美国人就在一块飞地上建了这个同济医院。魁字营的对面呢？它对面隔江相望的就是江南大营，当年在军事管理序列里面是有正式编号称呼的，对，你应该想到了——'凯字营'。先有凯字营，后有这个监狱。还有一个先后关系你可能没想到——先有罂粟种植，后有这个监狱。不是我凯字营监狱种植罂粟，是凯字营种植罂粟。想想看，大清朝的军事重地，原来被他们秘密种植罂粟，不亡国才怪了。辛亥年，武昌举义，宋卿先生被拥戴为湖北的领袖，他本人是新军出身，对于江南大营江北大营心里非常清楚，几声走火的子弹就能改朝换代，军事不是假把式，这样的空架子早已不合时宜，民国了，就不要再自欺欺人了。长江依然重要，武汉依然重要，但是镇守的方法应该改弦易张了。他首先想到的就是烧了凯字营，因为凯字营种植罂粟，鸦片这个毒瘤必须除掉。就在他准备焚烧江南大营凯字营的时候，有人拦住了他。这人是一位留洋归来的学子，学的就是生物医学，他说鸦片在生物医学上原本是了不起的药物，在洋人那里已经用了三百多年，一百多年前，英国人汤姆斯·西德纳姆将鸦片的提取物正式用在医学上，最大的用途是止疼。这是非常了不起的发现。

"鸦片真的能治疗疾病吗？宋卿先生没有留过洋，但是他愿意相信读书人，他觉得读书人比军人可靠。就这样，魁字营撤销了，凯字营留了下来，留下凯字营只是为了留下一块合法的鸦片种植的地方，但是这地方不能不管不顾，也不能继续作为军营了，否则，不又回到大清朝的腐败地步了吗？鸦片可以成为治病的良药，那坏人也应该有成为好人的机会，索性就把凯字营作为一个军事监狱吧，按照监狱的管理，种鸦片加工成药品的活儿就交给凯字营吧。"

伍栋讲述了宋卿先生的旧闻，一个军人讲述了另一个军人的故事。车丙三没有正经读过书，对这些先贤的事迹不甚清楚，只是隐约记得"宋卿"二字最近听人提起过。原来凯字营的鸦片有这样的渊源，昨天自己偷偷进入凯字营后防的时候，见到了成片开得绚烂的罂粟花，当时心里头对伍栋一千个一万个憎恶痛恨，人毕竟是感情动物，当你憎恶一个人的时候，很容易对他做事的目的怀疑，如果结果不可疑，还会不自觉地怀疑他的动机。昨天自己对伍栋的看法和今天发生了很大的变化,可是,昨天的伍栋和今天的伍栋没啥变化,车丙三一直以为自己很聪明,能够猜透别人看不懂的谜团,现在看来,这些都是小聪明,都是带着情绪的不冷静不公道的抖机灵。伍栋内心的坦荡实在让自己惭愧。想到此处,车丙三感觉自己脸上发烫。

伍栋用手指着江南岸。"那里就是凯字营旧码头了,没猜错的话,你昨天就是从那里上岸的,我们把船划过去,直接从后防回凯字营,很近。"

车丙三一抱拳。"我还是想从凯字营正门光明正大地进去,不管是你抓我蹲监狱还是让我协助破案。"

伍栋朗声大笑。"不敢走后门,难道是怕被扔长江里去吗?好,按你说的办。"说着向艄公示意,伸手指向龙王庙码头。艄公起身摇桨,原本顺江而下的小船,他两个掉阖已然稳住,紧接着稳稳地向斜对岸划去,龙王庙码头是在上游,斜刺里逆流而上很难,而小船刚猛稳健快速前行,艄公的臂力让人吃惊。

车丙三没有追问凯字营的鸦片秘密,伍栋却主动继续说道:"对你来说,凯字营或许真的只有一个秘密,就是亨利。关于他的消息你应该查不到,就算你通过法国大使馆再辗转到法国军方可能也得中间耽搁十天半个月,而且能不能拿到他的确切信息还很难说,毕竟留给你的时间不多了,七天——七天的最后两天。其实我不说,你那么聪明,也能推理出个七七八八了吧,或者我哪句话、哪个举动又暴露了什么秘密呢。"

"当你说罂粟种植的目的当初是为了制药,我基本就想通这件事情了。也算解开了之前我心中的最大疑团。"车丙三说。

"最大疑团?这个我还挺好奇,你最困惑的是什么呢?"伍栋问。

"凶手上官园寺花了半年的时间布下这个局，到底为了什么？他低价给袁新华供货鸦片，这当中他要么不赚钱要么赔钱，如果说谋杀监狱长是为了把生意做大还能说得通，搬走这块绊脚石，可是谋杀亨利博士和玛提欧神父呢，有啥好处呢？杀了这两个人就能做成更大的生意了？没有道理。同样看不到为情杀人的迹象。不为钱、不为情杀人，这种杀人动机在以往的案子当中没有过。还记得我说过你敬礼的姿态吗，让我觉得很生硬，上官园寺向我摆手的时候也很生硬。这让我联想到他很可能有从军的经历或者类似特种军事训练的经历，再联想起他为了政治栽赃冒充了西园寺家族的身份，还有你说的鸦片制药的线索，我终于算是搞清楚这个案子了。其实也就是我不知道的你一直保守的军事秘密，我刚获取的情报还没来得及和你共享，把我们知道的放在一起，就明朗了——

"日本军方想在占领武汉前垄断华中地区的经济，现在经济的硬通货就是黄货——黄金，和白货——鸦片，鸦片中的大头掌控在日租界。可是，日本人发现还有一股势力手上掌控了大量的鸦片，并且还在持续地大量收购。他们肯定花了不少力气，终于找到了源头在凯字营。凯字营的军方背景让他们很忌惮，不能强取。可是，在对凯字营的鸦片流通观察之后，他们发现了一个大的秘密，凯字营的鸦片交易并没有流向黑市，而是用来制药。不难推测到，这些药品最终被用于前线的战争，战争中的伤员需要大量的止疼药，战争越吃紧，药品的缺口就越大。这些药从哪里来？大部分来自凯字营。这些药在哪儿加工呢？凯字营加工不了，把鸦片加工成药品需要很高的技术支持，这里面有美国人在悄悄帮忙，也就是玛提欧神父和他的同济医院。这些进行得都很低调，包括凯字营到同济医院之间的往来，使用了废弃的两个古码头，这两个码头一直停用，而凯字营到同济的水上航线距离其实非常近，这条秘密航线的守护者也包括我们这位少林高手、曾经的营长——我也是有营长给撑过两次船的人了。这些，能够把案件连起来，还差关键一环就是亨利。战事吃紧，同济医院的美国人面临撤出武汉的风险，这时候需要准备好善后工作，也包括处理好后续帮助凯字营制药的问题。我想，亨利这个生物学博士可不是白白闲置的，他应该是制药的专家，无论是亨利还是玛提欧，都应该有他们各自国家军方的秘密支持。凯字营邀请亨利的目的就是想在凯字营实现药品生产，这样既摆脱了鸦片在长江上运输的风险，也能尽快生产出更多的止疼药，前线战事吃紧，我想后者原因更大一些。你曾经说过，你的上峰和你说'凯字营就是战场'，这句话的真正含义，我现在终于明白了——凯字营给战场供给药品，也就和战场一样了。日本人还是很厉害的，他们捕捉到了这个情报。刺杀亨利，就相当于帮助他们在战场上赢了一场战役，赚了一个城市，吞下了一支军队啊。所以，他们要谋杀亨利，进而谋杀玛提欧神父和伍栋监狱长。你三个才是他的谋杀目标。可是，敌人能够出的牌很少，少到可能只有一两个人，又要保证一击即中，所以就要精心布局，布一个谋杀的局，一旦动手，就要连续出击，在我们还没有反应过来的时候就把这几个人都杀掉。不为钱，不为情，杀人本身就是目的。我说得对吗？"

伍栋盯着车丙三半晌，缓缓说道："你说的多数都非常准确，准确得就像你亲眼看到、亲耳听到一样。有一点你还不知道，或者说你掌握的信息还没来得及仔细筛选，凯字营能种植多少罂粟，能收获多少鸦片？这些收获毕竟还是在比较隐秘的情况下进行的，规模就更加受到限制了。"

"嗯，这一点我确实没仔细想过，如果这个数量很大，那说明……凶手确实来头很大，有更大的背景在支持他。一个谋杀案如果不是为情杀人，也不是为钱杀人，那说明这杀人动机比情还打动人，比钱还吸引人。这个逻辑顺下来，确实说得通了，也让人……兴奋，可能用兴奋这个词儿来形容不恰当，连续有人被杀，怎么能说兴奋，可我知道的词汇有限，我想到的也就这个词了。但是，如果凯字营种植罂粟的数量很小，收获的鸦片数量也相对比较小，那一系列推理就显得很荒谬，我特别不想看到这样的结果，你刚才说'这些收购毕竟还是比较隐秘的'，那就是说罂粟种植的量和收获的规模确实很小……看来——"车丙三说到这里一脸惨笑。

接着他缓缓说道："看来，我真的推理失误了。上官园寺花了半年的时间布这个杀人的局，不可能没有调查鸦片的收购规模，他自己还放了诱饵的。他进出过凯字营，也可能直接发现过罂粟种植的秘密，进而会调查罂粟种植的消息，他那么细心缜密，一定会是这样的。"

"你说得没错。"伍栋像是在安慰车丙三，但是却不急着帮忙说出答案，脸上分明带着一丝得意的笑。

"那为什么……会有矛盾？"车丙三问道。

"矛盾？这个算第几个问题了呢？"伍栋这个板着水泥脸的人近来却偶尔喜欢和车丙三开个玩笑。

车丙三无奈地摊起手，扬眉说："东流水，长江，你说的。"

伍栋笑着说："可惜你这个问题问得太迟了，你看，船靠岸了。你的推理大的逻辑非常准确，至于鸦片规模，嘿嘿，先让你烧烧脑子吧，反正你是侦探。等下次一起乘船的时候，我看心情给你解答一些这个'矛盾'谜题吧。"

车丙三惨然一笑道："你真的要抓我进监狱吗？"

"你喜欢住进监狱就进来嘛，如果凶手藏在凯字营，还真需要你进来。我为什么把你从巡捕房捞出来，就是想让你破案，至于从哪儿破案，那是你的事情。你上了岸想去哪儿，那也是你的事情。不过，你时间不多了——就剩两天了。"伍栋说话的时候，水泥脸上闪过一丝微笑。

伍栋顿了顿又说："早晨有个自称白板的糟老头向我传话，说你被巡捕房抓了，你知道凯字营后花园的秘密，还知道韩冰的秘密，如果法国人审问你，不敢保证不说出去。嘿嘿，这个求助的手段真是高明。伍某不敢自称大丈夫，光明磊落的事情没少做，上不得台面的事情也不是一点儿没做过，可是做不做的标准但求无愧我心了。去巡捕房抓人也是捞人，这一点我想这会儿雷霖也能琢磨出味道来了。可是，捞你还真不是为了让你封口。这个案子还真的指望你抓住元凶了。"

车丙三满面堆笑说："你这个朋友，我交定了。"

伍栋还是那副水泥脸，朗声说："我说过，我们不是朋友。"然后，他又顿了顿说："我们是兄弟。"

车丙三瞬间像打了鸡血，浑身也痞子气陡涨。"现下，兄弟就有个对不住的地方了。你天天不出凯字营，却好像什么都知道，你肯定也知道，这个凶手很难抓，两天抓到凶手，基本不可能。所以，只能用非常办法。"

"什么非常办法？"伍栋问。

"刚才不是和你稍微暗示了一下嘛，上官园寺惦记着三个人，玛提欧神父、亨利博士，还有我兄弟监狱长你……半年来，你这是第二次走出凯字营……"车丙三一脸坏笑地说。

伍栋脸色微微惊讶。"你……你，把我当作诱饵……什么时候?"

"现在。"车丙三笑着点头说。一个人做了坏事儿的时候,要保持微笑,这样不会被打得太惨。

伍栋伸出右手食指,点着车丙三。"你——原来……"其他的话没有说出口,心下却登时明白。有人到凯字营举报,说车丙三曾经刺探过凯字营,而且从凯字营监狱偷走了一朵花,他现在刚被抓回巡捕房关禁闭。他其实是在赌,如果自己真的是帮凶或者在私自种植贩卖鸦片。那他就会希望车丙三闭口或者永远闭口,但是车丙三的口供不能落到巡捕房,他就可以以私自刺探军事禁区的名义抓捕车丙三。送消息其实是给伍栋一个很好的抓捕借口。如果伍栋没有涉案,又真的想破案,那他也可以用这个借口把车丙三捞出来。这些都是车丙三做的局,他用了一夜的时间和他的搭档们做的局。至于举报的人,看来也是车丙三自己安排的了。

还是做局。为了猎杀亨利,上官园寺做了半年的局;车丙三为了引凶手出击,以其人之道还治其人之身,做了个诱捕凶手的局,只是这个局是以伍栋为诱饵的。

"地点呢?"伍栋说。

"不知道。只是赌一下。如果我是他,会在两个地方选,这两个地方都算便于下手的,法租界码头和龙王庙到凯字营的路上。现在看来,第一个地点他没有选。"车丙三说。

"你怎么知道他就一定会选第二个地点呢?"伍栋问。等着被截杀,这听起来有一些荒唐。

"我不知道。只是赌一下。看运气了,兄弟。"车丙三说。

现在后悔或者怨恨也晚了,既然走到这一步,就要面对了。可是,伍栋却有一点欣喜,这就是久违了的上战场的感觉,士兵重新拿起武器,和敌人面对面真刀真枪地干一仗。他现在最希望的是凶手打听到了风声,在路上截杀自己。这风声原本也是车丙三安排人散出去的,这个小个子的身高都是被心眼儿多坠住的,能长高才怪。

"如果是在龙王庙码头,市民比较多,希望你不要轻易使用枪。"伍栋看着车丙三鼓囊囊的马甲口袋说。

车丙三惨笑说:"巡捕房的候补探员,说白了,就是跑腿的,你觉得会给我们配枪吗?对了,你应该随身带了武器吧?"

车丙三一定特别后悔问了这个问题,伍栋摇头已经不言自明。马上要上岸的四个人手无寸铁,将要面对的是杀人不眨眼的刽子手上官园寺,对方如何隐蔽使用什么武器都是未知。既然称呼了兄弟,那就只有硬着头皮面对了。

希望我们的太阳穴足够硬,车丙三心中想。

16. 巷战

弃船上岸前,伍栋冲黑脸艄公扬了扬手——要一起上岸。可能是在船上待的时间太久了,艄公迟疑了一下才领会伍栋的意思,他揣了几只生菱角,缆绳也不去捆绑,头也不回地和伍栋三人一起登陆了。

这样的人活得真是了无牵挂啊,车丙三心说。虽然他昨天还把自己扔进了长江,这会儿车丙三对他却有了几分好感。

龙王庙码头看不出有什么不同于往日。这几天,车丙三在这里往返数次都是匆匆经过,直到昨晚谋划这个诱捕计划前,从没想过这里会成为一个战场。他环视角落,想看看有什么可以作为防身武器的东西。

"你看起来鬼头鬼脑的,哪像要打伏击战的样子啊!"伍栋低声提醒他。

伏击战?那是战场上才会用到的名词吧?

找不到合适的武器。是啊,谁会跑码头卖刀枪呢,卖也是到黑市上去卖啊。如果上官园寺没有打算暗杀伍栋呢?或者他没有收到伍栋可能会经过龙王庙码头的风信呢?毕竟时间太紧张,今早才放风声出去的,临时决定暗杀看起来不像上官的风格。这个计划做得还是有一些仓促，对凶手的性格分析得少了一些。另外，谁是上官园寺啊，长啥样子啊？

从龙王庙经过一条巷子，然后是几百米僻静的小路，接着就是凯字营。算下来从凯字营监狱大门口到龙王庙码头不过千八百米远的路程，只是凯字营是军事监狱，平时出入的人很少，这段路程比较安静。看样子一切正常，大白天的，哪有什么凶手出来杀人。

"没有人出来杀我们，是应该高兴还是应该——"车丙三低声说着笑话，还没说完，就止住了后半句。

巷子里迎面跑过来一个小女孩，她胸前原本抱着一束玫瑰花，可是她跑得太慌张了，有几枝花正往她脚下滑落，她死命往前奔，也不去顾地上掉落的花。再一看脸上，眼泪哗哗地往下淌。孩子并没有哭出声音来，一个人在极度恐惧中是哭不出声音的。

车丙三认识这张脸。他伸手试着拦住孩子——别因为慌不择路再摔跤了，那孩子目光中满是惊惧，挣脱了车丙三，一溜烟儿往远处跑去。车丙三感觉有湿漉漉的东西滴到了自己手上。

四个人走进巷子才十多米，好像也就明白了刚才发生的一幕。

一个黑衣汉子拦在路前，身上打扮利落，看脸上很奇怪——他用黑布缠绕着脑袋裹了好几圈，大半张脸也被包裹起来。

黑衣汉子身后是一辆载着麻袋的小推车。推车并不高，但是比较狭长，这样的车子便于穿街走巷吆喝，武汉城一些卖粮食的小贩惯用这样的小推车，车丙三原也见得惯了。这辆车现在被横在了巷子里，这样就没法穿过了。车上除了几个装满粮食的麻袋，还像叠罗汉一般摞着三个汉子，他们这会儿已经没有一丝生气，人被当作砖用了。因为这三个汉子被叠在了一起，车子变得老高，如果有人想通过巷子，就算想从车上翻过去，也没法过去了。一辆推车，三具尸体，堵死了这个胡同。估计，那个孩子看到了三个人被杀的一幕，吓坏了。

这人很奇怪，杀了人也不跑，把自己圈在了死胡同，像个树桩子戳在那里。把自己先堵进死胡同，这不是伏击，这分明是等着被伏击。

四人离得尚有一段距离，车丙三想跨前一步，走近看看他的眼睛，四天前，在同济医院的病房里，就是这双眼睛，车丙三一直记得。

伍栋的年轻随从和黑脸艄公已经抢先一步冲了上去。上过战场的人，能够闻出来敌人的味道，如果等到人家亮剑了才知是敌是友，那就太晚了，他们俩拥有这种嗅觉。

不动如山。黑衣人依然戳在那里，眼睛望着前方，虚化着焦点，好像什么也没有看。

伍栋那名随从伸手去拍黑衣人的肩膀。"喂，你这人什么——"他还没有说完，手离着对方肩头还有一韭菜叶宽度的距离，尚未落下，突然，黑衣人转身——

黑衣人只是看着要转身，并没有转身，而是稍微弯腰，大家只是觉得黑影一闪，他已经从随从和艄公的身体之间滑了过去。刹那间，他没做丝毫停留，甚至都没从背后偷袭艄公和那随从，直奔伍栋扑来。

是的，伍栋才是他的猎杀目标，这一点大家原本应该想到的，只是他身法迅捷，青天白日里却如鬼魅一般，让人不寒而栗。

黑衣人探手直奔伍栋咽喉，伍栋毕竟军旅出身，应变接招，车丙三急忙侧击黑衣人的腰部，背后黑脸艄公也一脚飞踹黑衣人的后心。三人夹击，胜算很大。

这一招还是虚招。黑影闪动，黑衣人已经滑向伍栋身后，却听哎哟一声，车丙三出拳打空，身体失控，却被艄公的飞脚踹到了膝盖。这真是见了鬼了。

黑衣人没有马上发起攻击，眼睛虚看着死胡同里的四个人，他弯着腰，后背拱起，两脚钉在地上，可是两只手上不知何时却分别多出来一根筷子。

车丙三低声惊呼："有鬼。"黑脸艄公却镇定地说："是忍术。"他听力不好，所以说起话来声音格外洪亮。车丙三算是第一次听到了艄公说话。

黑衣人第一次出手居然没有伤到人，自己也毫发未损，这一轮交锋表面上看算是空对空，但是攻守之势已经发生了微妙变化，原本是他把自己囚在死胡同，可是他只是假装出击，在大家身旁闪电般晃了一晃，就变成他一个人把四个人囚在了死胡同。

他并不急于进攻，是在等机会吗？车丙三看到了他的双眼，自己并不能确认这就是在同济医院的病房里看到的假袁新华的那对眸子——他现在一直虚看着前方，就像什么都没看的一个假人偶。不，假人偶还可能把眼睛做得炯炯有神，他的眼睛就像死鱼的眼睛。

车丙三愤愤骂道："死鱼眼睛，你骗得我们好苦。"

伍栋皱了一下眉头——有本事就把他干掉，不管是四打一还是一打一，骂人赚个啥口头便宜？

"死鱼眼睛，你成天吃不饱饭吗，还是饿死鬼托生？拿双筷子随时准备吃屎吗？"车丙三越说越不像话了。

黑衣人眼睛左右稍微动了动，看来不是不会动，身体仍然钉在当场，既不进攻也不后退。死胡同里面的四个人不敢贸然出手，只是屏住呼吸。大白天面对这个鬼魅一般的黑衣人，让人后脖颈发凉。

238

"死鱼眼睛,你属王八的吗?动都不敢动一下,你应该背一个壳出来,听到一点点动静就缩回背壳里面去。那样,你还有两只爪子可以多拿两根筷子。四根筷子架起来就可以烤乌龟了!哈哈哈,你快把面罩摘下来,让我们瞧瞧你的乌龟脸烤熟了没有?我怎么闻到烧焦的味道了呢?"车丙三骂人的话跟着说出来。

黑衣人并没有被激怒。他眼波微动,瞟了一下左肩膀,那上面钉了一颗水菱角。看来,刚才交手时他并非毫发无损,艄公飞起一脚时用手指弹出一枚水菱角,这枚小暗器居然戳进了他的肩膀衣服,毕竟不是金属,没能伤到皮肉,但是也让他心下大惊。这个黑脸汉子从来就没有进入自己的视野,七个月来自己以为谋划得天衣无缝,可最后还是失手了。今天,必须把旧账清掉了,就算遇到硬手也得清账,杀一个和杀四个都是杀,想到这里,他手中的筷子握得更紧了。

车丙三见到黑衣人情绪的微妙起伏,马上说:"哟,哎哟,你这筷子连个水菱角都夹不住呢,是手抖了吧?你可别赖筷子滑,筷子无辜的呀!"

伍栋的随从有一些耐不住性子了,车丙三说一些不痛不痒的话也让他觉得太聒噪——这人话太多了,况且是废话。我们四个爷们儿打败这家伙也胜之不武,自己就不信邪,一双筷子就能当武器了?

只听得呼呼风声响起,那年轻随从左右开弓,接连向空中踢了六次腿,一次比一次快,一次比一次气势逼人。年轻的随从原本个头就比较高,这六脚踢得行云流水、舒展矫健,甚是好看。年轻人脚踢得比车丙三的个头高出甚多,最后他一个筋斗旋子稳稳落地。他每一脚都离黑衣人的脸颊有半米远,也不再逼近,只是向黑衣人炫技一番——你一个人狙击我们四个人简直就像一个笑话。

　　黑衣人毫无动静，还是像个树桩子戳在那里，眼里目空一切。伍栋面露微笑，黑脸艄公却紧皱眉头。年轻人见伍栋面有喜色，好像获得了表扬，打算立下这一头功。

　　车丙三还想继续揶揄嘲讽一番这个黑衣人，却听身旁风声响起，年轻人已经冲了上去。他右腿一个飞踹，向黑衣人缠着黑布的脸踢去。

　　他之前已经连续踢了六脚，每一脚都是奔着黑衣人的脸上去的，这一脚又是朝向黑衣人的脸部。言外之意，我已经知会你要在哪儿进攻了，你既然脸上缠着黑布我就踢你的脸看看庐山真面目。

　　不动如山，动则风雨雷电。年轻人来势迅猛，黑衣人动作更快，黑衣人只是上半身微微一晃，年轻人的飞脚恰好从面颊前拂过。年轻人也有所准备，身体前欹，第二腿已经跟了上来直接踹向黑衣人腰间。可能是这一脚用足了力气，车丙三从身后只看到年轻人整个身体从黑衣人的腋下戳了过去，看不到黑衣人是如何招架还击的。瞬间，年轻人一个筋斗向黑衣人身后扑了过去。这次，他的身法不再那么优美矫健，伴随一声闷哼整个人摔倒在地，接着就一点儿生息都没有了。三人都没看清楚黑衣人是怎么一招制胜的。

　　好厉害。

　　车丙三注意到黑衣人左手的筷子尖头有一点猩红，他瞬间感觉眼前冒金星，舌头发麻。他紧紧咬着下嘴唇——这时候千万不能晕倒。看来年轻人是中招了，他想起程慕白说的话，凶器刺入太阳穴四厘米——活不成了。

　　黑脸艄公向前迈出一步，准备迎战。车丙三一拉他衣袖，说:"让我来。我昨天刚刚捡回来一条命,今天再试试运气。江猪都不吃我,这丑八怪能把我怎么样?"

黑脸艄公望向伍栋,想得到伍栋的命令。伍栋冲着车丙三说:"鱼饵是你放的,你要上也好,但是别把小命丢了。"然后,伍栋又凑上前低声说:"你只要不冲过他的防线或者别离他太近——你看他的脚……"

车丙三也注意到,黑衣人自从占据了巷口方位之后,双脚像钉在地上一样,没动过一下,就连和伍栋的年轻随从过招儿的时候都没动一下双脚。年轻人炫技在明面上,黑衣人炫技在暗地里。或者他不是炫技,但是他的战术已经暴露出来,不主动出击,不随便前进或后退。

车丙三笑嘻嘻地向黑衣人说:"你个死鱼眼睛,看都不敢看老子一眼。老子今天就给你刮鱼鳞。"说着他伸手进马甲,掏啊掏的——

一枚放大镜,车丙三端详了一下,看来砸不死人,随手塞回马甲口袋;一块拳头大小的方木块,太轻了,车丙三拿在手上掂了掂,自己摇摇头塞回了口袋;一小捆绳子,摆弄在手上,太软了,车丙三右手握着绳子往自己左手抽打,不觉得疼,看来用它伤人恐怕也做不到,只好摇摇头又塞回马甲口袋。他接着从马甲掏出各种小物件,一一试过的东西包括一枚小镜子、一把皮筋、一只指南针、一个小铃铛、一串挂到了一起的曲别针、一个比巴掌还小的日记本,甚至还有一支画眉毛的眉笔。

车丙三就这样在几个人面前把自己的马甲掏了个遍,然后又一一塞回马甲。说来奇怪,这么多物件,就像杂货店一般,车丙三居然能带在身上,而且掏出来后还能一一塞回去。他一边翻来覆去掏出来塞回去,嘴上还不停唠叨:"人家搞一双筷子都能杀人，我这么多宝贝怎么看怎么用不上呢？"

"你搞么事撒？搞一堆破烂……"黑衣人有一些不耐烦了问道。他说的虽然是武汉话，可是听起来就像患了重感冒而且舌头也有一些硬，他不是武汉人，张口说武汉话是为了误导对手？

"我也觉得这一堆破烂没用，平时带在身上还啰唆麻烦，关键时刻帮不上忙啊！唉。死鱼眼睛，你快说说看，这些东西哪一件能作为凶器杀人啊，哪一件能在你身上派上用场，你可是杀人行家，你说说嘛！"车丙三问黑衣人。

黑衣人重新沉住气，又恢复了目空一切不问不顾的样子。可是，刚才他毕竟说了一句半，而且还是武汉话。这是自打他进入这个胡同以来第一次开口，或者说这是四天来车丙三第一次听见他说话，他说话的瞬间，车丙三瞄向他眼睛，那眼神和四天前同济医院的假袁新华一模一样。没有错，是同一个人，车丙三非常确信。

最后，车丙三掏出一把折尺。"就它凑合用一下吧，好赖算是一件铁器，勉强杀个人试试吧。"车丙三无奈地说道。只见他嬉皮笑脸地向黑衣人走来，右手的折尺拍打着左手手掌，就好像在用一柄扇子，脚下甚是轻快，一点儿看不出将要发起决斗，却好像一个公子哥进了烟花巷，看起来甚是轻浮。

黑衣人眼神中燃起一丝怒火，对一个人最大的侮辱就是无视他，这个小个子探员，一副痞子的德行，居然如此藐视自己！黑衣人双脚纹丝不动，右手中的筷子交到左手，然后右手背到身后，左手向前探出，伸出一根手指，向车丙三一勾——来吧，小子！

车丙三晃晃悠悠走上前，离黑衣人还有不到两米远突然停了下来。

车丙三忽然忧心忡忡地自言自语："哎呀，其实我这把尺子很贵的。把你打伤了不要紧,别折了我的尺子。我可先警告你,像你这种情况医院是不会抢救的,同济医院的医生护士好心抢救你,你却恩将仇报,杀了两名医生、三名护士还有一位患者,二、三、一,加起来六个人呢,你可是上了医院黑名单的人了,这样的人,下次医院可是见死不救的。要不,你束'爪'就擒吧,束爪就擒你知道吧,这个成语中国人都知道,你如果不清楚我帮你解释一下。"

刚才黑衣人还有一些恼火,只想速战速决。可是,听车丙三一说,自己心中有一些纳闷,自己明明在同济医院杀了三个人,怎么他说六个人呢?难道……不,也许他是特意蛊惑自己,不去想这些。接着,他听到中国成语"束爪就擒",这个成语原本不是这么说的,他知道的,可是还是想了一想,然后,他更加感觉这个小个子太可恶、太侮辱人了,今天必须给他点儿颜色看看。

车丙三一边琢磨着如何扯谎乱了对方心思,一边瞟着黑衣人的眼神。虽然他下盘扎得很稳,上身也基本伺机对敌,但是眼神中还是能看出一些起伏波动。

"我数三个数,你如果现在想通了,还可以投降,我决定不虐待脸上带伤没脸见人的人。如果迷糊不悟——迷糊不悟你懂吧,这又是一个中国成语,懒得给你解释。你如果迷糊不悟,那我数完三个数,我就出招,那时候你可就惨了。唉,'迷糊不悟'你真的懂吗?我可要数三个数了啊!"

车丙三晃着手上的尺子,摇着脑袋,就像以前的教书先生一样,嘴里突然说道"三个数"。他说"三个"的时候已然出手,铁尺向黑衣人戳去。说三个数,真的是"三个数"。

迷糊不误?黑衣人在纳闷,并没想到车丙三会使诈,长年的机械训练使得他总是能够时刻保持战斗状态，铁尺戳过来的时候已经掠过自己的手背了，他还是迅捷反手，一把抓住铁尺，借着车丙三的势头把铁尺往自己怀中拽过来。

旁边的伍栋和艄公看在眼里，车丙三只要被拉过去估计小命就悬了，结果恐怕也会像刚才的年轻人一样了。艄公手中捏了一只水菱角，随时准备打向黑衣人的眼睛，虽然艄公没有把握这个水菱角能有多少杀伤力，可这也是唯一能做的了。伍栋开始的时候不明白车丙三的意图，可是被他这样一胡闹，那个黑衣人居然张口说话了，而且情绪也有了微妙的起伏，这样的痞子战术居然有些效果，自己既不屑又暗自称奇。

就在黑衣人抓住铁尺的瞬间，车丙三感觉到铁尺这端的强劲力道，好在他原本就没打算欺身近前偷袭，面对这样的高手，偷袭成功的概率很低，伍栋说得对，不能离他太近。车丙三感到铁尺那端力道的瞬间，撒手向后跃起。只听得咔嚓一声，铁尺在黑衣人手上折断了，黑衣人也因为突然用力又突然泄去力量身体晃了一晃，双脚还是立在原地。

"哎呀，我说了，这铁尺很贵的，你看看？你这人真是不讲究——不对，你是属于死鱼，不是人类，你这死鱼真是不讲究。我怎么说的，你忘了？我说了，数三个数，我还没数呢，你着啥急嘛。来，咱们重新数，我数三个数开始决斗，还是老规矩，我数完三个数之前，你投降还来得及，我这人就是宽宏大量量大从优——这还是个中国成语，你懂吗？"车丙三一脸正儿八经地看着黑衣人的眼睛。

这是新的侮辱。用最正经的态度和你说一个荒谬的逻辑，不，这不是逻辑，是游戏，是个荒谬的游戏，这个小个子在耍自己。只要抓到手，哼，绝不能手软，但是也绝不让他痛痛快快地死。黑衣人咬着自己嘴唇，眼里怒火已经熊熊燃烧了。

车丙三嘴里说着要决斗，脚下却没有迈步。他又在自己的马甲口袋里掏啊掏，这一次会是什么东西用作武器了呢？

他这次又把自己兜里的东西翻个遍，然后每样都舍不得一样又塞了回去，口中念叨说："这个也很贵重的，被哪个不知深浅的家伙弄坏了就麻烦了。中国有个成语叫……"他敲了敲自己的脑壳，接着失望地说："算了，不说了，成语说多了你也领悟不了。我这脑壳里的成语太多太多了，一时也想不出用哪个好。"

最后，他找出一柄镜子，然后如释重负地说："就你吧，照妖镜！"他把镜子高高举起，隆重介绍说："我这法宝许久不用了，今天试着降服一下你这小妖。你第一次和我见面的时候，变成一个'粽子'，把自己裹得严严实实的。这次呢，黑不溜秋裹得像臭干子，还多了一副死鱼眼睛。你今天就现了原形吧！"

车丙三的言行实在有些荒唐，黑脸艄公手里捏着水菱角，想到大敌当前小命难保，你还能扯这些，忍不住笑了出来。伍栋还是一副水泥脸，走到跟前，用右手轻轻压住了艄公手上的水菱角——不能一招制敌就不要轻举妄动，何况你手上的东西根本算不上武器，我们真正需要的是正儿八经的武器，一件就行。

车丙三举起手上的镜子，运足了气力，就要开始数数。却见黑衣人抬起左手，缓缓拉下来裹在脸上的黑布，露出了一直神秘的真面目。

看到了这张脸，车丙三非常后悔。如果知道会有这么难看的面孔，车丙三宁愿他一直戴着面罩。看来是烧伤，鼻子已经塌了下去，估计已经影响到说话的声音了。整张脸的皮肤破烂不堪，呈现黑褐色，就像一张烧坏的锅底扣在上面，只有嘴巴还勉强算具备正常使用的功能。难以想象，五天来他是怎么忍受这样的痛苦的，又是怎么带着痛苦接二连三策划杀人的。

车丙三终于严肃起来，根据之前的推理，他已经知道，这张脸不是别人烧的，正是这个上官园寺自己烧的，能把自己的脸烧成这样，需要下多大的决心，能背负这样的隐忍那得是多么残忍的狠人啊！

"鬼。简直不是人。"车丙三心中道，但是，终究没有说出来。他叹了一口气，这张脸太可怜了，他下不了手，虽然他知道，即使下手自己也远远不是人家对手。

"上官园寺！不，你真的名字可能也不叫上官园寺，这只是你临时用的名字吧。从你杀人已经五天，我追你也有四天了，今天就让你尝尝老子的厉害，绝不能让你踏出这里半步，绝不能让你再去祸害无辜，今天咱们就来个了断吧。"车丙三说道。

黑衣人上官园寺却带三分骄傲地说："说狠话都是因为害怕。你怕了吗？如果你也能像我这样，我还真愿意束手就擒。做不到，就别说废话，凭本事赢。我手下，没活口。你倒是数数啊！"

车丙三盯着眼前这个怪物，心里发毛，他侧身瞄了一眼伍栋和艄公——这两位的脸平时实在让人觉得无趣，看完上官园寺的烂脸，现在看伍栋、艄公二人的脸觉得亲切多了。这一仗怎么打都没有胜算，就算三个人一起上都没有胜算，对手还有一件惯用武器——筷子，自己这边连个像样的武器都没有，车丙三感觉这个坎儿恐怕是过不去了。可自己毕竟还是个男人，这时候不能尿裤子啊，他心中默默提醒自己。或许，人要先绝望一下，才能逼出出路来。

车丙三举起镖子，口中大吼道："四五六！"他确实喊了三个数，只是这三个数不是大家预料的"一二三"。

　　车丙三举起的镜子根本没机会砸下来，上官园寺太快了。黑影闪动，上官园寺已经单手抓住了车丙三的手腕，然后在自己面前画了个旋涡，车丙三身子就跟着转了一圈，接着又画了一个旋涡，车丙三再次被迫转了一圈。如此往复，就这样，车丙三像一个陀螺一般被转来转去。伍栋和艄公看得目瞪口呆，同时又心急如焚。车丙三就在上官园寺面前，也恰好遮住了上官园寺大半个身体，艄公找不到方位偷袭上官园寺——这就是职业杀手高明的地方。他摆出单挑的姿态就是要各个击破，谁说一个人就不能包围四个人，谁说一个人就不能猎杀四个人？车丙三小命难保了，眼看着上官的这个妄想就要变成事实了。

　　上官园寺突然用力一擘，车丙三立在当地，眼前晕得直冒金星，就听得刺啦一声响，百宝囊一般的马甲口袋被扯开一块，接着里面掉出来一只铁盒子，那个口袋的内衬也紧跟着拖了出来。然后，车丙三还不知所以，上官园寺就又画了两圈旋涡，车丙三这个人肉陀螺就又转了两圈。转陀螺转得开心了，就要换个新玩法儿。两圈之后，上官园寺又停顿下来，车丙三的口袋里就又有东西掉了出来，又一个马甲口袋的内衬掏了出来。就这样，转两圈陀螺就会有一个物件被掏出来，没多久，地上就是铁盒子、绳子、指南针、半截铁尺、木块、放大镜……杂货铺被翻箱子底儿了，车丙三的杂货掉了一地。

　　车丙三的马甲是自己找人缝的，内衬因为缺少好布料，随便找的边角料凑合的，谁能想到有一天会被全都翻个底儿朝天啊，这些内衬全都翻出来后，实在让人哭笑不得——车丙三浑身挂满了五颜六色的口袋，俨然一个彩虹色的人肉大陀螺。

　　车丙三已经顾不上这些了，他觉得天旋地转，磕磕绊绊地说:"你,再转,我就……吐你身上……"

对于一个一滴血都不想沾染衣服的杀手,会容忍别人吐到自己身上吗?

车丙三的话真的起了作用,五彩肉陀螺停了下来。车丙三的腿如同面条一样柔软,已经不能站立了,居然没有瘫倒——上官园寺用手提着车丙三的胳膊,这是上官园寺今天围猎的战利品,要展示一下,顺便也让其他猎物见识一番。

车丙三已经丧失了战斗力,但又不打算投降,凭上官园寺的心狠手辣,就算投降也活不成,车丙三唯一能做的事情就是向这个杀人魔鬼吐口水。可是,他已经转得晕了方向,吐出来的口水方位不准,力道也不够,全都吐到下巴上然后流到自己裤子上了。

伍栋实在不忍心看下去,自己的战友竟然要这样狼狈地赴死,他选择了转过身去。

上官园寺左手把车丙三提起,右手举起了筷子,在车丙三眼前晃啊晃。他没有马上结果了这名候补探员,这个人给自己带来了太多麻烦和耻辱,在他临死前,要让他再经历一次恐惧,真正的恐惧。他一定知道这双筷子,一定见识过这双筷子杀过的人,没准还亲自查验过尸体的伤口。嘿嘿,这样的伤口一会儿你也会有,别人只戳一下,你可以有双倍待遇。

车丙三狠狠咬着下嘴唇,他不想再有口水淌出来了,除了别死得太难看,还能有什么样的体面挣扎吗?

车丙三拼命把右手中的武器向上官园寺靠近,一寸,又一寸。没有用的,上官园寺就像老猫在玩儿耗子,等车丙三好容易前进了几寸,上官园寺又一下子把他的手腕提到原来的高度。让你死了这条心,就是让你一次次绝望,每次绝望都是一次谋杀,就仿佛杀了你很多次一样,这就是上官园寺内心的感受。看到车丙三痛苦的样子，上官园寺忽然大笑起来。他笑得狰狞，笑声听起来让人汗毛直竖，后背发凉。

车丙三心下一横，用尽最后力气，将被制的右手手腕艰难地转了45度，非常吃力地从牙缝里挤出一句话来——"看看镜子里你自己的样子，看看吧，你的德行。"

上官园寺下意识地看向车丙三手中的镜子——

幽静的小巷里响起鬼魅的哀号，上官园寺彻底被镜子当中的自己震惊了。接着就听到吭的一声闷响，上官园寺两眼写满惊惧，身体僵住了，然后他觉得热乎乎的液体从自己头上淌了下来，流到脖领里，他用手摸了一把，还没有来得及看清楚满手的殷红，就瘫倒在地了。

黑脸艄公手持一只铁手臂，瞪大眼睛看着眼前的怪物倒下，一声也没吭，这是他生平唯一的一次偷袭杀人，显然偷袭成功了。车丙三看到了满眼红色的东西在流淌，他来不及去分清楚这是谁的血，耳朵里瞬间就安静得毫无声息了，接着眼前一黑就什么都不知道了。

"终于明白，你为什么没有去当兵。"看着缓缓张开眼睛的车丙三，伍栋柔和地说道。车丙三第一次听到伍栋这么平和地说话，这让他想起上次在病床上醒来时身边的两位医生。晕血唯一的好处是周围的人都变得特别温柔，不管男人还是女人。

不用问刚刚眼前发生的剧变，车丙三很快也想明白了：车丙三和上官园寺交锋的过程中，伍栋和艄公一直在伺机帮助，可是他们几个人都没有像样的武器，要战胜忍术高手上官园寺根本不可能。关键时候，伍栋想到了自己有一只假手臂是铁质的，他假装不忍看到车丙三被杀，转身的时候把自己的左手臂递给了艄公。艄公和伍栋搭档多年，马上心领神会。车丙三最后将镜子转向上官园寺的时候，上官园寺被镜子中的自己惊呆了，一时间精神恍惚，这正是偷袭他的难得机会，艄公把握机会一招毙敌。

伍栋接过艄公递来的沉甸甸的假肢，他端详了一下，曾经自己是多么厌恶它！今天第一次对这个东西有了好感，以后，它还要一直伴随着自己。

"雷霖让你七天破案，你提前了两天。恭喜你，这一次真的可以荣升正式探长了。"伍栋轻快地说道。毕竟，这也是上峰要求伍栋尽快有个说法的案子，这个结果成全了车丙三，也让自己放下一个包袱。

车丙三望着地上上官园寺的尸体，一点儿都开心不起来，他不无焦虑地对伍栋说："你不觉得有什么地方不对吗？"

杀手就是凶手，多么正常的逻辑呀。有什么地方不对吗？伍栋不能理解车丙三的疑问。

"你还记得上官园寺刚才说过的一句话吗？他说的话不多。其中有一句仔细想来让人费解，或者说和事实不相符合。"车丙三说。

"我没听到有什么可疑的话啊，哪一句？"伍栋问的时候也看向艄公，艄公也是一脸茫然。

"他说'我手下，没活口'，就是这句话。"车丙三说。

"这句有啥可疑的吗？他确实杀了很多人，只是最后没杀成我们三个人，难道我们没被杀也可疑了吗？"伍栋问。

"不。有一个人，只是被撞晕了，没有被杀。"车丙三缓缓说道。

17．我没杀过人

　　小襄阳早就看透车丙三的心理，明明可以去怀疑楚三湘，但是碍于楚三湘和程慕白的关系，自己就要假装男子汉大丈夫，不能去做看似心胸狭隘的事情，也不去追查玛提欧神父和楚三湘的关系。车丙三这样做只会延误破案良机，甚至让凶手逍遥法外。
　　没有跟随押解车丙三的几个人回巡捕房，整个一上午小襄阳都耗在同济医院里，他要找机会戳穿楚三湘。
　　午饭的时间已经过了有一会儿，楚三湘才从手术室出来。麻醉是一种掌握分寸的艺术，剂量大了就是杀人，同一种手术也要根据病人的健康和年龄情况调配剂量。这一台手术谈不上非常成功，但是麻药用得恰到好处，楚三湘感觉又完成了一件艺术品。他习惯了每次做完手术在走廊里深呼吸，他刚呼吸了两下，有人在身后拍了拍他的肩膀，他还是遵照老习惯，深呼吸，心中数到十次，才转过身来。
　　这个人好像最近见过，对了，有几次和那个小个子巡捕房探员一起出入过医院。
　　"有什么事情吗？"楚三湘礼貌地问道。
　　"我留意你很久了，有几个问题可能只有你知道答案。"小襄阳自信地说道。是的，对于猜测要自信，这样对方才可能露出狐狸尾巴，拍他肩都要等半天才回头的人，心中一定有鬼。

楚三湘看了一眼小襄阳，说道："这里患者多，我们找个地方谈吧。"

看来他多半知道自己要问啥。小襄阳心中想。

住院部和实验室中间有一片空地，这里啥都没有，建房子留下这么一块空地真是浪费，或者是设计师记性不好，把这里遗忘了，以至于这里看起来不承载任何功能。楚三湘觉得这块地形状像一个放倒的"U"的形状，偶尔会有患者从住院部误闯进这里，然后再迷迷糊糊地转回去。

这里人少，适合说话。

楚三湘并没有主动问起话题，只是出神地望着"U"底部的一棵大树，这个空旷的场地里就这么一棵树，它会不会孤独？树上几只鸣蝉吱吱地叫得正欢，这里便显得更加空旷了。

"法国梧桐就是喜欢招惹知了。不过，烤知了挺好吃。"小襄阳说。

"是悬铃树。名字前加个'法国'就洋气了吗？"楚三湘问。

显然，所谓洋气是在讽刺人嘛，作为法租界的候补探员，小襄阳觉得有些尴尬。在法租界执法的时候，也会遇到国人的冷眼，可这么直接讽刺人的情况还是首次遇到。他决定不和楚三湘纠缠什么能吃什么洋气，直奔主题问道——

"你和玛提欧神父关系不一般是吧？"

"神父就像我们的父兄，不只是我，这里所有的医护人员都感念神父的帮助，愿他在天堂安息，愿世间这些吵闹不再打扰他。"楚三湘在胸前画了个十字。

"楚医生,咱们不扯这些虚的好吧,神父安不安息我们都看不到。就像你被凶手袭击了,我们谁也没看到,道理是一样的。你是不是应该把被袭击这事情说清楚呢,你对活人撒谎,那神父肯定是不会安息了。"小襄阳开始使用语言攻势。

"你看那棵树,知了怎么叫它都安安静静的。我就知道你找我不是神经疼需要来一针麻药,你是想问神父的事情,所以,我才把你带到这里来的。"楚三湘望着那棵悬铃树出神地说。

"也是,这里安静,没人打扰,没有第六只耳朵,你就算说了什么对自己不利的事情,你还可以一转身就不承认,我也什么把柄都抓不到,对吧?"小襄阳有一些刻薄。他心中想,这些冷言冷语就算替车丙三说的了,谁让你是他的情敌了呢。麻药……也能杀人是吧,怎么把这茬忽略了呢?能被你杀死,不能被你吓死,口风上不能软了。

"'上帝说要有光,于是便有了影子。'这是神父经常说的一句话,和《圣经》上说的有一些出入。多数情况下,我们做不了阳光,只能做衬托阳光的影子。"楚三湘感叹道。

"你又来虚的了。其实,你不就是影子吗,藏得这么深,你就直接说这些人是你直接杀的还是合谋杀的就行了。我不信你是清白的。"小襄阳用手指着楚三湘说。

"我们都是罪人。我曾经想过和车丙三说一些我知道的事情,现在看于事无补了,也不打算再说了。今天,在这里也没什么想和你说的。"楚三湘并不发怒,平和地说。

"昨天晚上,程医生提到神父有一本字帖。他并不练字,也不用中文书写,应该不需要这东西。案发后,我查过神父的办公和起居的地方,都没有。我想,你知道吧。"小襄阳打算逼一下楚医生,同时他也做了防备,如果这人突然向自己发起进攻,自已打不过还跑得出去吧。对了，他随身带了麻药吧，这一点失算了，之前怎么就没想到呢。

"你要找的是《曹全碑隶书字帖》吧，外面的书店有卖的。我没什么想和你说的了。"楚三湘对这个问题有一些失望。

"我都没说是什么字帖，你居然知道。嘿嘿，你是不是藏在了什么地方。"小襄阳说道。

楚三湘叹了一口气。"你看到那棵悬铃树了吧，我经常来这里独处一会儿，就为了看一眼这棵树，这棵树下就埋着如父如兄的玛提欧·利奇神父。你说，我会在这里撒谎吗？我没有杀人，神父更是清白的，他做的是太阳底下最无私的事业，我没有他那么无私，可是我愿意做他的影子，伴随他的事业。我每天上手术台的时候，除了带上病历，还要带上那本字帖，我随时提醒自己，这是神父的事业，我这个影子要继续他的事业，这个字帖不能落到别人手上，再滋生新的罪恶。它就在我手上，夹在其他病历中间，只是不能交给任何人。"

"我向你陈明我的罪，不隐瞒我的恶。我说，我要向耶和华承认我的过犯，你就赦免我的罪恶。"楚三湘引用了一句《圣经》上的话。

"你不是已经承认自己是罪人了吗？还要狡辩吗？你什么都不说就等于什么都没做吗？"小襄阳质问道。

楚三湘皱了一下眉头，遇到这种人该如何说理？

"U"的入口处人影晃了一下，有人匆匆经过，随即又转了回来，向两人走来。

永和满面微笑，远远就冲着小襄阳说："终于找到你了。当时你俩说发现新情况写信，等我写好信才发现根本不知道你俩的名字，只记得说把信邮寄到巡捕房或者同济医院。我就亲自做了一次邮递员。哈哈哈。"

阳光下，永和扬起手上的信纸——案子有了新的情况。年轻真好，看他笑起来都那么单纯好看。

"是和同济医院有关系吧。"小襄阳问的时候眼睛瞟向楚医生。永和一说话也引起了楚医生的注意，只是楚医生的脸色比较难看，这个人的出现让他很不舒服，隐隐感觉脑袋阵痛。

"你真是神探呢，居然未卜先知，你说说看，我想起来什么了？"永和笑嘻嘻地走上前。

小襄阳对这个年轻人心存好感。永和不迷信所谓美术权威，有自己的主见，偶尔还敢顶撞巡捕房的人，年轻人就要有这个骨气和锋芒。

"我猜不如看信，看信不如你自己说，你说——"小襄阳的话没说下去，脸上的笑容瞬间凝固了，因为他除了看到眼前这个笑得灿烂的年轻人左手扬起的信纸，还看到他右手反握着一双筷子。

天哪，他俩是一伙的！瞬间，小襄阳像被闪电击中了一般，手心湿漉漉的，脑子里一片空白。

4厘米。为了确保不发生脑浆迸裂，筷子刺进太阳穴不能超过4厘米，也就是一寸多一点点。小襄阳感觉现在的太阳穴还是自己的，一会儿呢，疼痛会持续多久？要是这个姓楚的能直接给我来一针，会不会死得舒服一些？

永和已经走到近前，很明显手上拿的只是一张白纸，一个字也没有，已然不需要再演戏了。永和还是一脸天真烂漫的微笑，他笑的时候像足了一个好人、一个学生。

"我早该怀疑你，西园寺家族的人只是在你的描述中出现过，没有其他线索，也没人见过这个人。你却假装不知道上官园寺这个名字，故意诱导我们去猜想和范鸿儒勾结的这个人就是上官园寺。你小小年纪，真的是让人看走眼了。"小襄阳惨笑着说道。

永和轻快地说："你说什么啊，我怎么听不懂呢？"然后转头对楚三湘说："楚医生啊，你的那本字帖借我临写几天怎么样？我可以还你一个全新的。"

楚三湘盯着永和半晌。"我记得你，你扭头的样子我现在还记得。前天早晨在化验室里面袭击我的人，就是你吧。"

永和不去回答，只是轻轻叹口气。"唉，你说我们好说好商量不行，偏要走神父那条路吗？我现在说的是字帖，过去的事还是忘了比较好。"说着他把手上的白纸一扬，抄起手中的筷子拄啊拄的，脸上写满无奈，好像杀人对他来说是一件非常为难的事情。

小襄阳看了一眼楚医生，心中登时明白，原来自己误会了楚三湘，不光误会了，楚医生还因为带我来这里而给我陪葬了。就像李士北，就像党笑笑，就像韩冰、亨利、范鸿儒、钟仁民……都是无辜的，都是永和滥杀无辜的陪葬品。

"神父……原来也是你杀害的！"楚三湘愤愤说道。

"我没杀过人，杀人是犯法的，你们不是在追捕上官园寺吗？听说他是凶手，你们抓到了吗？我就是找你借个字帖。"永和一脸无辜地说。

"你不是来找我吗？"小襄阳反问道。

"你先闭嘴一会儿怎么样？要不，先把你的事情办了，让你闭嘴，我再办楚医生的事情？你们做侦探的，总觉得自己最聪明，自己的事情最重要，你和那个小个子应该上战场的，年轻人，少给社会添麻烦。"永和说话的语气好像年龄比小襄阳大很多似的。

"我问你，神父是不是你杀的？"楚三湘说出的每个字都用了很大的力气。

"我回答了，你就把字帖借我是吧？"永和一脸懵懂地看着楚医生问道。他见楚三湘不回答就接着说："我当你默认了啊。

"再说一遍，我没杀过人，当然神父也不是我杀的啦。说这些你可能也不信，那我不妨多说一些。我其实也想过杀人——想过，没付诸行动，就不算犯罪，更扯不上是凶手了，对吧。上官园寺负责凯字营的行动，当然，谦虚一些说我也参与了——凯字营和同济的猎杀原本是同时进行的计划，鄙人策划的。这个计划前后准备了七个月，虽然杀了好几个人，可关键的一个人还是阴错阳差漏网了，这件事一句半句说不完，也说不清楚。我负责神父。所以，我当然想过杀人了。但是，我的任务好像难度低很多，这看起来不公平，主要是对我不公平，低估了我的实力嘛。

"他是搞忍术的，这里——"永和指了指脑袋，"有问题，他只想完成任务，不惜一切代价完成任务。所以，这个计划制订之初就没打算活着走出凯字营监狱。一个人干下这么大的案子，也真的甭想活着出来。但是，凯字营和同济医院是通气的，这一点你们应该都知道了。所以，要下手就要同步，至少在另一方反应过来之前就得下手。可计划要实施前，上官园寺有一些逞能了，他想一个人挑战两个行动。当然，这里面我也间接鼓励了他。能不用我亲自动手更好啊，他如果失手了，那我再动手好啦。结果，你们都知道了。我讨厌杀人，脏兮兮的，而且很危险，搞不好留下自己犯罪的证据，有些事不是自己做不了，而是能不自己下手更好。我和上官园寺不同，他只要结果，杀人就是他的结果。这不对。杀完人还需要拿到字帖，杀人只是结果的一部分。我现在说清楚了吧，你把字帖借给我就行了，我今天也不想杀人。你知道我的身手，要取你性命也是随时的事情。你看，我是不是太真诚了，现在你可以相信了吧，神父真的不是我杀的。好了，字帖拿来吧。"永和把杀人越货的事情说得轻描淡写，看不出对生命的一丝怜悯。

"所以，你是共犯对吗？"楚三湘问道。

"看你说的，这些只是我随口那么一说，一阵风吹过，什么都没有留下，毫无证据的事情可不能乱说。我不想浪费时间，你应该也是明白人，听得懂客气的话，对吧？"永和收敛起笑容注视着楚医生。

"既然神父不是你杀的，这个字帖借你也无妨。我不喜欢总是随身带着它。"说着楚三湘从手上的病历中间抽出来一本薄薄的册子，那册子上面用隶书写着《曹全碑隶书字帖》，还是崭新的。

小襄阳吼道："你疯了！你把这东西给了他，他就会放过你吗？"

永和眉头微皱。"你们知道我有多难吗？一身本事却要克制住不杀人，别逼我。客气的话真的听不懂吗？我今天下午就把这个字帖交给日本人，明天上午就跟着撤侨的船离开。以后，也不会有我这个人，最好交情见面初，咱们就算最好交情了。"

"你不是说还要还字帖的吗？"小襄阳问道。

"你话真多！我真希望，四天前在这里，上官园寺顺手也给你一筷子。我今天就省了很多麻烦了。"永和说着就去接楚医生手上的字帖。

"有借有还，你什么时间还啊？"这句话说的明明是楚医生手上的字帖，但说话的人却不是楚三湘。

三人同时顺着说话的方向望去——在"U"的入口站着一个穿马甲的小个子，身后是一个黑脸的汉子。

说话的人正是车丙三，他身后站的是艄公。

永和神色微变，楚医生和小襄阳根本不是自己对手，想收拾他们俩太简单了。这个车丙三的手一直插在马甲兜里，他的腰间鼓鼓的，也不知是不是手枪。他身后那个人从来没见过，自己之前的七个月准备计划没有注意到这个人。四打一，现在自己在明处，对手的牌还不明朗，没有绝对胜算，暂时不能贸然出手。

永和快速向前跨出一步，一把从楚三湘手上夺过字帖——这个宝贝先攥在手里再说。

小襄阳不知道车丙三何时到的，这人就是凶手之一，车丙三知道吗？

"怎么是你？上官呢？"永和疑惑地问车丙三。

"是啊，上官呢？你那么精明，他那么厉害，你俩联手真是找不到对手啊。在这里的原本应该是他呀。聪明如你，这会儿看到我，就应该知道答案了吧。"车丙三说道。

永和还是不敢相信，低声自语："不可能的……就算是上官失手了，你也来得太快了……"

"是啊，一路跑着过来的，是有一些快，我自己都觉得快。这也得感谢上官，如果不是他的一句话，我也不会想到这边会有危险。"车丙三说。

"他……说了什么？"永和问。

"你果然不关心他怎么样了，只想自己，只想知道他说了什么才使得你陷入这般境地。"车丙三讽刺道。

"他……说了什么？他很少说话的……"永和又问了一遍。

"他说他手底下没有活口。我也亲眼见到了，他拿人垒人墙堵死了巷子，就为了拦住我们四个人。生命在他面前只是一个物件一个工具。可是，既然他手底下没有活口，怎么只是撞晕了楚医生呢？这说不通。所以，他不是单独行动，应该还有帮凶，和我们四个人在巷子里对峙，这一挑四的决斗，他也未必就有胜算，可就是这样的决斗他的搭档都没出现，那说明那个搭档在执行其他的重要计划。我能想到的就是这里了。我之前知道楚医生继承了神父手上的秘密，那楚医生被撞晕就不大可能是自导自演的剧了。楚医生不是嫌疑人，那一定就是凶手的目标了。"车丙三推理道。

"你什么时候开始怀疑我的呢？"永和今天对这个小个子对手刮目相看了。

"你那天原本不应该出现在学校，学校里早就不上课了。你好像在等什么，后来我想应该就是在等我去查案吧。这样你好顺水推舟把所有的疑点推向上官园寺，而且你推得非常有水平，几乎没有露出马脚。"车丙三回忆说道。

"几乎……"永和在字斟句酌车丙三的话。

"是的，你的表演太完美了。我和小襄阳就是按照你提供的一丝丝线索，一路追查下来，因为你提供的线索，我们查到了西园寺家族的情况，可能你没想到吧，我们进展这么快。当我查到西园寺家族是反对侵华战争的时候，我开始怀疑你说的话。

"应该说，你希望上官园寺独自背这个锅，你稍微引导了一下，我们也就逐步给这个上官画像。当我发现这里面矛盾的地方时，返回来再看这个案子，只有你说的话不能被完全证明。这也承蒙你的提醒，你太骄傲了，在我们的画像上打了个叉，也让我开始颠覆自己之前的推理。找到上官园寺是你希望我们做的，找到他也恰恰找到了你。在程医牛做凶手画像的时候，我看到她画得非常轻快,她的手一点看不到僵硬迹象。起初我想那是男女有别吧,我确实不懂画画。后来,我看到伍栋敬礼的样子,又想起上官园寺向我挥手的样子,我都觉得看着眼熟,对了,你也是那样子用自己的手的。伍栋和上官有个共同经历,都曾经受到过军事训练。那么,你会不会也是呢……我查案的时候,不会轻易预判谁不是嫌疑人,凡是有一点点关联的人,都可能是嫌疑人,凡是这个案子里面涉及的人,哪怕是误杀的人,也都和这个案子有细微联系的。也就是说,我从来都没认为你就天经地义地不应该是嫌疑人,加上你的画画动作让我开始留意案子的细节和你的关系。应该说你伪装得特别好,在你今天出现之前,我都没有百分之百把握那另一个凶手就是你。上官园寺太吸引我们的注意力了,再加上杀人案接二连三地出现,我们自然想到杀手就是凶手。其实,还有一种情况,凶手策划了这个案子,而杀手只是执行了一部分,替罪了另一部分。你真正高明的地方还不是隐藏得好表演得好,而是从来没动手杀人。"车丙三说道。

永和听完车丙三的推理,缓缓地说:"这些都是你的猜测。上官园寺杀人有确切证据,你说我是共犯,哈哈哈,这个,哈哈哈,谁信啊?就凭你红口白牙的推测吗?没有证据。况且现在上官园寺也死了,死无对证。我今天就是路过这里,你们看到我动手伤人了吗?我向谁偷袭了吗?都没有吧,你们不能凭这个就抓我。"

"你怎么知道上官园寺死了?他就不会还在我手上?"车丙三问。

"你又使诈。你这个人啊,说起话来真真假假,假假真真。你先是使诈放消息出来,引诱上官园寺,然后再猎杀他,人家七个月做个局,你也跟着花了几天时间做个局。现在又使用这招来诈我。我很了解上官,他不可能被人生擒的。实话告诉你吧,我想过很多种和你面对面的情况,就没有你能将我逮捕的情况。"永和说话的时候悄悄把筷子收进了袖子里。

"你今天说的这些话,不就是相当于全都承认了吗?"小襄阳在一旁喊道。

永和瞪了一眼小襄阳。"你这人真是……多嘴。我刚才怎么和你说来着?风一吹,呼的一声,全都没了。就算我真的说过,就算你们知道又能怎么样?我不承认我说过,你有证据吗?还有,你们为什么逮捕我?我没杀过人,我连一件可能称之为凶器的武器都没有,你不能说我有一双筷子就是凶手吧,全武汉家家都有很多双筷子,会闹笑话的。还有,最重要的一点,你们自己掂量掂量,你们是谁?法租界巡捕房的探员,哦,还是候补探员,你们跑到法租界外面执法吗?你们没权力抓我!"

永和接着说:"字帖是向楚医生借的,我争取还回来。现在,我不打算在这里浪费时间了,请不要拦着路,咱们真交手,我这可是正当防卫,再说你们几个也没胜算。我要回去了。再见。"

"不能让他跑了!"小襄阳喊道。艄公也攥紧拳头,准备应战。

"让他走吧,他说得对,他都把我们研究透了,没有直接的人证、物证来证明他就是凶手,我们也没权力抓捕他。兄弟,这个案子结了。"车丙三对情绪激动的小襄阳说。

几个人让开了路,永和像一阵风似的走了,留下四个失魂落魄的男人站在空地上。

18．一根手指头和一架望远镜

一阵微风吹过，鸣蝉收敛了几分恼人的嘶鸣，悬铃树沙沙作响。楚三湘望着这棵树，想到神父，眼圈一红。

"真的就这么让他逍遥法外吗？"小襄阳气愤地说。

"他没有亲自动手杀人，也没有任何其他证据，我们拿他没办法。这世界让我们没办法的坏人还有很多，就是这样的世道。不过，他还会回来的，也许就在明天。当他发现我们有防备的时候，仍然不会使用武力，就会像今天一样，仍然拿他没办法。"车丙三回答说。

"你说他还会回来？"小襄阳不解地问。

"楚医生给他的字帖是一本新的，是我之前让楚医生备份的，居然真的派上了用场。永和很快就会发现这个细节。只有在他向我们的人动用武力的时候，我们才可能抓捕他或者因为防卫而杀了他。作为一个候补探员，我想不到还有什么办法。在他动手之前，我们没有办法，也不能主动攻击他。这个情况太糟糕了，有一些像等死。如果两天内他没机会下手，也可能随着日本侨民一起撤离武汉。那他就是彻底逍遥法外了。现在，凶手之一的上官园寺因为偷袭伍栋而被击毙，这个案子或许可以提前结案了。"车丙三感觉自己也黔驴技穷了。

虽然，车丙三和大家说的时候，好像自己已经看开了，但是他内心非常煎熬，他想找个人说一会儿话。

车丙三一个人信步朝住院区走去，秋水爹的病房在二楼，精神病科室病房。他刚走上台阶却和一位护士相遇，因为经常来探望秋水爹，医护人员和车丙三都比较熟悉。护士见到车丙三好像抓到了救命稻草。"你可来了。你爹他不见了。"

车丙三心中大惊，这几天案件多发，凶手一直伺机下手，自己也是谋杀目标，如果秋水爹是在上官园寺被击毙前失踪的……他不敢细想。

"他一般外出都是下午，昨晚到今天一直没见到人。以前晚上也有偷偷跑出去喝酒的情况，但是都不会通宵不归，上午从来没有离开过病房的情况。"护士说。

昨晚，对，昨晚他和我们几个人商量抓捕上官。今天早晨，他应该去了一趟凯字营传风信，剩下的时间，应该在病房睡觉啊。糟了！车丙三拔腿就往外跑。

他会去哪里呢？或者上官或者永和想谋害他会在哪里呢？车丙三一时间心乱如麻，他先要去百万庄酒馆看看，虽然这个时间他去酒馆的可能性不大。

从来没有觉得这条路这么远，车丙三这几天基本没休息，跑起来眼前直冒金星，心中念叨，秋水爹啊，你可千万别出事，脑海里一个多年前的场景再次浮现——

从外面玩累了的少年车丙三跑进家门，想找秋水爹讨一点吃的。房间里充满了奇异的香甜味，原来秋水爹偷偷藏着爆米花，他的爆米花的味道甜到了骨子里，可要比街角那家味道好太多。车丙三渴望地看着秋水爹，秋水爹呵呵笑，他望着车丙三笑，望着家里的破旧家具笑，望着天井笑，他笑啊笑，他一定是遇到了一辈子中最开心的事情。

秋水爹面前摆着一支古铜色的笛子,呀,这支笛子好大块头,前头居然还装了一个银壳子。那香甜味就是从这个壳子上冒出来的。

原来爆米花还可以这么做呀,秋水爹真是有手艺。可是,桌子上的茶盘并没有爆好的爆米花,车丙三眼睛滴溜溜转啊转,口中咽了一大口口水。

"秋水爹,爆米花藏在哪儿了啊。"任凭车丙三大声问,秋水爹好像听不到一样,继续咻咻地笑。他笑得太放肆了,连鼻涕都淌过了下巴。

秋水爹的嘴凑近铜笛,悠然地深吸了一口,然后闭上了眼睛,脸上还挂着无限得意的欢喜。接着就看到铜笛前边的银壳子冒出来一股白烟,那烟有股香甜的味道——爆米花熟了,车丙三心中狂喜。秋水爹靠在桌边似乎甜蜜地睡着了,车丙三搬个竹凳仔,蹑手爬上桌子,他有一些失望,银壳子里是黑褐色的烂泥,看来爆米花烧煳了?他再看秋水爹满脸的笑容,忽然异常好奇——他可是从来没这么开心过,连赌钱赢大发了都没这么开心。

少年车丙三端起了铜笛,秋水爹吸了一口就那么开心,看来,这东西是快乐的源泉啊,吸一口会顶上吃一兜的爆米花吗?

他把嘴巴凑近铜笛,吸的时候先闭上眼睛还是后闭上眼睛来着?刚才秋水爹吸的时候自己没留意呢。他终究没能来得及去吸这一口,光听到啪的一声响,铜笛被打翻到地上,脸上紧跟着火辣辣地疼,就像有人突然揭去了自己的脸皮一样。

睡梦中醒来的秋水爹被眼前的一幕吓呆了,他狠狠打了车丙三一个耳光,无比惊惧地瞪着车丙三,他不知道发生了什么。我做了什么?你做了什么?

等秋水爹清醒过来，怒火几乎可以点燃整个房子。他去厨下拿来一把菜刀放到桌子上，车丙三脸上肿了起来，疼得厉害，心里非常害怕，只管流泪却不敢发出一点声音来。

是的，人在极端害怕的时候，是哭不出声音的。

秋水爹让车丙三发誓，一辈子都不能再碰这东西，这东西叫鸦片，你敢碰一次鸦片，我就剁你一只手。车丙三听到了自己上下牙齿连环相击的声音，那不是因为冷，是心里的恐惧。

他只拼命重复"我发誓我发誓我发誓……"

秋水爹说："你要记住自己的誓言，为了帮你记住，先剁一个手指吧。"秋水爹抓起车丙三的手按在了桌面上。车丙三实在是吓坏了，他不敢挣脱，也不敢去看，紧紧把头往衣领里面缩。

砰的一声，手起刀落。车丙三感觉桌子用力晃了一下，他甚至没觉得疼，只是感觉裤裆里热乎乎、湿漉漉的。

泪水和鼻涕在脸上乱淌，少一根手指头，以后怎么吃饭啊？感觉到秋水爹松开了自己的手腕，车丙三拼命握拳，再握，似乎不对！车丙三睁开泪眼，看着自己的手，五个指头都在，再看向桌面，菜刀刀头已经剁进了木头的桌面，一只手指头还留在刀刃旁边，整个桌子上都是殷红的一摊血迹。那血离车丙三特别近，还在缓缓地往桌子四周淌。车丙三眼前一黑，晕了过去。

原来，秋水爹为了让少年车丙三记住自己的誓言，也为了自己立志从此戒毒，一刀剁掉了自己一根手指头。他确实再也没有碰过毒品，而车丙三从此之后也留下了晕血这个毛病。

秋水爹算不上什么好人，连他自己也这么说，可是，他是真心对车丙三好。涉案凶手太凶险，绝不能让秋水爹落到他们的手上。车丙三已经跑不动了，但是他实在不能停下脚步。

这个时间百万庄酒馆的人并不多，不用进去，只需隔着窗户就能看到里面的食客。空空的大堂里食客早已经散去，老板金泰来在无聊地打着算盘玩儿。是不是进去问一下心里会踏实一些？车丙三暗想。他一侧目，瞥见酒馆角落里一个熟悉的背影。登时心中一块石头落了地。

车丙三没有走进酒馆，秋水爹望着面前的酒壶发呆，那就让他继续发呆吧。就算他成天装疯卖傻耗在医院不走，就算他整日多此一举帮自己琢磨如何追姑娘，就让他继续他的活法吧。自己原本没想清楚的事情，也算不上什么要紧的事情了，他平安就好，自己的烦恼终归是自己的，迟早也能想明白的。

这几天的侦破拖累了程慕白，这一点车丙三很清楚，现在案子面临结案，车丙三想当面说一句谢谢。他从百万庄走回同济医院，脚步轻快，心中无事的感觉真是好。

病房和化验室都不见程慕白的身影，她会去哪里呢？

秋水爹失踪让自己心急如焚，如果失踪的是程慕白呢？车丙三说不好，他觉得自己和程医生还差一点点默契，总是不能一同踩到点儿上。想到这里不免又有一些惆怅，也不知她惆怅的时候会去哪里……哦，对了，她好像说过……

爬上两层楼梯，就是同济医院的天台，这里车丙三来过一次，在这里曾经找到了破案的关键线索。江风已然很大，让人听不到有人登上天台。

她果然在这里。车丙三并不急着走近，只是远远望着守在望远镜前观看江景的程慕白，车丙三伫立了好一会儿，程慕白从镜头前移开目光，用手理了理头发，不经意间才看到车丙三。她一丝浅笑。"你来多久啦,也不说一声。"

"你猜?"车丙三说。

"猜时间吗?医生需要精准,凡是能测量的东西都不要去猜,高烧患者的体温、中毒患者的毒性程度、药物过敏患者的过敏史……这些都是能具体测量化验出来的,如果都去猜怎么治病呢?时间也是能测量的。"程慕白一脸认真地说。

果然不在一个节拍。车丙三心说。

"那你用望远镜在测量什么呢?"车丙三问。

"看风景。审美、艺术这样的东西是没法测量的。"程慕白说。

她说的"审美"这个词车丙三知道是什么意思,可是这样的字眼自己终究还是做不到脱口而出,读书和不读书,就是两种人生的经历。横在我们俩之间的距离,就是这些词汇。车丙三心中想。

"看到什么了?"车丙三隔了好一会儿才问。

"其实,什么都没看。就是想用用它。自己无聊的时候,就会上来用用它。有时候面对的病人……你知道的,医生也不是什么病都能治好的,我们面对的死人比你们多,而且还会面对他的整个死亡过程。上来透透气,用它看看长江,然后,自己就会好多了。"程慕白说。

"它对你来说,有很特别的意义了。"车丙三说的时候,心中却在想,那么我呢,我在你心目中呢?属于茫然时候的"望远镜",还是工作中的"病人"?

"那个旅美华人,就是采购这台望远镜的那位,还记得我和你说过吧?"程慕白说。

"记得。我想他是特意采购错的。"车丙三回答。

"有道理。一直还没有和你说,其实他就姓程。"程慕白动情地注视着车丙三说。

这个消息让车丙三稍微意外,他心下掂量程慕白说的"一直还没有和你说",这八个字背后隐含的意思。

"难道他是喜欢唐诗,喜欢诗人李白吗?所以,才给你取这个名字?"车丙三问道。

程慕白脸颊绯红。"侦探就是侦探啊,果然不一样啊!名字确实是他取的,但是和李白没关系。这个故事比较长,而且不是能轻松测量的。等以后有机会的时候,我可以慢慢讲给你听。"

"他……以前登台表演,是吧。"车丙三试探着问。

"啊?你……你怎么知道的?"程慕白惊讶反问。

"我不知道。只是猜——不好意思,又不是测量。你有一次说到凶手的时候说'危险角色','角色'这个词我们平时说话很少用。你在医院工作,你的老师是个神父,这些人应该不会常用这个词,我就想应该是类似你的家人常用这样的词说话吧。"看来猜中了,车丙三挺开心地说。

"你那不是猜,是推理。"程慕白说。

车丙三没有说话,只是郑重地点了点头。

"那你的名字呢?你成天装病的爹……喜欢车,还是喜欢'三饼'?嘿嘿嘿……"程慕白问道。

"这个说来也是个长故事,不过可以简单概括。他不是我爹,所以我只是称呼他秋水爹。他不姓车,他现在姓庄,叫庄秋水,一直强调我不要跟着他姓。其实,是不想我像他一样没出息,其实,我也不觉得他就是什么没出息,可能年轻的时候,他吃喝……吃喝玩乐的事情做得太多了,现在很懊悔。"车丙三原本要说吃喝嫖赌,话到嘴边临时改口了。

车丙三继续说:"那一年秋水爹从成都到汉口,路过枝江董市镇的时候在码头临时停靠,捡到一个流浪孤儿,其实他当时也在逃难,他说看到那个孤儿的第一眼就让他想起自己小时候。他自己也是个孤儿,没想到竟然又收养了我这么个孤儿。也算缘分吧。他自己也说不好自己姓什么,叫什么,曾经还叫过'白板'这样的名字。他说改变命运的一件大事和火车相关,给我取名字的时候原本想用火了,可是他的名字里有个水字,水火不相容,哈哈哈。那就姓车吧。"

"那为什么不叫车甲一或者车乙二呢?"程慕白好奇地问。

"你自己问他吧。以前有人问他叫什么名字,他就说'我去年叫白板'。也许呀,他哪天就给我改名字叫车甲一车乙二了呢?为什么叫车丙三,你自己问他吧。"车丙三笑着回答。

"秋水爹,真有意思,秋水……爹……"程慕白说的时候一个字比一个字轻,说道"爹"字脸上更加红了。

车丙三觉得自己和程医生也能聊得来,默契或许还可以继续培养。只是暂时彼此还有距离。他需要一些时间,要多久呢?对了,这次时间是不能测量的。

车丙三原打算说句谢谢,终于没能说出口。可能,所谓"谢谢"就是距离。有的人最好不要去说谢谢,彼此说说话,或者不说话,就是看一眼彼此,就胜过千言万语的感谢了,那样的感觉最好了。

19．一个好消息和一个坏消息

案发第七天，武汉的《楚天风信》在醒目版面刊登了凯字营失火案的侦破结果：由于考试试卷管理不当，意外失火，相关责任人钟仁民在火灾中丧生。凯字营高级狱警袁新华为了保护国有财产勇敢扑救大火而不幸牺牲。上级单位追认袁新华为国民英模。

同一份报纸的不起眼角落里刊登了一条市民消息：昨日，龙王庙码头附近一艘民用小船失事沉没，经勘查，失事船只年久失修，沉没属于技术故障，船上一名武昌艺校年轻助教不幸落水失踪。风信报提醒广大市民，平时出行注意安全。

小襄阳将这两条消息用笔画了个圈圈，然后递给车丙三看。

案子最后以一个不痛不痒歪曲事实的说法公之于众，这早在自己的预料之中，他们能干出这样的事情来。至于第二个消息，伍栋已经捎来口信，艄公把永和给喂江猪了。

"看来，法律是最没用的东西。现在，结案报告都省得写了。"车丙三说。

"报告早替你写完了，就知道你懒得做案头工作。回头你请我吃臭豆腐。"小襄阳说。

"你这不正在吃臭豆腐吗？"车丙三说。

"这是雷探长请我吃的。他请他的,你请你的,亲兄弟明算账。"小襄阳说。

"你什么时候混得……总探长请你吃臭豆腐!"车丙三惊叹道。

小襄阳神秘兮兮地说:"我发现个秘密。天气不好的时候,雷总就坐不住,总是站着。我有好几次下雨阴天的时候偷偷观察,他都是站着办公的。我猜他应该是风湿病犯了,我们老家有个拔火罐治疗风湿的偏方,我就送了他一套火罐。果然被我猜中了,他还真是风湿病。他说不能平白无故收东西,说我喜欢吃臭豆腐,那就请我吃臭豆腐吧。雷总没请过你吃臭豆腐吧?以前,整个巡捕房只有两个人没请过我吃臭豆腐,一个是雷总,另一个就是你啦。这个纪录我会保持很多年的。"

小襄阳手上端着一个小碟,里面有两份臭豆腐,他一边往臭豆腐上抹辣椒,一边继续得意地说道:"除了报纸上这两条消息,我还有一个好消息和一个坏消息,你想先听哪一个呢?"

"我的坏消息,也许是别人的好消息。先听听坏消息。"车丙三已经做好心理准备,凯字营整个案子虽然破了,但是自己违反巡捕房纪律,升迁想都别想了,失业对于临时探员那是常有的事情,破罐子破摔了。

"坏消息呢,就是你升迁正式探员这事儿黄了。不仅这事黄了,你还失业了,巡捕房已经不要你了。嗯,还不算特别坏。是不是?"小襄阳看着车丙三说道。

车丙三笑着点头。

"好消息呢——"小襄阳咽下嘴里的东西,凑到跟前,郑重地说,"巡捕房接到一个新案子,这次是人命大案。总探长把这个重任交给了我。"

是啊，也许别人的好消息也是自己的坏消息。失业并不让车丙三觉得失落，早已经有了心理准备。可是，小襄阳被委以重任多少让自己心里头有一些酸楚，前人栽树后人乘凉，前面的人终究还是心里不好受的。

小襄阳也不去理会车丙三的微妙反应，继续说："我向雷总提了要求，让我负责这个案子没问题，得给我派个搭档，他说'随便你选'。我说高大威猛的高级探员们就留给其他重要案件了，我就选巡捕房身材最矮小的那个车丙三啦。你猜他怎么说？他居然同意啦！"

小襄阳高兴得使劲拍着车丙三的肩膀，嘴里的吐沫星子都快喷到臭干子上了。

这可是一个真正的好消息啊，车丙三发自内心地高兴。

小襄阳借着兴奋劲儿继续说："雷总说了，凯字营的案子要求七天破案，你们俩五天半就破案了，这个案子啊——你们三天破案吧。我拍着胸脯说，没问题，交给我们哥儿俩，你就放心吧！"

车丙三刚有一点笑容的脸都快绿了。三天破案？

"咱俩联手，不成问题！"小襄阳自信地说。然后看到车丙三一脸阴云，他好像知道自己可能大话说过头了，怯怯地问："有问题吗？"

"嗯，有那么一点点。就是我的马甲，还有两天才能缝好。"车丙三用半截折尺敲着脑壳说道。

2019 年 3 月 3 日午夜完稿
2019 年 6 月 3 日凌晨修改

后　记

　　人生中充满了似曾相识的际遇，只要你稍加用心。

　　在写这个故事的时候，我总感觉有一些场景、桥段、人物，算不上陌生，甚至我们的生活中就有不少车丙三、小襄阳、庄秋水、伍栋、程慕白这样的人物。作者也不知不觉地将这种亲近感带进了写作的故事中。如果你不小心读了《神探车丙三》这个故事，并且在某一天无意中经过北京西城区的车公庄大街……

　　车公庄大街丙三号楼（车丙三）其实就是这个故事主人公名字的由来，这栋楼里面现在藏着华语最大的推理文学出版平台——午夜文库，早几年一个叫人民中国（钟仁民）的杂志社在这里办公，这栋楼还有个鲜为人知的名字叫彩印大厦（夏彩印），不过这个名字确实不起眼，就像我们经常见到的门卫一般，看到也看不到。楼下有两家单位，分别是浦发银行阜成支行（黄浦发）和海信电器营销中心（尹海信）。丙三号楼的对面就是大名鼎鼎的官园批发市场（上官园寺），连通两个建筑的是人行天桥，它俩的关系既对峙又连接。官批的底商曾经有个永和豆浆（永和），以前是我"过早"时经常光顾的地方，如果吃腻了油条喝腻了豆浆，永和的隔壁还有个康仔云吞面（康仔），量大价廉。官批的后院是新华产业园（袁新华），院子里有个精致的泰国菜馆叫锦泰来（金泰来）。因为官批的原因，这一带曾经是西二环最热闹的地方。如今官批整体搬迁了，也就落寞了。

永和临街的这条街道叫礼士路，礼士路往南有一家湘菜馆叫三湘儿女（楚三湘），店面很小，老板亲自掌灶，味道正宗，口碑佳。再往南就是阜成门外医院（衣阜城）了，而这条路的北段靠近丙三号楼的那部分叫北礼士路（李士北）。从丙三号楼往西沿着车公庄大街走出几十米远，有个十字路口，路口的东北角有个写字楼叫鸿儒大厦（范鸿儒），它的马路对面曾经是若干生意兴隆的小餐馆，也是小市民喜欢光顾填饱肚子的店铺，其中有一家叫襄阳牛肉面（小襄阳），老板娘亲自跑堂，找了个亲戚掌灶，对了，有个小秘密——三湘儿女的老板和襄阳牛肉面的老板娘其实是两口子，平时生意太忙，虽然离得只有不到两千米远，他们平日里却很少能见面，就是这两家店的营收供养了他们的两个孩子在美国读书，儿子读博士女儿读硕士。现在说来，那是两年前的事情了，如今他们的儿女应该毕业了吧，反正两家店已经拆了，我也没有办法知道，后来他们去了哪里，是开了新店还是回老家去了。

鸿儒大厦往西就是很出名的五栋大楼（伍栋），我总觉得这个建筑黑着脸，外观和名字太严肃，一点儿不活泼。五栋大楼的马路对面是北京市委党校（党笑笑），其实这个地方还有个少有人知道的标签——传教士利玛窦的墓就在这里。其实利玛窦是一位应该被国人记住的人物，他是意大利传教士，在中国期间出版了第一份中文世界地图，"利玛窦"是他的中文名字，他的本名大家可能很陌生，以至于在别的场合见到也不大会识别，直译的话应该叫"玛提欧·利奇"。

党校再往西南就是百万庄（百万庄酒馆）了，说到百万庄就扯远了，毕竟已经离车公庄这一带有些距离了。

有一些地名得记住，那是我们曾经走过的路、吃过的馆子、混迹的青春……

《神探车丙三》故事里的人名终归属于小说，它们和地名没有关系。如果你真的发现了其他有趣的关联，要么是巧合，要么是你用心了，作者其实什么都没做，只是带读者在车公庄一带走了一遭。

当然，还有几个名字不属于车公庄大街的坐标范围，比如程慕白、庄秋水，他们属于另一个坐标体系，在《洗面桥》中或许你能找到痕迹，在车丙三的后续故事中也能看到。我提示一下，伍栋这个人在年少的时候，名字或许叫小五。

愿你是个有心人，愿你喜欢这个故事。如果你还想读到作者写的其他故事，继续做个有心人就可以了。

图书在版编目（CIP）数据

神探车丙三／姜小坏著．——北京：新星出版社，2020.9
ISBN 978-7-5133-4153-0

Ⅰ.①神… Ⅱ.①姜… Ⅲ.①长篇小说－中国－当代 Ⅳ.① I247.5

中国版本图书馆 CIP 数据核字（2020）第 170893 号

午夜文库
谢刚 主持

神探车丙三

姜小坏 著

责任编辑：王　萌
特约编辑：刘　琦
责任校对：刘　义
责任印制：李珊珊
装帧设计：人马艺术设计·储平

出版发行：新星出版社
出　版　人：马汝军
社　　址：北京市西城区车公庄大街丙3号楼　　100044
网　　址：www.newstarpress.com
电　　话：010-88310888
传　　真：010-65270449
法律顾问：北京市岳成律师事务所

读者服务：010-88310811　service@newstarpress.com
邮购地址：北京市西城区车公庄大街丙3号楼　　100044

印　　刷：北京美图印务有限公司
开　　本：910mm×1230mm　　1/32
印　　张：9
字　　数：161千字
版　　次：2020年9月第一版　　2020年9月第一次印刷
书　　号：ISBN 978-7-5133-4153-0
定　　价：45.00元

版权专有，侵权必究。如有质量问题，请与印刷厂联系调换。